LES HAMACS DE CARTON

DU MÊME AUTEUR

Série guyanaise

LES HAMACS DE CARTON, Le Rouergue, 2012 (prix Ancres noires) ; Babel noir nº 89.

CE QUI RESTE EN FORÊT, Le Rouergue, 2013 (prix Sang pour Sang Polar, prix des Lecteurs de l'Armitière) ; Babel noir nº 136.

OBIA, Le Rouergue, 2015 (prix des Lecteurs Quais du Polar / 20 Minutes, prix Polar Michel-Lebrun, prix du Récit de l'Ailleurs Saint-Pierre-et-Miquelon, prix des Lecteurs Villeneuve-lez-Avignon, prix 1001 feuilles noires de Lamballe, prix des Lecteurs des médiathèques d'Antony, prix Ancres noires, prix Étudiant du polar, prix Polar "Les Serial Lecteurs" de Poissy) ; Babel noir nº 186.

SUR LE CIEL EFFONDRÉ, Le Rouergue, 2018 (trophée 813 du Meilleur roman francophone).

SEULES LES BÊTES, Le Rouergue, 2017 (prix Landerneau polar, prix Polar en séries de Quais du Polar, prix de l'Académie cévenole Cabri d'or, prix Goutte de Sang d'encre, prix du polar de la librairie Les Arcades, prix Polars Pourpres, prix littéraire des lycéens et apprentis d'Auvergne-Rhône-Alpes, prix du roman Cezam Inter-CE) ; Babel noir nº 219.

ENTRE FAUVES, Le Rouergue, 2020.

Beaux-Livres

LA GUYANE DU CAPITAINE ANATO, Le Rouergue, 2019.

ISBN 978-2-330-01970-9

COLIN NIEL

LES HAMACS DE CARTON

UNE ENQUÊTE DU CAPITAINE ANATO
EN AMAZONIE FRANÇAISE

roman

BABEL NOIR

À Hélène,
à Alexis,
pour plus tard.

AVERTISSEMENT

Ce roman est une fiction : s'il s'inspire des coutumes des Noirs-Marrons de Guyane, il ne prétend à aucune exactitude ni valeur scientifique. Le village de Wetisoula, où se déroule une partie du récit, potentiellement situé sur le fleuve Maroni, en amont du bourg d'Apatou, est quant à lui totalement imaginaire et donc absent de toute carte de la Guyane.

Le lecteur trouvera en fin de livre un glossaire des termes employés (marqués dans le texte d'un astérisque lors de leur première occurrence) ainsi qu'une courte présentation des Noirs-Marrons de Guyane et de leur histoire. Les phrases en langue aluku ou ndjuka présentes dans les dialogues pour donner un aperçu de leur sonorité sont la plupart du temps compréhensibles par le contexte dans lequel elles s'insèrent.

CARTE DE SITUATION

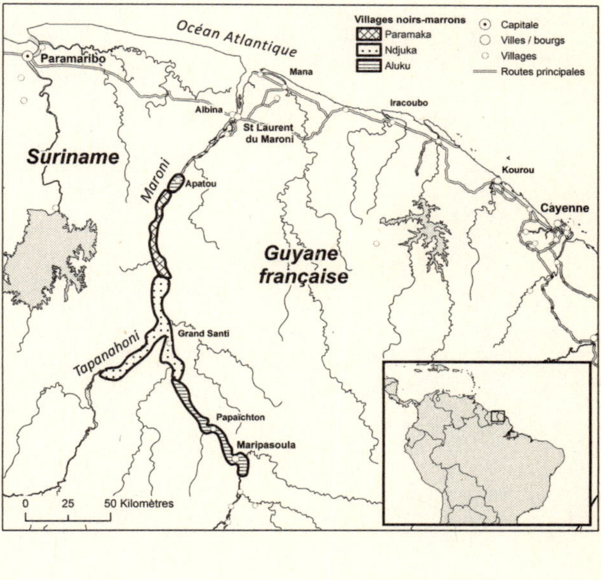

1

Réveillé par l'averse qui malmenait le toit de la baraque, le petit Barnabé se retourna dans la toile humide de son hamac. Fichue saison des pluies ! À sa droite, ses sœurs dormaient encore profondément sous les moustiquaires. Le grand frère ronflait, ses pieds crevassés dépassant du tissu. Dans un coin de la pièce sombre, un pot en plastique récoltait les gouttes qui s'immisçaient par un trou dans la tôle. L'enfant attendait l'accalmie avec impatience. Comme chaque matin, un grain violent inondait le fleuve Maroni et le village, couvrant le cri lointain des singes hurleurs, retardant le départ des pirogues.

Puis, d'un coup, le bruit sourd cessa. Dehors, une poule tenta un gloussement timide. Un fragment de ciel bleu apparut entre les planches. Dans la chambre voisine, la mère soupira. Barnabé se redressa aussitôt, les cinq sens en éveil. Il bondit du hamac, enfila son slip et se jeta hors de la maison sur l'allée creusée de flaques.

— *U Weki oo !* Debout tout le monde !

Il courut entre les constructions, bras écartés, imitant un moteur d'avion. Il dépassa le carbet* des anciens, la prise d'eau, le manguier géant, le monument aux ancêtres, le plant de piments qui lui laissait un souvenir brûlant dans la bouche, passa devant la demeure bariolée de son oncle, fit fuir un coq d'un coup de pied.

— Tobie ! C'est moi le premier ! cria-t-il devant la baraque de son ami.

Et il s'élança à nouveau sur une centaine de mètres pour atteindre la berge du fleuve qu'il balaya du regard, un sourire triomphant aux lèvres. Personne ! Il était arrivé le premier, remportait encore une fois l'épreuve haut la main. Il sauta à pieds joints dans l'eau, les poings fermés en signe de victoire.

Barnabé gagnait chaque matin la course à la toilette. Il finissait toujours dans l'eau du fleuve avant sa mère qui suivait derrière, linge dans les bras. Avant ses deux sœurs, bassines de vaisselle calées sur la tête. Et, bien sûr, avant son frère qui rechignait à se plier au rituel matinal.

Il ne se priva pas de clamer sa prouesse, le doigt pointé vers les premières pirogues qui descendaient le Maroni.

— Champion du monde ! Champion du monde !

— *Kaba* ! Arrête ça ! lui ordonna sa mère à son arrivée. Champion des fous, oui ! Viens te laver.

Coupé net, Barnabé obtempéra. Il saisit le savon qu'elle lui tendait et s'enduisit le corps de mousse pendant qu'elle entamait la lessive familiale. Elle tordit le linge, le frappa d'une masse pour en évacuer la crasse. Ces enfants arrêteront-ils un jour de se rouler dans la boue ? pensa-t-elle en regardant s'écouler le liquide marron.

Ils furent rejoints par le reste du foyer, puis par les autres familles du village. Une brume fine stagnait à la surface du fleuve. Une fille ajusta son pagne pour ne pas le salir en se penchant pour frotter la vaisselle.

Barnabé, blanc de savon, grimpa sur une pirogue, la longea jusqu'au moteur et se jeta à l'eau dans un cri. Il nagea sur quelques mètres. Pas trop loin : le courant pouvait l'emporter, il connaissait la leçon par cœur. Sans compter les sirènes qui rôdaient dans le fond, prêtes à lui agripper la cheville pour l'attirer à elles et l'emmener dans leur monde. Une de ces légendes du fleuve auxquelles il croyait dur comme fer. Justin, le grand frère de Tobie, jurait en avoir aperçu une, un jour qu'il remontait le Maroni en pirogue avec son père. Assise sur un rocher, elle coiffait ses longs cheveux avec un peigne en or. Elle lui avait même fait un signe de la main. Il en savait des choses, Justin. Ils avaient de la chance lui et Tobie d'avoir un père orpailleur* pour leur faire voir du pays. Barnabé, lui, ne quittait le village que pour se rendre à l'école à Apatou.

Il ne s'interrogea sur l'absence de son ami qu'au moment du shampooing. En temps normal, Tobie aurait déjà profité qu'il ait les yeux fermés pour l'asperger d'eau. Les deux gamins étaient inséparables. Toujours les premiers à se faire remarquer dans les allées du bourg et à écoper des calottes des grands frères agacés. Un mois plus tôt, ils s'étaient même rendus célèbres en mettant le feu par mégarde à un carbet. D'habitude, les briquets ne font pas des flammes aussi hautes ! donnèrent-ils comme seule explication. Le toit avait fini en cendres, les deux coupables sous les coups des parents et la colère du chef coutumier.

Impatient de retrouver Tobie, Barnabé interrogea sa mère qui se contenta de hausser les épaules en grognant : elle se moquait de savoir où avait encore filé la famille Apanga et ne voulait rien avoir à faire avec ces gens ! Les deux mères ne s'aimaient pas, Barnabé le devinait sans comprendre l'origine de leur différend. Il en était ainsi, voilà tout. Elles ne se parlaient jamais, s'évitaient lorsqu'elles se croisaient.

Mais Barnabé savait que Tobie n'était parti nulle part. S'il avait dû quitter le village, il le lui aurait dit, à coup sûr. Il se rinça intégralement, sécha ses cheveux sur le paréo de sa sœur, esquiva la gifle qu'elle tenta de lui asséner, puis se mit à la recherche de son ami.

Il se planta au pied de la maison qu'il considéra d'un œil soucieux. Les quatre murs de bois noir se dressaient devant lui telles les parois d'un inselberg*. Même pas une petite peinture pour colorer l'ensemble. Un escalier latéral glissant menait à l'étage. Des gouttes tombaient encore du toit, remplissaient une ravine dans la terre ocre. Barnabé remonta son slip et fit trois fois le tour de la bâtisse : pièce du bas vide et obscure ; porte de l'étage cadenassée. Il gravit quelques marches.

— Tobie ! cria-t-il. Tu fais quoi ? *Mi e wakti yu.* Je t'attends, moi !

Sans réponse. Il chercha une explication. Tobie ne pouvait tout de même pas dormir encore à une heure pareille ! À moins qu'il ne soit chez la vieille qui veillait parfois sur les deux frères lorsque leur mère s'absentait ? À cette pensée, Barnabé grimaça. La vieille l'effrayait avec ses doigts crochus et ses dents en moins. Une vraie sorcière. Il n'oublierait jamais le jour où elle l'avait pris dans ses bras pour l'embrasser de ses lèvres flasques. Il gardait de son souffle nauséabond un souvenir vivace.

Il vérifia que personne ne le surveillait, puis grimpa sur un bidon installé par la mère de Tobie pour récupérer les eaux de pluie. D'ici, il savait qu'il était possible d'atteindre l'étage. Il agrippa le rebord de la fenêtre, puis tira de toutes ses forces pour se hisser, basculer en avant, et s'étaler dans la chambre. À plat ventre sur le plancher.

— *Woï* ! se plaignit-il en constatant qu'un clou rouillé avait tailladé son mollet.

Il se releva, fronça les sourcils.

Devant lui, les hamacs des frères Apanga. Immobiles et lourds comme deux gros sacs de manioc. Éclairés par quelques rayons qui perçaient entre les planches.

— Tobie ?

Mais Tobie ne répondit pas. Pas plus que Justin.

— Allez, Tobie ! Réveille-toi, non !

Il secoua la moustiquaire, tira sur la corde. Le hamac se balança, cogna mollement contre celui de Justin. Sans effet. Barnabé resta un instant dans la petite chambre de son ami, interloqué. Il ne comprenait pas, vraiment pas.

Il se résolut enfin à ressortir de la baraque. Il la regarda dans son ensemble avec une moue contrariée. Puis il courut en direction du fleuve pour retrouver sa mère.

— C'est bizarre. Tobie et Justin, ils sont encore en train de dormir !

2

Rouge, orange, jaune, vert, bleu, violet. Le lieutenant Pierre Vacaresse eut beau se réciter plusieurs fois la liste, il ne parvint pas à retrouver la septième couleur. Un genre de mauve, peut-être ? Il se souvenait pourtant bien avoir révisé la leçon avec son fils, quelques années auparavant. De même qu'il avait à l'époque presque compris quel phénomène permettait de faire émerger tant de nuances d'une simple goutte d'eau. Une histoire de réfraction de la lumière ou quelque chose comme ça. Devant le petit arc-en-ciel apparu à l'avant de la pirogue, il mesurait son ignorance.

Deux bancs derrière lui, le capitaine Anato se tenait droit, immobile, les yeux rivés sur la berge surinamienne où le fleuve et la forêt se disputaient une frontière imprécise. L'eau s'introduisait entre les arbres pour inonder les rives, la végétation se déployait au-dessus du fleuve. Du massif forestier s'extirpaient quelques palmiers au tronc plié comme un coude. Les fruits des wapas* pendaient des cimes telles des lames de sabre effilées.

Sous un ciel brûlant où courait une meute de nuages boursouflés, la pirogue de la gendarmerie remontait le Maroni pour gagner Wetisoula, un village aluku*. Trois décès suspects, aux dires de la compagnie de Saint-Laurent-du-Maroni.

Assis à côté du moteur, le pied sur la nourrice d'essence, le pilote dirigeait son esquif avec assurance. Il louvoyait, passait sans arrêt du milieu du fleuve à l'une des rives, suivant une route invisible pour éviter les bancs de sable qu'il connaissait par cœur. Il dépassa une pirogue jaune vif, débordant de marchandises, dont le piroguier baissa aussitôt la tête. Un commerce illégal en provenance du Suriname.

Sur la berge guyanaise, l'attitude des habitants des villages était tout autre. Les pieds dans l'eau, pliées en deux pour laver linge et vaisselle, les femmes se redressaient au passage des gendarmes. Elles leur lançaient des regards de défiance, échangeaient quelques mots à leur sujet.

Vacaresse et Anato restèrent silencieux un long moment, pensifs. Ils collaboraient depuis seulement trois mois, trop peu pour se forger une opinion définitive l'un de l'autre. Le lieutenant ne savait que penser de ce nouveau supérieur débarqué de la Direction générale, à Paris. Avant même son arrivée, le commandant de gendarmerie avait insisté sur la chance qu'avait la Section de recherches d'accueillir à sa tête un Guyanais. Un *originaire*, comme on les appelait. Le seul en France à avoir atteint le grade de capitaine. Mais durant ces trois mois, Vacaresse avait surtout découvert un patron insaisissable. L'homme posait beaucoup de questions, mais parlait peu, expliquait rarement ses décisions. Il avait commencé par revoir la répartition des affaires en cours entre les enquêteurs, sans raison apparente, puis s'intéressait à présent au travail des techniciens. Vacaresse n'arrivait pas à le cerner.

Le capitaine Anato semblait par ailleurs plus à l'aise pour respecter les procédures que pour s'adapter au terrain. Et la Guyane faisait partie des terrains les plus difficiles, le lieutenant en savait quelque chose, tout métropolitain qu'il était. En fin de compte, il se confirmait que l'originaire ne connaissait pas le territoire aussi bien que l'avait prédit le commandant. Il n'avait de local que la couleur de peau, commençait-on à conclure au sein de la Section. Il se disait aussi que lors de son affectation, ses origines l'avaient fait passer devant un officier spécialiste de la judiciaire, rompu aux enquêtes les plus délicates. Couleur contre compétence, l'autre avait dû s'incliner. Du moins, c'est ce que prétendait la rumeur.

Le lieutenant le regarda un instant. Sous sa tenue civile, polo gris et pantalon noir bien propres, il avait des biceps épais, probablement gonflés en salle plutôt qu'en conditions réelles. Un crâne rasé de près, lisse, sans défaut. Un visage rond aux pommettes saillantes, qui renvoyait une impression de calme et de puissance à la fois. Sans compter les yeux, d'une clarté troublante, quelque part entre le marron et le jaune. Orange peut-être. Rien à dire, physiquement parlant, le capitaine avait tout pour lui. Mais pour la Section de recherches, quelles étaient ses qualités ? s'interrogeait le lieutenant.

Dans l'équipe, chaque enquêteur avait sa spécialité, son terrain favori. Et s'il y en avait un que

Vacaresse ne possédait pas, c'était bien le Maroni. Le lieutenant connaissait intimement toutes les communes du littoral, de Saint-Laurent-du-Maroni à Saint-Georges-de-l'Oyapock. Mais le fleuve, rien à faire, il s'y sentait étranger. Tout y était trop différent. Il se tourna enfin vers le capitaine pour poser la question qui le taraudait depuis leur départ de Cayenne.

— Mon capitaine, pourquoi vous n'avez pas emmené Stéphane ? Le fleuve, c'est plus son terrain que le mien, non ?

— Girbal est mon adjoint. Il fallait qu'il garde la boutique.

Vacaresse leva un sourcil. Encore une réponse évasive, jugea-t-il en revenant à son arc-en-ciel.

La pirogue dépassa le bourg d'Apatou.

Six pirogues encombraient déjà le dégrad* du petit village de Wetisoula, échouées entre de longues tiges de bois plantées dans le sol. Le pilote donna un coup de moteur qui fit grimper l'avant du bateau sur la plage. Anato et Vacaresse enfoncèrent leurs pieds dans le sable humide, puis gravirent la pente pour gagner la terre ferme.

Ils furent accueillis par un gendarme de la brigade d'Apatou, sur place depuis le matin et visiblement paniqué. Anato l'observa de la tête aux pieds. Erreur de casting, comme bien souvent lors des premières affectations : un tel play-boy n'avait rien à faire ici. Coiffé à la dernière mode, lunettes carrées, il arborait son uniforme impeccablement repassé comme un costume de soirée.

— Capitaine Anato, Section de recherches.

— Gendarme Grison, se présenta le jeune homme. Je vous attendais. Les gens sont ingérables ici !

— Ils sont sans doute plus perturbés que vous, rétorqua Anato. Qui a découvert les corps ?

— Un gamin qui avait l'habitude de jouer dans le fleuve avec l'un des deux enfants. La porte de la case était cadenassée, alors il est entré par la fenêtre. On a été prévenus assez vite, et je suis monté avec le médecin d'Apatou.

— Il est toujours là ce médecin ?

— Il a dû repartir, mais il m'a promis qu'il reviendrait vite. Moi, j'aurais parié sur un accident, mais il a trouvé ça bizarre, alors on a préféré vous faire venir.

— Je vois. Eh bien, allons-y alors. Rappelez-moi le nom de la famille.

— Apanga.

— C'est ça, Apanga.

Ils traversèrent le hameau sous les regards méfiants des habitants, assis sur des petits bancs devant leur demeure. Des baraques traditionnelles pour la plupart, ornées de peintures colorées. Anato salua le chef coutumier du village, le *kapiten**, un homme au dos voûté, âgé d'une cinquantaine d'années, qui parut rassuré de disposer enfin d'un interlocuteur digne de ce nom et qui les mena à la maison Apanga.

Situé à l'écart, le site avait attiré à lui toute une assemblée. On était venu à pied par les sentiers des abattis*, mais aussi en pirogue depuis les hameaux voisins pour constater l'ampleur des dégâts. Il régnait une ambiance tendue, tous semblaient irrités par la présence des gendarmes. Des protestations s'élevaient. Une vieille femme pleurait, récitait une plainte en langue aluku, le visage caché sous un tissu. Un chant funéraire qui se répandait sur l'ensemble des lieux.

Dès que Grison se replaça devant la bâtisse, ceinturée d'un ruban dont le jaune jurait sur le bois, il fut alpagué par un villageois en treillis, fusil de chasse en bandoulière.

— *Fika mi go a ini !* Laissez-moi entrer ! cria l'homme en pointant un index raide.

— Écartez-vous ! beugla le jeune gendarme, encore plus fort. Je vous l'ai déjà dit : on doit faire une enquête !

— Vous n'avez rien à faire ici ! *Fika mi ke mi pasa !*

— Reculez !

Grison se tourna vers les deux officiers, fouillant sa coiffure d'une main tremblante.

— C'est comme ça depuis ce matin…

Totalement dépassé par la situation. Langue, âge, culture, tout un univers le séparait de son interlocuteur. Des gouttes de sueur coulaient sur son front.

L'arrivée de deux agents venus du littoral focalisa l'attention. Anato s'adressa au chasseur d'une voix grave et calme qui permit d'apaiser un peu le climat. Lui et le lieutenant prenaient l'affaire en main, expliqua-t-il. Ils n'avaient pas d'autre choix. Et ils cherchaient la même chose que lui : comprendre ce qui était arrivé à la famille Apanga.

L'homme se tut, interrogea du regard les autres villageois, intrigué par ce gendarme à la peau noire, bâti comme le plus vaillant d'entre eux.

— S'il vous plaît. Laissez-nous faire notre travail, ajouta doucement le capitaine en guise de conclusion.

Le chasseur le fixa un instant, passa une main trapue sur sa bouche, grimaça. Puis il acquiesça de la tête. Il ajusta son fusil sur l'épaule, se retourna en marmonnant quelques mots en aluku, et s'éloigna enfin. Les autres spectateurs se laissèrent convaincre à leur tour et se dispersèrent bientôt. La vieille femme cessa ses pleurs, laissant s'installer un silence moite.

Le domicile de la famille Apanga se dressait devant les deux enquêteurs. Une maison en bois à étage, avec un rez-de-chaussée bas de plafond, un escalier extérieur en mauvais état, un toit de tôle brun d'une rouille avancée. Tout autour de la baraque, des ravines creusées par les intempéries entamaient la terre. Le ruban jaune entourait toute la maison pour finir dans une mare de boue. Un grand cadeau dont Anato repoussait autant que possible le déballage.

Il se résigna et se tourna vers Vacaresse pour répartir les tâches :

— Je vais à l'intérieur. De votre côté, inspectez les alentours. Ensuite, on recueillera les témoignages.

— O.K., répondit simplement le lieutenant, qui jugea la situation peu propice à la discussion.

Anato enjamba le ruban, monta les marches qui menaient aux chambres. À ses pieds, le cadenas que Grison avait forcé tôt le matin. Il poussa la porte avec prudence.

L'étage comportait deux minuscules pièces séparées par une paroi fine. Des rais de lumière brûlants s'infiltraient entre les planches et dessinaient des lignes sur le sol. Un rideau de douche à fleurs fixé par des clous tordus décorait le mur. Sous la tôle du toit, des ustensiles en plastique rangés sur des étagères bricolées : bassines, pots, sachets de supermarché. Accrochées aux poutres, deux pagaies traditionnelles pointaient vers le bas. La charpente rongée par les insectes menaçait de céder sous le poids du métal.

Il y avait là trois corps inertes qu'on aurait pu croire seulement endormis.

Anato s'approcha de madame Apanga, allongée sur un matelas en mousse, les mains réunies sur son torse en position de gisante, habillée d'un tee-shirt rouge quasiment neuf. Un mètre soixante au maximum, elle avait un corps tout en muscles, avec des bras épais des épaules aux poignets. Une silhouette courte, mais massive, presque masculine. Des mains de travailleuse aux paumes râpeuses, aux ongles abîmés. Seul le vernis argenté sur les ongles de ses pieds apportait une touche féminine à la défunte.

Son visage dégageait une émotion troublante. Une sorte de fierté austère. Des petits yeux resserrés autour d'un nez droit. Une bouche étroite et sèche, comme prisonnière de deux rides verticales et d'une fossette au menton. Six grosses nattes de cheveux gris rampaient vers l'arrière de son crâne. Une figure digne et triste, qui semblait n'avoir jamais souri. Difficile d'estimer son âge. Quarante ans ? Peut-être moins. La vie sur le fleuve pouvait faire vieillir prématurément.

Anato se releva, prit des clichés, nota les détails marquants. Pas de sang, pas d'objet renversé, aucune trace de lutte dans la pièce. Rien qu'une femme allongée, comme morte dans son sommeil. Sur le sol, il chercha des indices de présence d'un visiteur, empreintes de pas, fragment quelconque qu'il aurait pu confier aux techniciens de la Section. En vain. Dans la collection hétéroclite d'accessoires amassés par la victime, aucun ne se détachait pour éclairer les conditions du décès.

La seconde pièce était totalement occupée par les hamacs des deux enfants, tendus entre les murs, recouverts d'épaisses moustiquaires. Anato souleva les tissus pour photographier les visages, paisibles. Le plus jeune, habillé d'un slip à l'élastique détendu, serrait contre lui un morceau de chiffon sale. L'aîné, recroquevillé au fond de la toile, avait des traits fins, un visage d'ange. Autour des couchettes, aucun élément n'attestait du passage d'une tierce personne.

Une chaleur visqueuse imprégnait l'air de cet espace confiné. Anato sentait son polo coller à sa peau. Il arpentait les lieux en se baissant pour passer sous les hamacs sans les bousculer, par respect pour les deux enfants décédés autant que pour la scène de crime. Il évita une ampoule qui pendait du plafond, reliée au sol par un fil électrique usé, noir de crasse.

Comment une famille entière avait-elle pu ainsi s'effacer, en une nuit seulement ? se demanda-t-il. Quelle avait pu être la vie de cette femme ? Une vie de labeur, se prit-il à imaginer, entre fleuve et forêt, faite de précarité et de sacrifices pour élever deux enfants. Assez pour user une femme, pour lui creuser des rides, lui casser le dos, lui détruire les mains en quelques décennies. Anato se remémora avec tristesse le visage de sa mère, qui aurait pu ressembler à celui-ci si elle et son père n'avaient pas choisi de quitter la Guyane pour s'installer en métropole. Il tentait de rattacher le village, l'intérieur de cette maison à ses souvenirs d'enfance. Ses parents avaient-ils habité un jour dans une baraque en bois comme celle-là ? Avait-il lui-même passé ses premiers mois sur un tel plancher poussiéreux ? Dans sa mémoire, tout restait trop lointain, trop flou pour permettre un rapprochement.

Il ne savait depuis combien de temps il se trouvait dans la pièce lorsqu'une voix le fit sursauter :

— La Section de recherches, c'est vous ?

Anato se retourna aussitôt. Un petit homme se tenait dans l'embrasure de la porte.

— Oui. Capitaine Anato.

— Michel Dougez, le médecin d'Apatou.

Il parlait d'une voix chuchotante, presque inaudible. Il se baissa, passa sous une moustiquaire et se dressa devant Anato, coincé entre un mur et le hamac d'un des enfants. Le capitaine tendit la main, le coude en contact avec le Nylon. Presque collé à lui, il ne voyait du médecin que la plate-forme de sa calvitie et ses lunettes qui pendaient autour du cou. Une croûte orange ornait le milieu de son crâne. Sa chemise jaune pâle, fermée par un seul bouton, laissait apparaître une toison gorgée de sueur.

— Famille Apanga, reprit le médecin en soulevant de la main une moustiquaire. Thélia, la mère, et les deux gamins : Justin et Tobie. Pauvres gosses.

— C'est vous qui avez constaté le décès ?

— Oui. Et c'est moi qui ai demandé au gendarme de faire appel à une équipe de Cayenne. Ce n'est pas clair comme mort. Vous n'avez pas emmené le légiste ?

— On l'a prévenu, mais il est difficile à mobiliser, surtout pour monter sur le fleuve. Il ne sera pas là avant demain, à mon avis.

— Qu'il fasse vite. Ça va bientôt empester là-dedans.

Les deux hommes étaient serrés l'un contre l'autre dans une promiscuité désagréable. Le capitaine tenta de mettre de la distance entre eux en se tassant contre le bois, l'omoplate appuyée sur la pointe d'un clou. Mais Michel Dougez ne comprit pas le message.

— Vous n'avez aucune idée de ce qui a pu les tuer ?

— Vous savez, les Alukus disent que l'on peut mourir de rien, en un instant. Ils pourraient vous raconter des dizaines d'histoires de ce genre. Des enfants, des adultes qui sont en pleine forme le matin et qui tombent raides morts l'après-midi, juste comme ça. Je n'ai jamais cru à ces histoires : j'ai connu beaucoup de décès malheureux sur le fleuve, mais j'y ai toujours trouvé une explication médicale.

— Sauf pour ceux-là…

Le médecin changea de position : il se tourna vers l'autre hamac, laissant glisser le tissu sur la peau humide de son avant-bras.

— Sauf pour ceux-là. Il n'y a aucune trace visible, et, sans analyses, je ne peux rien affirmer. Ça ressemble à un empoisonnement, une intoxication alimentaire, mais trois personnes d'un coup, ça fait quand même beaucoup.

— Et la qualité de l'eau ?

— C'est vrai que l'eau est pourrie ici et que la mairie ne fait rien pour y remédier. Mais ça donne juste de grosses gastros. Rien qui puisse vous tuer trois personnes en une nuit.

— Donc, votre diagnostic serait ?

— Ça ressemble à un accident. Mais je ne serais pas étonné qu'on les ait un peu aidés. Pour la suite, c'est le légiste qui pourra vous dire.

— Vous les connaissiez ?

Michel Dougez soupira. Anato huma son haleine chargée.

— Un peu. La mère est venue consulter une fois au dispensaire pour le plus jeune qui avait des diarrhées.

— Et vous-même ? Vous étiez déjà monté dans ce village ?

— Une fois ou deux, pas plus. Ça fait un moment.

Il repassa sous une moustiquaire, libérant un peu d'espace pour Anato qui inspira profondément.

— Les deux enfants… C'est vraiment moche.

Ils se turent. Par la fenêtre, le capitaine regarda au-dehors. De la maison s'échappait un gros fil électrique qui courait au sol jusqu'à une caisse en bois, une cinquantaine de mètres plus loin. Deux poules à moitié déplumées passèrent en galopant. Plus bas, les pirogues circulaient sur le fleuve, allant et venant pour annoncer la triste nouvelle aux villages voisins.

3

Resté seul, Vacaresse inspecta les alentours de la bâtisse sous la surveillance de trois enfants en culotte qui ne le quittaient pas du regard.

Sur le terrain, un espace de terre nue, bien entretenu, définissait la zone de vie de la famille Apanga. Les habitants du fleuve vivaient surtout à l'extérieur, le lieutenant le savait par ce qu'on lui avait raconté. Leurs maisons ne servaient que la nuit. Il fit trois fois le tour de la baraque, les yeux braqués vers le sol pour repérer tout indice des activités de la veille. Mais les villageois avaient foulé cette terre dans la matinée, les traces de pas s'y mélangeaient allègrement. La scène de crime, s'il s'agissait bien d'un crime, se trouvait souillée de toutes parts. Il renonça vite.

À quelques mètres de là, un carbet, qui devait faire office de cuisine. Au centre trônait une immense platine métallique calée sur un foyer éteint, sur laquelle reposaient plusieurs plats, quelques bouts de bois et un amas de branches réunies en balai. Un autre foyer, réduit à trois bûches en étoiles, était surmonté d'une marmite dont Vacaresse retira le couvercle : de beaux morceaux d'aïmara*, un bouillon rempli de boulettes de manioc. Il en souleva une cuillerée et l'odeur emplit ses narines. Encore une de ces recettes étranges. Quand ce repas avait-il été cuisiné ? se demanda-t-il. Avait-il un lien quelconque avec le drame ?

Le regard du lieutenant fut alors attiré par un tas de déchets à l'arrière de la maison, à côté d'un sentier qui se faufilait entre les hautes herbes. Il jeta un œil derrière lui, puis se laissa guider sur ce layon* qui l'éloigna du site.

Malgré son embonpoint, Vacaresse avait conservé une bonne forme physique. Il se retrouva à marcher dans une zone de sous-bois, sur un chemin récemment piétiné. Il lui tardait déjà de rentrer à Cayenne. Sa femme, Mathilde, n'aimait pas qu'il parte en mission, elle voulait le savoir proche du domicile familial. On ne sait jamais ce qui peut arriver. Les collègues de la Section le raillaient souvent à son propos. C'est madame qui porte la culotte chez les Vacaresse ! se moquaient-ils. Mais elle avait ses raisons. Bonnes ou mauvaises, ils étaient mal placés pour en juger, aucun d'eux n'avait connu ce qu'elle avait vécu. Sans compter que Vacaresse venait d'entreprendre la réfection du sol de sa cuisine, et qu'il s'impatientait à l'idée de terminer les travaux. Une raison de plus pour rentrer au bercail au plus vite.

Il chemina ainsi dix bonnes minutes dans un air saturé d'humidité, laissant dériver ses pensées. Les cris de la forêt s'élevaient à son passage. Puis il aperçut une éclaircie, une vaste parcelle cultivée sous un soleil de plomb. Des pousses vertes sur un sol noir. La technique classique d'agriculture sur abattis-brûlis* : la végétation avait été défrichée à la tronçonneuse, puis les arbres brûlés sur place pour enrichir le sol. Vacaresse enjamba les troncs carbonisés, gravit la pente qui menait vers le centre du terrain où un carbet de fortune abritait trois rondins de bois. Il s'assit quelques instants pour observer l'ensemble de la parcelle qu'il jugeait gigantesque. Sans doute le terrain de la famille Apanga. Les cultures s'étalaient jusqu'à la forêt. Manioc, patate douce, ananas, imagina-t-il, incapable de faire la différence. Malgré ses cinq années passées en Guyane, il n'avait jamais mis les pieds sur un abattis. Il se leva et prit quelques photos des plantations.

Il parcourut le champ dans différentes directions avant d'apercevoir, dans le fond, un nouveau chemin qui pénétrait dans la forêt. Il se fraya un passage en repoussant les plants qui colonisaient les lisières de l'abattis. La forêt se resserrait puis s'ouvrait à nouveau sur une autre parcelle jouxtant la première.

Il considéra le tableau en haussant un sourcil, comme il se surprenait à le faire devant un événement imprévu. Moins étendu, le terrain renfermait une production bien plus familière à ses yeux. Des pieds de cannabis, par centaines, aux feuilles découpées et aux têtes chargées de graines. Un champ clandestin, caché au milieu de la forêt. Sans doute de quoi arrondir les fins de mois en toute illégalité. À hauteur d'homme, les plantes se balançaient au gré du vent.

Il arracha un échantillon puis rebroussa chemin vers le village, la chemise trempée de sueur. Il retrouva son supérieur assis sur un banc au pied du manguier, un homme chauve à ses côtés.

— Lieutenant Vacaresse. C'est vous le médecin ?

— C'est moi. Michel Dougez, confirma l'homme de sa petite voix.

Vacaresse remonta son pantalon et s'assit à son tour. Les planches grincèrent sous son poids. Il sortit de sa poche l'inflorescence de cannabis qu'il fit tourner entre ses doigts.

— Une bonne cultivatrice, cette madame Apanga. Je ne suis pas un spécialiste, mais sa plantation est belle à voir. J'ai repéré des traces de pas partout, elle a dû venir récemment, et je ne serais pas étonné que ça ait pu lui attirer des problèmes.

Anato s'empara de la fleur.

— Ça vous dit quelque chose ? demanda-t-il au médecin. Ça se pratique beaucoup ?

— Oui. Enfin, je ne sais pas. Tout dépend de la taille de l'abattis. Des petites cultures de kali*, il y en a pas mal, on peut en cacher des choses derrière ces arbres. Mais c'est surtout pour la vente locale. Il y a toujours des jeunes pour acheter de l'herbe, ça fait un complément de revenus. Mais une grande parcelle, c'est autre chose.

— Qu'est-ce qui vous dit que ça lui appartient ? demanda Anato au lieutenant. La plupart des habitants doivent posséder au moins un abattis, ici ou en face.

— Le flair peut-être. Le layon part juste derrière la baraque alors je me suis dit qu'il y avait sûrement un lien.

— Possible, acquiesça le médecin. Possible.

Michel Dougez quitta les lieux peu de temps après la fin de leur discussion. Il résidait à Apatou, informa-t-il, et restait à leur disposition pour la suite de l'enquête. Les deux gendarmes se lancèrent dans le premier de leurs interrogatoires : celui du kapiten, le chef coutumier du village. Incontournable pour garantir le bon déroulement de l'enquête.

Le kapiten, les yeux rouges et pochés, quelques poils blancs dressés sur le menton, avait passé une chemise propre dont il avait fermé les boutons jusqu'aux plis de son cou. Il portait une casquette ornée de la virgule de Nike qu'il ajustait sans cesse. Il répondit aux questions d'Anato dans un français approximatif. Pour lui, la conversation relevait plus du protocole convenu avec les représentants des administrations que d'un véritable témoignage.

De son côté, Vacaresse ne put s'empêcher d'examiner les pieds de l'homme, forgés par la vie et les travaux agricoles. Sur la semelle symbolique de tongs centenaires, les orteils ressemblaient à une dizaine d'osselets noirs. Ils présentaient de petits ongles enserrés dans une chair qui paraissait minérale. Le lieutenant était fasciné.

Le kapiten commença par expliquer qu'il devait préparer la cérémonie funéraire pour la famille Apanga. Tous les parents allaient arriver à Wetisoula dans les jours prochains pour assister à ce passage obligé : il fallait interroger les défunts pour déterminer la cause de ces trois disparitions. Anato et Vacaresse sentirent s'ouvrir le fossé culturel avec lequel ils allaient devoir composer. Le kapiten dériva ensuite sur les manquements de la municipalité d'Apatou en matière d'eau potable, sur les promesses non tenues des élus. Anato eut grand-peine à ramener la conversation vers son sujet principal.

Installée à Wetisoula depuis seulement quelques années, Thélia Apanga était originaire d'un village ndjuka* du haut Tapanahoni. Elle avait suivi son mari qui travaillait dans l'exploitation de l'or, à qui le kapiten semblait porter un grand respect.

Mais les gendarmes apprirent surtout que Thélia Apanga, agricultrice acharnée, quittait souvent le village. Elle passait une grosse partie de son temps sur son abattis et se rendait régulièrement sur le littoral. À Saint-Laurent ou Mana, précisa le chef coutumier, peu sûr de ses informations. Il arrivait à la sœur du kapiten de s'occuper des deux enfants lors des absences de la mère.

À la question de savoir si quelqu'un avait pu avoir quelque grief contre elle, il se refusa à répondre. Il se référa à nouveau aux résultats attendus de la cérémonie.

Ce fut en fin de compte Anato qui mit fin à la difficile discussion :

— Merci beaucoup pour votre contribution. Je comprends vos obligations, mais j'espère que vous comprendrez vous aussi que nous allons devoir ouvrir une enquête sur ces trois décès.

— *Mi e fusutan.* Je comprends.

— Tout d'abord, les corps vont devoir être autopsiés, et pour cela il va falloir les emporter à Cayenne. Cela va sans doute prendre quelques jours avant qu'ils puissent être rendus à la famille.

L'homme ne répondit pas. Son air pensif suffit à Anato pour comprendre son mécontentement.

— Si vous êtes d'accord, nous allons passer la nuit ici, reprit-il. Je dois partir demain matin, mais le lieutenant Vacaresse va rester quelques jours. Je souhaiterais qu'il interroge votre sœur, puisqu'elle s'occupait des enfants, et toutes les personnes qui pourraient détenir des informations sur madame Apanga. Et sur ce qui s'est passé durant cette nuit. Ça vous paraît possible ?

À contrecœur, le chef coutumier donna son accord pour une telle procédure alors que Vacaresse, brutalement tiré de sa contemplation des orteils de l'homme, faillit s'étrangler.

— Mon capitaine, il n'a jamais été question que je reste ici plus d'une nuit.

Vacaresse, furieux, pensait à Mathilde et à Jérémy, son fils, à qui il avait annoncé une mission très courte. À demain, avait-il dit avant son départ.

— Désolé, répondit Anato. Il y a trop de zones d'ombre dans cette affaire, vous devez continuer l'enquête ici.

— Mais on ne peut pas revenir plus tard ?

— Non. Personne ne nous dira rien. Je vais prévenir votre femme et vous pourrez récupérer vos heures. Mais il faut que vous restiez ici.

Anato ne laissait aucune place au débat, Vacaresse le comprit et abandonna la partie. Une erreur de plus, songea-t-il, le capitaine approche de la limite. Il se promit de faire remonter l'affaire à la hiérarchie dès son retour à Cayenne. Son collègue,

Stéphane Girbal, le soutiendrait sans doute dans ses récriminations. L'attitude de son supérieur mettait décidément le lieutenant mal à l'aise. Mais il y avait autre chose qui l'incommodait, quelque chose de physique. Un détail qui l'empêchait de soutenir son regard. Au niveau des yeux, une subtile différence de couleur entre ses deux iris, peut-être. La secrétaire de la Section de recherches, sensible à la beauté plastique du nouveau patron, y voyait une grande profondeur. Vacaresse, lui, se sentait littéralement transpercé par ce regard. Il détourna la tête.

Le soir venu, ils accrochèrent leurs hamacs sous le minuscule carbet d'accueil de Wetisoula et, après un dîner sommaire, s'installèrent dans les toiles de Nylon. La nuit s'était répandue sur le village. Quelques pirogues sillonnaient encore le Maroni. De la forêt parvenait le chant nocturne des grenouilles. Les deux gendarmes laissaient divaguer leurs pensées avant le sommeil.

Celles de Vacaresse glissèrent vers son projet de réfection du sol de sa cuisine. Il avait quitté Cayenne en laissant une grande dalle de béton nu pour seul revêtement. L'entreprise, chère à son cœur, lui posait un problème quasi métaphysique : il n'arrivait pas à choisir la couleur des carreaux. Il repensa aux pieds du chef coutumier, ces pieds de pierre façonnés par le sol forestier. Que produirait le contact d'une telle matière avec son carrelage rêvé ? Cette peau épaisse et cornée serait-elle capable de rayer les carreaux ? Dans son demi-sommeil, il se prit à intégrer la solidité comme un nouveau paramètre déterminant dans son choix.

De son côté, Anato ressassait ses souvenirs d'enfance, les quelques vacances passées sur le fleuve. Il chercha une explication à la sensation de malaise qu'il ressentait depuis son arrivée à Wetisoula, sensation passée inaperçue de tous. Il se sentait proche, mais en même temps si éloigné de ces habitants. Malgré sa couleur de peau, aucun des villageois n'avait compris qu'il était lui aussi originaire du fleuve Maroni. Tous l'avaient pris pour un créole du littoral. Rien d'étonnant, les Ndjukas comme les Alukus n'étaient pas légion dans les élites guyanaises. Quelques conseillers régionaux, tout au plus. Anato pensa à ses parents qui lui manquaient tant, à cette langue qu'il ne maîtrisait pas, à ses ancêtres. Ces ancêtres qu'il partageait avec la famille Apanga, évadés des plantations surinamiennes pour gagner leur liberté, deux siècles auparavant, lors du grand marronnage*. Ces ancêtres mythiques dont il avait si souvent rêvé, mais qui lui semblaient soudain si lointains.

4

Le colibri et le tatou. Anato avait enfin trouvé la traduction guyanaise de sa théorie. Mal à l'aise dans la gestion des relations avec ses subordonnés, le capitaine en était réduit à ranger chaque collaborateur dans une case, à user des méthodes héritées de son précédent commandant. Le colonel Fontaine, un homme resté pour lui un modèle de droiture et d'honnêteté. Le colonel défendait une vision du monde du travail réparti en deux profils opposés : les renards et les sangliers, qu'Anato venait de convertir en colibris et tatous. Faute d'améliorer les rapports, la typologie permettait de cerner rapidement les agents. Une sorte de psychologie simplifiée.

Et il avait rapidement classé le lieutenant Vacaresse dans la race des tatous. Un véritable gratteur. Lorsqu'ils commencent quelque chose, les tatous creusent jusqu'à épuisement. Empruntant toujours les mêmes itinéraires, ils s'écartent peu de leur trace, mais la ratissent sans cesse. Ils inspectent ses moindres recoins pour en faire leur propre habitat. Anato ne se voyait pas exposer cette analyse au lieutenant, mais c'était pour cette raison qu'il avait choisi de le mobiliser. L'enquête nécessitait d'étudier les détails de l'affaire sans se laisser distraire. Il fallait quelqu'un qui, mis sur les rails de la mort de la famille Apanga, ne s'en écarterait pas. Il fallait un tatou.

Le capitaine avait vu juste, Vacaresse était un obstiné. Borné, disaient certains de ses collègues. Il ne lâchait rien, s'accrochait à ses enquêtes comme à un précieux butin. D'autant plus lorsque l'affaire concernait des enfants. Tous gardaient le souvenir de cet adolescent tabassé par son père, que Vacaresse avait traqué durant des mois malgré l'absence de témoin valable. Il avait frôlé la bavure pour arriver au bout du dossier. Mais il avait conclu, l'homme purgeait sa peine.

Réveillé avec le jour, Anato observa le lieutenant s'extraire de son hamac, puis s'asseoir sur une pierre, les cheveux en bataille. Il avait des yeux plissés, des joues molles, une bouche trop petite pour ses dents. On distinguait en permanence ses incisives entre les lèvres. L'ensemble manquait d'harmonie.

À cette heure matinale, le fleuve dévoilait une ambiance singulière. La canopée* de la rive surinamienne baignait dans une brume laiteuse, agrippée comme un paresseux aux feuillages. Des bruits de moteurs provenaient de tous côtés. Le chant rauque des singes hurleurs résonnait dans le lointain. Le Maroni, tel un animal aux innombrables organes, s'éveillait lentement.

Anato roula son hamac, remballa ses affaires dans sa touque*. Une fois Vacaresse debout, il fit avec lui un point rapide : personnes à interroger, observations nécessaires, rendez-vous téléphonique quotidien. Le lieutenant acquiesça sans mot dire, le visage fermé. Il n'avait pas encaissé la décision.

Lorsque l'avant de la pirogue commença à se soulever, le capitaine observa la silhouette de Vacaresse s'éloigner sur la terre ferme. Il ne put s'empêcher de douter. N'avait-il pas commis une erreur en le laissant seul dans ce village aluku ? Comment allait-il gérer l'affaire, les relations avec les habitants ? Le moteur accéléra.

À l'approche de Saint-Laurent-du-Maroni, il sentit les vibrations de son portable dans sa poche de pantalon. Les messages s'étaient accumulés : le commandant de gendarmerie, demandant qu'on le rappelle dès que possible ; le médecin légiste, apparemment agacé, informant qu'il quittait Cayenne pour gagner Wetisoula dans la journée.

Anato mit pied à terre, rejoignit aussitôt son véhicule et s'engagea sur la seule route nationale du département, qui longeait le littoral entre Maroni et Oyapock. Il parcourut les paysages sauvages de l'Ouest guyanais : reliquats forestiers décharnés, latérite* pourprée, abattis et hameaux souvent illicites, carbets d'artisans façonnant des pagaies au sabre dans quelque bois précieux. Un vent lourd fouettait la voiture.

Durant tout le trajet, il fut hanté par l'image de Thélia Apanga, par l'émotion qu'il avait éprouvée devant son visage. Il se sentit pris d'un profond respect pour cette victime. Désarroi, douleur, dignité, il y avait un peu de tout ça dans son expression de défunte, dans ce petit corps musclé et inerte. L'agricultrice était une ndjuka, comme lui. Peut-être la quarantaine, juste quelques années de plus que lui. Finalement, elle aurait pu être sa cousine, sa sœur du fleuve. Pauvre femme, pensa-t-il. Qu'avait-il bien pu lui arriver, à elle et à ses deux gamins ? Qui pouvait avoir assez de rancœur pour causer la mort de toute une famille ?

Le capitaine rejoignit Cayenne trois heures plus tard, enchaîna les ronds-points qui jalonnaient les zones industrielles où les centres commerciaux poussaient comme de mauvaises herbes. Il sillonna les quartiers périphériques avec leurs cités de béton décaties, qui semblaient commencer à fondre sous le soleil équatorial. Puis il pénétra dans l'enceinte de la caserne de La Madeleine pour rejoindre les bureaux de la Section de recherches.

L'air conditionné, glacial, contrastait avec la chaleur étouffante qui régnait au-dehors. Il traversa les couloirs sous les regards réprobateurs de son équipe : la mission prolongée de Vacaresse était déjà connue de tous. Le lieutenant Stéphane Girbal l'accueillit d'un bonjour maussade. Mauvais signe, Girbal était réputé pour sa bonne humeur. Le lieutenant le suivit jusqu'à son bureau pour dresser un bilan de son intérim.

— On a avancé sur le braquage de la route de l'Est. La brigade de Régina a interpellé deux Brésiliens, on dirait que ça se recoupe bien.

— Il était temps. Une bonne chose de faite. Et pour le meurtre de la petite Voisin ?

— Alors là, c'est le néant. On cherche un témoin pour comprendre ce qui s'est passé, mais pour le moment, rien.

Amélie Voisin, une jeune Guyanaise de seize ans. Assassinée d'un coup de couteau une semaine plus tôt, alors qu'elle faisait du stop au bord de la route de Kourou à la tombée de la nuit. Elle avait été trouvée par un automobiliste, baignant dans son sang entre les herbes d'un fossé. Seul son portable manquait. L'affaire avait ravivé le sentiment d'insécurité grandissant de la population qui s'était rassemblée dès le lendemain dans les rues de Cayenne pour une grosse manifestation. *Tuée pour un portable*, avait titré *France-Guyane* en couverture.

— J'ai eu un appel du commandant à ce propos, compléta Girbal. Il avait l'air remonté et m'a cuisiné pour savoir où nous en étions dans l'enquête. Je n'ai pas bien compris pourquoi, mais il voulait absolument vous joindre. Il n'a pas voulu m'en dire plus.

— Je l'appellerai tout à l'heure.

— Et vous, mon capitaine ? Le Maroni ?

— Pas grand-chose pour le moment. Trois morts, pas de sang, pas de violence. Il est toujours aussi difficile à mobiliser, ce médecin légiste ?

— On a déjà du mal à le déplacer hors de Cayenne, alors le Maroni, ça va être l'expédition de sa vie…

— Bon. En attendant, vous pouvez faire une chose pour moi ?

— Je suis un peu débordé, mais dites toujours.

— Pouvez-vous me trouver un agronome ?

— Un agronome ?

— Oui, quelqu'un qui s'y connaîtrait en agriculture. En abattis, en manioc, en cultures du fleuve. Ça doit bien exister, non ?

— Eh bien… Je dois pouvoir trouver ça, oui.

— Merci, fit Anato en l'accompagnant vers la sortie du bureau.

Il referma la porte. Appuyé contre son bureau, il conclut à nouveau qu'il avait hérité des deux extrémités du monde animal. À l'opposé de Vacaresse, le lieutenant Girbal, carrure étroite et mèche rebelle caressant un front haut, appartenait à la guilde des colibris. Faisant sans cesse des détours par de nouveaux chemins, les colibris sont incapables de rester concentrés sur une même tâche bien longtemps. Attirés par ce qui se passe à côté, ils papillonnent, sautent d'un sujet à l'autre comme le colibri qui butine. De fait, Girbal ne pouvait travailler plus d'une heure sur un dossier sans lever la tête, sans sortir de son bureau pour rendre visite aux collègues. Il s'éparpillait, fourrait son nez dans toutes les fleurs qui se présentaient. Il possédait ainsi une vision globale de l'activité de la Section, et faisait un assez bon adjoint. Mais il apparaissait impensable de lui confier une affaire en propre, car il finissait toujours par se laisser distraire par une autre.

Marié depuis peu avec une Brésilienne, Girbal avait fait de la Guyane son pays, n'envisageait plus de la quitter sinon pour refaire sa vie au Brésil. Un jour ou l'autre, comme il disait souvent. Il avait en outre une activité extraprofessionnelle débordante, qui tendait à empiéter sur ses fonctions. Sans cadrage rapproché de la hiérarchie, il se trouvait vite des occupations personnelles, au premier rang desquelles la préparation des week-ends qu'il passait à sillonner les rivières de Guyane. Il assumait son rôle de président du club de kayak de manière très consciencieuse.

Après avoir repoussé l'échéance autant que possible, Anato se résolut à rappeler le commandant de gendarmerie, son supérieur, qui lui passa un savon de sa voix sèche. Peu ému par le décès de la famille Apanga, un accident malheureux selon lui, le commandant lui reprocha de s'être absenté deux jours pour cette affaire.

— Concentrez-vous sur l'affaire Voisin, répéta-t-il comme une obsession. Menez-moi une enquête rapide et exemplaire.

— Le dossier est sous contrôle, mon colonel. Le lieutenant Girbal suit l'affaire et on va trouver une piste.

— Je vous ai déjà dit ce que je pensais de votre adjoint, Anato. Mettez-y votre nez. Et restez disponible à l'avenir, sauf urgence.

— Oui, mon colonel. Mais ces trois décès sur le fleuve, c'est un dossier complexe. Il va nous falloir composer avec les habitants et la cérémonie qui se prépare.

— Composez, composez, mais n'y passez pas trop de temps. Et n'en faites pas une affaire personnelle.

Compte tenu de vos origines, compléta en lui-même Anato alors que son supérieur raccrochait sans prévenir.

Lorsqu'il l'avait présenté devant l'ensemble du personnel de la Section, le commandant avait vanté ses mérites. Une chance pour la gendarmerie de Guyane d'accueillir en son sein le premier capitaine originaire du territoire ! Un modèle pour la jeunesse du département ! Mais, le temps passant, Anato comprit que le colonel n'y voyait pas que des avantages. Les remarques se multipliaient, volontaires ou inconscientes. À l'évidence, le grand chef, plus habitué à diriger des métropolitains, craignait que le brillant officier n'entretienne des relations trop étroites avec la population. Voire qu'il se compromette avec les milieux de la délinquance.

Le capitaine ne restait pas sourd aux rumeurs qui couraient à son sujet. Il inspirait des impressions contradictoires dans les différentes unités de la gendarmerie. Beaucoup partageaient l'analyse du commandant, hésitaient entre respect et méfiance. D'autres, comme le lieutenant Vacaresse, le voyaient plus comme un bureaucrate parisien que comme un véritable originaire, pensaient que sa couleur de peau était sa seule qualification. Certains encore, heureusement moins nombreux, ne digéraient simplement pas l'idée de voir un Ndjuka à la tête de la prestigieuse Section de recherches. Nostalgie inconsciente de l'époque coloniale…

Anato, au final, se demandait si ses origines étaient réellement un atout. Il reconnaissait cependant une chose : la Guyane lui était peu familière, il la découvrait un peu chaque jour. Ni métropolitain ni vraiment ndjuka. Un *négropolitain*, avait-il entendu dire.

Il quitta le bureau assez tard après cette journée commencée aux aurores et fit un détour par le camion-snack du cimetière. Installé dans une rue sombre face à une bâtisse créole en ruine, baigné dans le vacarme assourdissant d'un groupe électrogène, le camion fumait par tous les orifices, dégageait des odeurs écœurantes de friture. Un jeune javanais, tablier taché, casquette retournée, prit la commande : bami*, poulet et nouilles imbibées de sauce soja. Anato erra dans la rue en attendant son plat. Les grilles du cimetière de Cayenne se dressaient juste derrière, pointes érigées vers le ciel comme pour empêcher les morts de s'enfuir. Il regarda les tombes traditionnelles, tapissées de carreaux colorés. Ici étaient enterrés les grands noms qui avaient fait l'histoire de la Guyane. Héder, Catayée, Galmot, Damas… Des noms qui ne lui évoquaient pas grand-chose.

Chacun ses défunts, pensa-t-il en levant les yeux vers l'ampoule vacillante d'un réverbère. Les siens lui manquaient. Terriblement.

Son père et sa mère, morts depuis déjà un an.

Suite à leur décès, Anato avait quitté Paris pour la Guyane dans l'espoir de retrouver une partie de lui-même, de renouer avec sa famille ndjuka dont il ne possédait que de vagues souvenirs. Mais jusqu'à présent, la quête de ses racines restait vaine. Il avait bien fait la connaissance de cousines, oncles et tantes plus ou moins éloignés. Tous s'étaient montrés accueillants, lui avaient offert leur hospitalité naturellement. Un Ndjuka reste un Ndjuka ! répétaient-ils d'une seule voix. Mais il commençait à se rendre à l'évidence : ces lointains parents demeuraient pour lui des inconnus, il ne partageait rien avec eux. Aucune histoire, aucune culture, aucun repère. Eux lui parlaient fleuve, famille, ragga, chasse. Anato pensait Paris, gendarmerie, enquêtes. Il ne leur avait en fin de compte rendu visite que deux fois en trois mois.

La dernière occasion, c'était pour un déjeuner de famille, les quatre ans d'une jeune nièce. Il ne pouvait oublier le malaise profond qu'il avait ressenti. Outre les sourires et attentions, il avait retenu les multiples questions qu'on lui avait adressées. Pourquoi n'es-tu pas venu en Guyane plus tôt ? C'est comment la vie à Paris ? Mais que fais-tu donc dans la gendarmerie ? Des questions comme on en pose à un étranger. Réservé, Anato avait répondu comme il le pouvait, parlé de son enfance, de sa jeunesse. Comme si ces réponses pouvaient retracer l'ensemble d'une vie, reconstituer un patrimoine familial commun en un seul après-midi.

Il devait rester patient, se persuadait-il. Peut-être un déclic allait-il se produire d'ici quelque temps ? Une rencontre qui permettrait de briser la glace ? Un cousin avec lequel il se trouverait enfin des atomes crochus ? Il y croyait de moins en moins, se voyait surtout s'enfoncer dans une solitude sordide. Sa vie passée lui manquait. Et les quelques maîtresses qu'il ramenait à son domicile n'y changeaient rien.

Anato sortit de son lit moite vers six heures. Il se leva, entama sa toilette, rasa de près menton et crâne, se parfuma à l'eau de toilette. Il enchaîna une série d'exercices sur le plancher de sa petite terrasse. Un rituel matinal bien rodé auquel il dérogeait rarement.

Puis il regagna la chambre à coucher, s'assit sur le lit, une tasse de café à la main. Le drap gisait à terre, au pied de la porte vitrée. Le climatiseur expirait son air avec force, brassant les odeurs de transpiration. Mais il ne perturbait en rien la respiration régulière de la jeune femme endormie. Les cheveux bouclés couvraient l'oreiller, la courbure irrégulière des cuisses détonait sur le tissu blanc. Anato posa une main sur son épaule, sous le tatouage fleuri, puis appuya pour réveiller la fille. Elle ouvrit un œil et se tourna vers lui, rassemblant ses souvenirs avant de lui offrir son plus beau sourire. Qu'il ne lui retourna pas.

— Je pars au travail, dit Anato d'une voix distante. Tu peux te préparer un café si tu veux, tu claqueras la porte derrière toi en partant.

— Tu fais quoi ce soir? Je peux t'attendre ici? demanda la Brésilienne déçue.

— Je ne crois pas, non. Il vaut mieux que tu rentres chez toi.

— Je peux te rappeler? Demain peut-être?

— Pas demain. La semaine prochaine si tu veux.

Il mit fin à la discussion sans plus de délicatesse, se leva pour quitter les lieux, espérant qu'elle ne le rappellerait jamais.

Sur le trajet du bureau, il ressentit cette impression qu'il ne connaissait que trop bien. Anato était un consommateur, avec pour fortune la finesse de ses traits, ses yeux clairs, son torse bien bâti et l'attirance naturelle qu'il exerçait sur les femmes. De mémoire, il n'avait jamais été fidèle à une femme. Pas même à Patricia, avec laquelle il vivait avant de quitter la métropole. Il n'était pas certain de trouver un quelconque plaisir dans les bras de ses conquêtes. Il consommait, simplement, comme un animal consomme sa ration alimentaire. Et comme tout consommateur, il éprouvait cette sensation de culpabilité après chaque nouvelle folie.

5

Vacaresse pouvait compter sur les doigts d'une main le nombre de missions qu'il avait effectuées sur le fleuve. Il ne s'y sentait pas à l'aise, définitivement. Il enviait souvent Girbal pour ses capacités d'adaptation. Au Brésil, en pays amérindien, en forêt profonde, Girbal se révélait un vrai caméléon, ouvert sur les autres et curieux de tout. Mais Vacaresse venait d'un autre monde. Partout, il recherchait ses repères pour s'y cramponner. Les écarts culturels l'effrayaient. Peut-être n'était-il pas fait pour la Guyane ? se demandait-il parfois. À Cayenne, il s'était construit un équilibre : sa femme, son fils, son bricolage, son travail. Quatre piliers. Sa femme restait fragile, sa relation avec Jérémy se détériorait de mois en mois, son travail l'obsédait, mais l'ensemble tenait, tant bien que mal.

Lorsqu'il mit pied sur le débarcadère flambant neuf d'Apatou, en tenue quelque peu négligée depuis son arrivée sur le fleuve, il se sentit encore une fois étranger. Il fut accueilli à nouveau par le jeune Grisson qui lui servit de guide. Principale agglomération du bas Maroni, accessible en pirogue uniquement, le bourg d'Apatou mêlait maisons en bois, dont certaines de style traditionnel, et constructions en dur. Les habitants, nombreux, passaient en tous sens. Des enfants se couraient après. Ils croisèrent une voiture manœuvrant sur la route de béton. Grison raconta comment ces véhicules étaient acheminés jusqu'ici par plusieurs pirogues attachées ensemble. D'ici quelques années, tout serait plus simple, expliqua-t-il : une nouvelle route devait relier Apatou à Saint-Laurent par la terre. À l'entendre, cet aménagement du futur permettrait aux habitants de changer d'ère.

Grison déposa Vacaresse devant la demeure du médecin, qui avait accepté de l'accueillir pour ses appels téléphoniques. Une maison en bois, très bien conçue. L'air y suivait une circulation forcée par la disposition des ouvertures, garantissant une température supportable. Une terrasse surplombait quelques baraques, puis le Maroni en une vue imprenable sur le trafic fluvial.

Assis à une table en bois, une bouteille de bière à la main, Michel Dougez mit aussitôt Vacaresse à l'aise. Il lui offrit une tasse de café, puis l'invita à s'asseoir à son belvédère.

— J'ai entendu passer un hélicoptère ce matin. Le légiste est venu et a emporté les corps ? interrogea-t-il de sa petite voix.

— Oui, juste après le départ de mon capitaine. Vraiment odieux ce type. Il a passé son temps à dire qu'on avait touché à tout et qu'il ne pouvait pas effectuer son travail dans de bonnes conditions. C'est quoi, de bonnes conditions ? Il veut des cadavres bien rangés, avec un beau poignard au milieu du cœur, c'est ça ?

— Je reconnais que c'est un vrai con. Qu'a-t-il dit sur les causes de la mort ?

— *Aucune conclusion hâtive avant d'avoir tous les résultats*. Comme d'habitude, il a soulevé les têtes, pris des photos, prélevé du sang. Puis toute la famille a été emportée dans l'hélicoptère.

— Il ne reste plus qu'à attendre les résultats de l'autopsie. Bon, vous voulez téléphoner ? Allez-y, c'est au fond.

— Je vous remercie.

Vacaresse s'installa sur un banc sculpté dans le salon. La femme de Michel Dougez, que Vacaresse supposa originaire d'Apatou, s'affairait dans une des chambres. Il décrocha le combiné, composa le numéro de la Section de recherches. Il put s'entretenir un instant avec Girbal, et en profita pour critiquer à nouveau les décisions du capitaine Anato. Girbal chercha à relativiser le problème. Ce petit séjour sur le fleuve, loin de Cayenne, ne pouvait pas lui faire de mal, argua-t-il. Mathilde s'en remettrait.

Vacaresse joignit ensuite Anato à l'heure convenue et lui exposa le bilan de ses investigations depuis leur séparation.

La venue du médecin légiste à Wetisoula et l'enlèvement des corps avaient été un moment difficile. Vacaresse ne pouvait oublier le regard réprobateur lancé par le chef coutumier lorsque l'hélicoptère décolla, courbant les arbres sous l'effet du vent. Le déplacement des défunts perturbait beaucoup la population. Selon la tradition, le rituel funéraire aurait dû se tenir juste après le décès.

Malgré ce contretemps, la cérémonie se préparait de manière active. En spectateur candide, Vacaresse observait toute l'agitation qui se déroulait sous ses yeux. Des pirogues arrivaient au village. Les passagers débarquaient, les bras chargés de cartons, de bouteilles de rhum qu'ils entassaient devant un grand carbet. Deux villageois passaient de maison en maison pour faire une quête. Plusieurs réunions se tenaient entre personnes âgées qui palabraient autour du kapiten.

Organisée à l'écart de ces événements, l'entrevue avec la sœur du chef coutumier fut un véritable défi. La vieille dame parlait d'une voix régulièrement interrompue par des sanglots. Un gamin, mobilisé contre son gré, assurait la traduction.

De son côté, Vacaresse voyait son attention perturbée par l'observation comparée des pieds de l'adolescent, déjà robustes, et de ceux de la vieille femme. La plante était plate, composée d'une peau râpeuse comme du papier de verre. Le dessus, parcouru de cicatrices anciennes, mais profondes. L'ensemble se terminait par un bouquet d'orteils aux formes anguleuses qui avaient presque englouti les ongles. Avec ces deux spécimens et ceux du kapiten qu'on aurait pu ranger au milieu, Vacaresse se crut témoin de trois stades d'une nouvelle évolution humaine.

Malgré le climat tendu, il fit des efforts de patience pour mettre à l'aise la petite équipe. Après un moment de réticence, la vieille dame finit par se montrer très bavarde.

Comme l'avait expliqué le kapiten, Thélia Apanga était, avec ses enfants, la seule Ndjuka du village. Elle avait grandi sur le haut Tapanahoni, un affluent du Maroni. Suite à des histoires de famille, mais aussi pour se rapprocher du littoral, elle avait finalement suivi son mari quelques années plus tôt pour s'établir à Wetisoula, son village d'origine. La vie était trop dure là-haut, expliqua l'ancêtre qui semblait savoir de quoi il retournait. L'homme installa sa femme et ses deux fils dans cette maison construite de ses mains longtemps auparavant, à l'écart du village. Thélia Apanga était une femme battante, une cultivatrice appliquée. Elle amassa rapidement de quoi faire vivre sa famille, grâce à sa production de manioc sur l'abattis ouvert par son mari à leur arrivée. Elle vendait sa récolte à Apatou, et même dans les communes du littoral.

Vacaresse chercha à en savoir plus sur la parcelle particulière qu'il avait découverte lors de sa traversée des abattis. La vieille évitait le sujet par mille détours, mais finit par livrer son opinion sur la culture de cannabis de Thélia Apanga. Cherchant un complément de revenus, l'agricultrice cultiva d'abord quelques pieds qu'elle fit sécher dans un linge. Elle vendait son herbe par poignées aux piroguiers qui passaient par Wetisoula. Mais cette activité prit bientôt d'inquiétantes proportions, commença à attirer la jalousie des autres villageois. La vieille dame fronça les sourcils, toutes les rides de son visage se plissèrent. Vacaresse devina son mécontentement devant de telles pratiques dans son village.

Les deux enfants étaient, paraît-il, charmants. Comme Thélia s'absentait souvent, la vieille avait pris l'habitude de s'occuper d'eux. Elle vanta leurs mérites, notamment ceux de l'aîné, Justin, qui aurait pu trouver une belle femme si sa vie n'avait pas été écourtée.

Le mari de Thélia ne bénéficiait pas de la même estime. L'homme, exploitant minier sur le fleuve, vivait sur son chantier et s'intéressait assez peu à sa famille. Il débarquait parfois à Wetisoula entouré d'autres orpailleurs de sa trempe, armés d'un transistor diffusant une insupportable musique jamaïcaine. Il venait selon la vieille moins pour s'occuper des enfants que pour soutirer à la mère des faveurs sexuelles, ou mieux pour lui donner des coups qui dérangeaient tout le monde dans le village.

Avec l'aide du jeune garçon qui commençait à trépigner d'impatience, Vacaresse chercha à réorienter son interrogatoire vers les derniers jours de la famille.

Les deux enfants n'avaient fait part à la vieille d'aucune inquiétude durant les semaines passées. Ils avaient joué avec leurs amis, gambadé dans le village, ou regardé des films chez le fils du chef coutumier qui possédait un lecteur DVD.

En revanche, le soir précédant le drame fut différent. Partie pour une destination inconnue de la vieille dame, Thélia lui avait laissé la garde des deux enfants et ne devait rentrer que deux jours plus tard. Après le repas, Justin et Tobie se couchèrent tôt. La vieille veilla quelque temps autour de sa maison, termina de ranger sa vaisselle. Mais, la nuit tombée, elle entendit un bruit de pirogue qui s'approchait du dégrad de la demeure Apanga. Malgré l'éloignement de la petite baraque, la vieille vit une lumière s'y allumer, et en déduisit que l'agricultrice était de retour. Se refusant à faire le trajet dans la nuit, elle décida de se coucher et de lui ramener les enfants le lendemain.

Au matin, ils avaient disparu. Les trois membres de la famille Apanga étaient à nouveau réunis, morts dans leur maison.

La vieille baissa la tête. Elle se sentait peut-être coupable d'une certaine manière de n'avoir pas mieux veillé sur les enfants.

Mais l'ancêtre confia également avoir entendu, avant d'aller dormir, des voix à proximité de la maison de Thélia. Parmi elles, elle avait reconnu celle de l'orpailleur qui s'énervait une fois de plus contre sa femme. Vacaresse considéra ces dernières paroles. La vieille dame n'était-elle pas en train d'imaginer des choses pour charger cet homme qu'elle semblait mépriser ? Mais elle insista, hocha la tête en tendant la peau de son cou, soutint avec conviction le regard du lieutenant. Les gendarmes devaient orienter leurs recherches vers ce monsieur, expliqua-t-elle. Il était forcément impliqué dans la mort de la famille, d'une manière ou d'une autre.

— Voilà qui fait avancer, conclut Anato, attentif au rapport de Vacaresse depuis son bureau. Cela nous fait au moins une piste à creuser.

— Quitte à être coincé ici, autant que ça serve à quelque chose, mon capitaine.

Anato ne releva pas l'attaque.

— Donc, poursuivit-il, si ce que vous a dit cette femme est vrai, les deux enfants n'auraient rejoint leur mère qu'une fois la nuit tombée.

— Oui. À moins que quelqu'un ne soit venu les chercher une fois la vieille dame couchée. Leur père par exemple.

— Savez-vous comment le trouver, cet homme ? Fernand Liensoe, c'est bien ça ?

— C'est ça. Une pirogue est partie le chercher pour la cérémonie. Il ne me reste plus qu'à l'attendre, je suppose.

— Je vais demander à Girbal de vérifier si on peut en savoir plus sur son activité minière. Autre chose ?

— Pas pour le moment.

— Bien. Restons-en là pour aujourd'hui.

— À demain. J'ai compris que j'étais là pour un moment.

Et il raccrocha. Il reprit aussitôt le combiné et appela Mathilde. Quatre tonalités retentirent. Sans doute taillait-elle les bougainvilliers au fond du jardin. Elle répondit d'une voix contrariée.

— Tu vas rester encore longtemps là-bas ?

— Je ne sais pas. Quelques jours.

— Je n'aime pas ça.

— Je sais. Mais je n'ai pas le choix.

L'enquête était lancée à présent, et il n'avait pas l'habitude de s'arrêter en cours de route. Il ne pouvait qu'aller au bout de sa tâche. Même s'il devait pour cela supporter de rester plusieurs jours dans ce village du fleuve.

— C'est pour un meurtre, c'est ça ?

— Oui. Enfin, sûrement.

— Il y a des enfants ?

Toujours la même question. Une véritable obsession.

— Deux.

— Quel âge ?

— Mathilde, arrête. Tu n'as pas besoin de savoir.

— Quel âge ? insista-t-elle.

— Sept et dix ans, soupira Vacaresse.

Un court silence se fit. Il entendit Mathilde inspirer profondément.

— Fais ton travail, alors, dit-elle. Et trouve celui qui a commis ce crime.

— Jérémy, ça va ?

— Ça va.

— Bon. Je m'occuperai du carrelage à mon retour. Je t'embrasse.

Vacaresse resta immobile un instant, assis sur le petit banc. Fidèle à elle-même, pensa-t-il.

Il se leva, rejoignit Michel Dougez sur la terrasse. Ils discutèrent un moment. Bien que très aimable avec lui, le médecin critiquait l'État français, l'administration et les forces de l'ordre en général. Selon lui, personne ne se souciait des communes du fleuve. Il dénonçait les retards d'équipements de santé. Les gendarmes affectés à Apatou, souvent débarqués de leur grande ville, n'étaient pas adaptés pour la vie sur le Maroni.

Dix minutes plus tard, Vacaresse vida le fond de sa deuxième tasse de café et remercia le médecin.

6

Le capitaine reposa le combiné, songeur. Tout au long de la conversation, Vacaresse n'avait cessé de lui lancer des piques pour signifier son mécontentement d'être consigné à Wetisoula. Il restait convaincu de la nécessité d'une présence suivie sur place après ces trois décès inexpliqués, mais le lieutenant avait raison. Le courant ne passait pas. Avec ses agents, comme avec ses proches, il était incapable de s'expliquer. Il gardait toutes ses réflexions pour lui. Une retenue qui lui avait déjà attiré des problèmes par le passé. Même ses parents peinaient à le suivre, eux qui n'avaient jamais compris les raisons de son entrée dans les rangs de la gendarmerie. Tu aurais pu faire tellement de choses ! lui répétait sa mère.

Anato avait l'esprit vif et le savait. Mais il savait aussi qu'il était un homme de dossiers. Que s'il ne craignait pas de se frotter au terrain, il ne possédait qu'une expérience limitée de la gestion d'unités opérationnelles, qui plus est dans un département aussi complexe que la Guyane. Dans les rumeurs qu'ils colportaient, ses collaborateurs avaient au moins raison sur un point : pour obtenir son affectation à la tête de la Section de recherches, il n'avait pas évincé un concurrent plus expérimenté, mais il avait en revanche bien mis en avant ses origines guyanaises. Un atout indéniable. Rien de honteux selon lui, n'importe qui aurait fait de même.

Redresser la barre, asseoir son autorité, donner du sens à ses décisions. Tels étaient les objectifs qu'il devait atteindre. Et il pressentait, malgré les jugements hâtifs de son supérieur, que l'affaire Apanga revêtait plus d'importance qu'il n'y paraissait. Que l'intérêt qu'il portait à ce dossier n'était pas uniquement dû aux origines de la victime. Oui, Thélia Apanga était ndjuka comme lui, elle pourrait même être une sœur ou une cousine éloignée. Oui, il avait été touché par le destin tragique de cette petite famille du fleuve, par l'expression de douleur qu'il avait lue sur son visage. Mais il y avait autre chose, il en était convaincu. Une mère et ses deux enfants ne disparaissent pas en une nuit sans raison.

Vacaresse l'avait pris de vitesse : avant de répondre au téléphone, Anato n'avait pas eu le temps d'attraper son cahier pour recueillir son rapport. Il tâcha donc de remettre dans l'ordre les Post-it jaunes réquisitionnés en urgence, collés au fil de la conversation à divers endroits. Son bureau ressemblait aux rochers du Maroni, peuplés de colonies de papillons agglutinés. Le capitaine observait la vie de la famille Apanga prendre forme comme une série à épisodes sur cette guirlande de mémos.

Dans l'après-midi, il gagna la préfecture. Il se gara sur la place des Palmistes, centre névralgique du Cayenne historique, une esplanade herbeuse piquée de dizaines de palmiers géants. Ébloui par le soleil qui rayonnait entre les troncs gris, Anato traversa la pelouse encore spongieuse après les dernières pluies, puis pénétra dans le bâtiment. Rendez-vous était pris avec le responsable du bureau des étrangers pour connaître la situation administrative de Thélia Apanga. De petite taille, nez retroussé trop pointu, l'homme l'accueillit avec zèle.

— Je suis désolé, capitaine, mais je n'ai aucun dossier à ce nom. Ni en dossier papier ni en référence informatique. Notre classement a été rénové récemment et je puis être formel.

— Donc ?

— Donc, cette Thélia Apanga ne possède aucun papier français. Et il n'existe aucun dossier de régularisation ou demande de carte d'identité déposés.

— Je vois.

— Mais, si vous voulez, je peux appeler le tribunal d'instance afin de savoir s'il n'y a pas un jugement déclaratif de naissance engagé. Nous avons de bonnes relations, ils devraient pouvoir nous répondre rapidement.

— Pourquoi pas ? répondit Anato, séduit par la proposition.

L'homme décrocha son téléphone, composa de tête le numéro. Soucieux d'apporter sa contribution à l'enquête, il cherchait à démontrer combien son service était organisé, contrairement à sa réputation déplorable. Il eut un échange de quelques minutes qu'il ponctua de hochements de tête, de paroles d'approbation, tout en prenant des notes soignées. Anato écoutait d'une oreille distraite.

Aucun dossier au tribunal. Mais l'interlocuteur au bout du fil se disait peu sûr de sa réponse, sa chef étant en congé en métropole.

— Je tiendrai vos services au courant si nous trouvons une quelconque information pouvant vous être utile, reprit l'homme après avoir raccroché.

— Merci. On ne sait jamais.

— Parfait, je vous garantis que je ferai de mon mieux pour vous aider.

Ce dévouement excessif ne frôlait-il pas le ridicule ? se demanda Anato. Il se leva et redescendit les marches vers le hall d'accueil de la préfecture qui exposait son spectacle quotidien. Sur les bancs s'entassaient les représentants de tous les pays voisins. La foule patientait sagement, bavardait dans toutes les langues possibles. Des enfants pleuraient, d'autres dormaient sur les cuisses de leur père. Chacun attendait d'être reçu au bureau des étrangers.

L'agronome identifié par Girbal était une agronome, du nom de Sophie Legarrec. Elle travaillait pour une association locale chargée de soutenir les filières agricoles, installée dans une rue commerçante entre un épicier chinois et une cantine brésilienne qui dégageait des odeurs de viande grillée. Anato poussa la porte du bureau, coincé au fond d'un couloir obscur. La jeune métropolitaine, en pleine conversation téléphonique, lui fit signe de s'asseoir. Il prit place face à elle. L'espace de la petite pièce était envahi par une énorme imprimante sur pied. Une cartographie de toute la côte de la Guyane tapissait les murs.

Le combiné à l'oreille, Sophie Legarrec faisait pivoter son fauteuil de droite à gauche. Les épaules carrées, elle manquait un peu de grâce, mais avait un joli visage rond piqué de taches de rousseur, des cheveux d'un roux brillant, et elle dégageait une jeunesse assez charmante. Elle portait un débardeur aux bretelles fines qui descendait en décolleté pour révéler la naissance de ses seins. Sous la table, ses pieds balançaient avec nonchalance une tong mal enfoncée entre les orteils. Un petit trou trahissait le port passé d'un piercing sous sa lèvre inférieure. Anato se fit la réflexion qu'il n'avait jamais couché avec une rousse.

Elle se replaça face à lui, croisa le regard clair qui la détaillait. Une légère inflexion des sourcils exprima sa gêne. Elle abrégea sa discussion et s'adressa à lui, les coudes sur le bureau.

— Monsieur… Anato ? demanda-t-elle en relisant un mémo collé en bas de son écran d'ordinateur.

— C'est bien ça, capitaine Anato.

— Excusez-moi, c'était un agriculteur hmong* à qui on a rendu visite hier. Je ne pouvais pas lui raccrocher au nez.

— Je comprends. Vous avez dû avoir mon collègue au téléphone. Vous vous y connaissez en agriculture du fleuve, nous a expliqué votre directeur.

— Oui, si on veut. C'est vrai qu'en ce moment c'est mon principal terrain, mais je ne suis pas spécialiste non plus.

— Je pense que vous en saurez déjà bien plus que moi.

— Peut-être. En fait, je m'occupe de questions foncières. Disons que j'aide les agriculteurs à obtenir un terrain. J'ai commencé sur le littoral, sur les principales zones agricoles, mais depuis quelques mois, je m'intéresse aux exploitations traditionnelles, sur le fleuve.

Elle parlait de manière claire. Anato, réellement intéressé ou plutôt ravi de lui permettre de déployer ses charmes, l'invita à poursuivre :

— Je vois. Mais je croyais que les agriculteurs du fleuve changeaient régulièrement de parcelle. Je pensais qu'après avoir brûlé et exploité un terrain, il fallait l'abandonner. Ce n'est pas un peu sans fin comme chantier ?

— Pas vraiment. C'est vrai que l'agriculture sur abattis-brûlis peut paraître contraire à une logique foncière, mais ce n'est pas si évident que ça. D'abord parce que ça change un peu, certains agriculteurs commençant à passer à une exploitation plus sédentaire. Mais surtout parce que pour les autres, ce qu'on essaye de faire c'est justement de tenir compte du caractère itinérant des exploitations.

Elle se réinstalla dans son fauteuil.

— En gros, on sait qu'une parcelle abattue est brûlée puis exploitée pendant trois ans. Ensuite, l'abattis est abandonné pour une jachère, mais après il est à nouveau brûlé et cultivé. Chaque terrain peut donc servir plusieurs fois. Du coup, ce qu'on cherche à faire, c'est à attribuer à une personne un terrain suffisamment grand pour lui permettre d'effectuer ses rotations à l'intérieur. Ça peut paraître un peu théorique, mais ça marche, on dénombre déjà une dizaine de cas comme ça.

Anato restait sceptique sur l'utilité de la tâche vu le nombre de cultivateurs exploitant au moins une parcelle le long du fleuve, côté français ou surinamien. Mais le discours était convaincant. Le temps passait et la jeune femme semblait disposée à poursuivre sa présentation jusqu'au soir. Il en vint donc à l'objet de sa visite, sortit de sa poche les photos prises par Vacaresse sur la plantation de Thélia Apanga.

— C'était il y a deux jours, sur le fleuve. Cela vous inspire quoi ?

L'agronome se saisit des clichés, les examina quelques instants avec sérieux avant de relever la tête.

— Je suppose que si c'est pour une enquête, vous ne pouvez pas m'en dire plus ?

— Pas beaucoup, non, sauf qu'il semble que cette parcelle ait été cultivée par une femme seule.

— *Ait été,* vous dites ? Eh bien, elle devait être courageuse, la pauvre dame. Ça a l'air grand. Dominante de manioc, avec des pieds serrés. Quelques bananiers au fond.

Elle s'interrompit et regarda vers l'écran de son ordinateur.

— Attendez, pouvez-vous me dire plus précisément où cela se situe ? questionna-t-elle.

— A priori non, déclina Anato. À quoi pensez-vous ?

— On peut essayer de la localiser, cette parcelle. Laissez-moi une minute.

Sophie Legarrec se baissa pour mettre sa machine en marche. L'ordinateur, plus moderne que le reste du bureau, s'alluma très rapidement. Elle ouvrit plusieurs fenêtres sur l'écran et Anato comprit qu'elle démarrait un logiciel de cartographie.

— L'Institut géographique national a fait une campagne de photos aériennes l'an dernier. Ça a coûté une fortune, mais nous disposons de toutes les zones habitées de Guyane vues du ciel, avec une belle résolution. Si vous m'aidez et me dites où chercher, on peut trouver l'endroit.

Anato hésita. Le lieu du drame faisait partie de l'enquête et ne devait pas être divulgué hors des murs de la gendarmerie. Il y avait toujours un risque à sortir des procédures. D'un autre côté, la presse n'allait pas tarder à révéler l'affaire au grand public, et il tenait là une chance d'avancer dans ses investigations. Il se décida donc et précisa la localisation du terrain.

Ils entamèrent aussitôt l'exploration. Sur l'écran, ils remontèrent le fleuve Maroni, partant de Saint-Laurent, passant par Apatou dont on distinguait la gendarmerie sur la berge. Puis ils suivirent la rive naturelle du fleuve vers le sud, l'entassement répétitif des cimes d'arbres, jusqu'à la zone où Anato reconnut le hameau de Wetisoula avec ses deux dégrads. Le doigt collé sur le moniteur, il parlait sans sa réserve habituelle. Il détecta la maison Apanga, à l'écart du reste du village qui comptait au mieux une trentaine de constructions.

Aidée des informations rapportées par Anato, Sophie Legarrec rechercha le terrain. Elle longea de l'œil les chemins qui s'éloignaient du hameau, repéra ce qui pouvait être l'exploitation de Thélia Apanga.

— En effet, c'est un grand terrain. Regardez, on voit bien l'ensemble, ça continue même un peu vers le sud. Toute la surface a l'air plantée.

Elle déplaça sa souris pour zoomer puis identifia plusieurs points sur l'écran, redessinant la parcelle. Elle lut l'information que lui apporta une nouvelle fenêtre.

— Trois hectares cinquante ! Vous êtes sûr qu'elle était seule à travailler ?

— Il semble que ses deux enfants l'aidaient, mais ils n'ont que sept et dix ans.

— Elle devait être motivée, ça devait représenter un sacré travail. Nous ne sommes jamais allés dans ce secteur, mais une parcelle comme celle-là, on ferait sans doute tout pour aider l'agriculteur à obtenir son terrain.

— Bon. Que pouvait-elle bien faire d'une telle production ?

— Bonne question. Elle ne devait pas servir qu'à nourrir la famille. Je dirais qu'on est dans une agriculture de subsistance avec vente des surplus. Elle devait écouler sa récolte à Apatou, à Albina, ou même sur le marché de Saint-Laurent.

— Cayenne ?

— Cayenne ? Ça fait un peu loin, mais pourquoi pas, si elle avait des contacts sur place ?

— Elle n'est pas française, cela n'exclut pas qu'elle vende sur les marchés ?

— En théorie si, mais si elle vend avec une autre personne, une amie, une sœur qui aurait des papiers, ce n'est pas impossible.

La jeune femme revint à son écran, bougea encore son rongeur en plastique.

— Mais regardez, il y a une autre parcelle, plus petite, juste à l'est de la première. Peut-être un demi-hectare.

Le coup était parti, Anato ne pouvait plus en rester là. Il lui tendit la dernière photo qui montrait les pieds de cannabis. Elle regarda le végétal, fit une moue intéressée avant de se raviser, confuse devant Anato dont elle avait oublié un instant le statut.

— Vous régularisez aussi ce genre de cultures ?

— Non, bien sûr. En fait, j'en ai croisé seulement une ou deux fois. Généralement, c'est anecdotique, juste quelques pieds plantés dans le fond d'un abattis. Les agriculteurs nous expliquent que ça leur procure un complément de revenu. Mais une parcelle entière, même petite, c'est autre chose.

— On en vend aussi sur le marché de Saint-Laurent ?

— Ce n'est pas l'endroit le plus approprié. Peut-être un peu en douce dans les allées, je ne sais pas trop.

Moins à l'aise dans ses réponses, l'agronome ne voulait pas montrer qu'elle savait comment les choses se passaient. Anato la fixa un instant. Au fil de l'entretien, son assurance et son professionnalisme l'avaient rendue de plus en plus séduisante. Avant de retourner la tête vers son écran, elle eut ce sourire gêné, presque imperceptible, auquel Anato était habitué de la part des femmes. Il savait que son regard brillant les mettait mal à l'aise tout autant qu'il les charmait.

Elle lança une impression du village de Wetisoula et des parcelles vues du ciel qu'elle lui remit.

7

— *... Tout s'est produit durant la nuit, dans un village isolé du fleuve Maroni qui n'avait jamais connu de tel drame. Une femme et ses deux enfants, apparemment sans histoire, ont été retrouvés morts, au matin. Une équipe d'enquêteurs de la gendarmerie a été dépêchée sur place, mais pour le moment, aucune explication n'a pu nous...*

Olivier Degricourt stoppa le son du téléviseur, coupant la parole au présentateur excité par son scoop. Il resta debout, télécommande en main, les sourcils froncés d'inquiétude. Monique, sa jeune compagne, se tenait assise sur le canapé, les bras autour des genoux, prostrée. Elle ne lui parlait presque plus, le regardait avec des yeux gonflés de larmes, terrorisée. Quelque chose s'était brisé en elle.

— Ça va aller, lui dit-il. T'inquiète pas.

Elle ne répondit pas. Par la fenêtre de l'appartement, il entendait des enfants jouer à la guerre. Il l'observa un long moment, désarmé, chercha d'autres mots. Mais il n'y avait rien à dire.

Il se dirigea vers la chambre, poussa la porte, s'assit sur le lit et plongea son visage dans ses mains géantes. Il serra les dents, ferma les paupières. Puis pleura enfin à son tour. Contenues trop longtemps, les larmes coulaient, se perdaient dans ses rides comme un torrent dans un gouffre. Il lui semblait avoir pris dix ans en quelques jours seulement. Il leva ses yeux congestionnés vers le faux plafond. De larges taches jaunâtres témoignaient d'infiltrations lors des dernières pluies.

Comment cette tragédie avait-elle pu se produire ?

Il reprit son souffle, essuya ses joues avec son avant-bras. Il rassemblait et réorganisait ses idées. Le film se déroulait à nouveau, reprenant par le début. Lors de sa rencontre avec Monique. Cette rencontre qui avait fait bifurquer le cours de sa vie.

Olivier et Monique s'étaient rencontrés trois ans auparavant, lors d'une élection de Miss Charbonnière. Une soirée qu'Olivier ne pourrait jamais oublier.

On était venu de tous les quartiers de Saint-Laurent pour assister au sacre de la nouvelle princesse du quartier. Dans la salle des fêtes bondée, les projecteurs éclairaient les gagnantes d'une lumière aveuglante. Fidèle à la tradition, l'animateur énumérait les qualités intellectuelles des trois beautés. Il détaillait les convictions politiques de la nouvelle miss, sa passion pour les animaux de compagnie. Le public s'impatientait, attendait que la remise des prix s'achève et laisse place à la musique : un groupe de *biggi pokoe**, spécialement déplacé de Paramaribo pour enflammer la salle jusque tard dans la nuit.

Monique n'était pas sur le podium. Sur le côté de la scène, elle se tenait dans l'ombre, la main sur la hanche, le genou plié. Son sourire rouge vif restait figé sur son visage dont elle tentait de dissimuler la tension. Le jury, en adoration devant la lauréate et ses dauphines, ne la regardait plus. Les spectateurs avaient déjà oublié ses passages, en maillot de bain ou en tenue traditionnelle.

Mais Olivier était là, coincé contre les barrières qui lui glaçaient les avant-bras. Anonyme dans la foule, il ne décrochait plus ses yeux de cette petite beauté, observait ses formes, ses seins ronds, ses jambes fines. Lorsque l'animateur mit fin à son boniment, il suivit du regard le départ des perdantes vers les coulisses, puis se dirigea vers l'arrière de la scène dans l'espoir d'un contact. Un espace surchauffé dans lequel il traîna un moment, entre agents de sécurité et séducteurs ayant parié de charmer la miss.

Il ne savait pas vraiment ce qui l'avait poussé à se rendre à cette élection. Ses soirées, il les passait d'habitude chez lui, seul, avec un joint à fumer, une bière à écluser. Tout au plus lui arrivait-il de se poster devant l'épicier chinois avec une canette, pour regarder le monde passer, à défaut de le fréquenter. Ce monde dont il ne faisait pas partie. Mais le flyer coloré qui annonçait la manifestation avait retenu son attention. Pourquoi pas ? s'était-il dit. Il arpentait donc les lieux de la fête, sous les yeux des noctambules, curieux ou défiants : les métropolitains étaient rares.

Il ne retrouva Monique que plus tard, avec deux amies, assise sur une chaise en plastique, un jus de prune de Cythère à la main. Les trois filles promenaient leur regard sur les passants, silencieuses dans le brouhaha ambiant. Au mieux, elles échangeaient un haussement de sourcil ou un tchip* imperceptible.

Avec son visage écrasé et sa carrure de gorille, Olivier renvoyait une image nette, sans ambiguïté : celle d'une brute. Et il le savait. Il se garda donc d'engager une conversation avec la belle. Il resta un moment tapi dans l'ombre, accoudé contre une Clio tunée, une bière à la main. Il fantasmait, rêvait d'un miracle.

Et le miracle en question se produisit : casquette mal enfoncée, chancelant d'alcool, un jeune débarqua par la droite en heurtant un rétroviseur. Il s'installa à la table la plus proche de Monique, se roula un joint et entama une pitoyable tentative de séduction. En quelques instants, il franchit la limite, s'étala sur elle en cherchant le contact physique. Elle le repoussa avec difficulté, ses protestations gagnèrent en volume, mais personne ne réagit. Ses deux amies se contentaient de s'indigner d'une voix molle.

Olivier ne bougea pas tout de suite. Il regarda le jeune homme s'enfoncer dans le ridicule. Il attendait le bon moment. Pas l'explosion de fureur, mais l'instant d'avant. Le seuil critique avant que la situation ne devienne incontrôlable. Ce court moment où pour lui tout devenait possible.

Le voyou glissa enfin sa main entre les jambes de Monique, tentant de se faufiler sous la jupe en jean. Les voisins ne remarquèrent pas le geste fatal, mais son visage à elle, soudain crispé, donna le signal de départ. Le coupable ne vit pas Olivier se redresser, agripper son poignet, puis le projeter violemment à terre. La tête heurta une chaise, la joue lécha le bitume, les gravillons s'enfoncèrent dans la chair.

Toute l'assemblée se figea. Hausse de tension. Échanges de regards. Un instant, Olivier crut qu'il allait finir roué de coups par la dizaine de gars qui l'entouraient. Mais, très vite, le plus proche témoin tourna la tête, laissant entendre que le vaurien n'avait eu que ce qu'il méritait. Chacun reprit ses occupations.

Monique se tourna vers lui. Elle le dévisagea, d'un regard méfiant tout autant que reconnaissant. Puis elle lui sourit. De près, elle semblait encore plus belle. Cheveux courts tressés, yeux pétillants surlignés de crayon bleu. Une grande bouche stoppée par deux jolies fossettes aux joues, comme pour empêcher ses sourires géants de dépasser du visage. Un minuscule point brillant décorait sa narine percée. À ses oreilles rondes pendaient deux petites cartes de la Guyane en or.

Une princesse rayonnante, pensa Olivier. Il avait réussi à mobiliser la seule corde qu'il avait à son arc. Le contact était établi.

— Pourquoi tu as fait ça ? demanda-t-elle.

— Il allait trop loin, non ?

— Oui. Mais toi. Tu étais où ?

— Juste là.

— Tu me surveillais ?

— Euh… Non. J'étais là, c'est tout.

— Je ne t'avais pas vu. (Elle sourit de plus belle.) Mais si, tu me surveillais ! Tu t'appelles comment ?

— Olivier.

— Moi, c'est Monique.

Elle lui tendit une main d'un geste distingué, comme si elle attendait un baisemain. Il la serra doucement.

— Tu m'as suivie depuis tout à l'heure, c'est ça ?

Il ne répondit pas, déstabilisé par l'aplomb de la jeune fille.

— Je t'intéresse ? continua-t-elle.

— Non... Enfin, oui, je ne sais pas.

— Tu es un timide ou quoi ? Si tu as fait ça et que tu me surveillais, ce n'est pas pour rien.

Elle partit d'un rire moqueur, se tourna brièvement vers ses deux amies.

— Moi, je crois que je t'intéresse, reprit-elle. Je crois que tu me trouves excitante et que tu as envie de faire l'amour avec moi.

Difficile de faire plus direct, Olivier resta muet. Il sentit son sexe se raidir devant cette petite impertinente dont l'attitude transpirait la sensualité. Elle le toisa de la tête aux pieds, l'évalua, fit une moue interrogative. Elle laissa passer un moment.

Puis elle se leva, attrapa son sac à main.

— Bon, nous on y va, dit-elle à ses amies. Tu viens, Olivier ?

Elle ne connaissait pas le chemin de l'appartement d'Olivier, mais il avait pourtant l'impression de la suivre sur le sol chahuté du quartier de la Charbonnière, puis sur le bitume du centre-ville de Saint-Laurent. Il contemplait la forme de son corps épousé par la jupe et le petit haut rouge. Ses cuisses fines, ses fesses rondes, la couture de son string, sa taille étroite, ses épaules bien dessinées.

Arrivée chez lui, elle demanda une bière. Elle s'assit avec son verre sans en boire une goutte, jambes croisées, dos droit. Olivier s'approcha, commença à la caresser. Il ne comprit jamais vraiment pourquoi, mais elle se laissa faire, puis l'encouragea même. Elle finit par prendre les choses en main, l'embrassa de toute sa bouche.

Lors de cette première nuit, ils firent l'amour comme jamais Olivier ne l'avait fait auparavant. Monique dirigea tout en experte, imposa son rythme énergique, ses positions favorites. Il suivait, se laissait guider, prenait ses marques. Comme aucune ne l'avait accepté depuis longtemps, elle laissa ses mains râpeuses rôder sur ses seins marron, agripper ses fesses musclées, maintenir son ventre. Il jouit en elle à plusieurs reprises, au bord de l'épuisement.

Elle finit par s'assoupir, la tête appuyée sur la poitrine d'Olivier qui sentit les cheveux défrisés chatouiller sa peau. Il écouta un moment les bruits du concert qui se poursuivait à la Charbonnière. Avant de la suivre dans le sommeil, sa dernière vision fut celle de cette petite reine dénudée, une couronne sur le crâne. Sacrée miss Univers.

Olivier commençait le travail aux aurores. Il se leva donc avant elle, prit soin de ne pas réveiller le corps immobile, bras et jambes écartés sans pudeur sur son lit. Il s'habilla en silence, passa un tee-shirt usé, remit vaguement sa tignasse en ordre. Il rédigea quelques mots sur une feuille de papier, invitant Monique à faire comme chez elle, puis quitta les lieux en tirant la porte derrière lui.

Il travaillait dans un garage sur la route de Saint-Jean. Une petite équipe de quatre mécaniciens dirigés par un patron plutôt bienveillant. Il pénétra dans l'atelier devant ses collègues qui le regardèrent passer comme un illuminé.

— Qu'est-ce que tu as ce matin, toi ? demanda l'un d'eux.

— Quoi, qu'est-ce que j'ai ? J'ai rien.

— Arrête. Tu as les cheveux en pétard et tu souris comme un imbécile.

— Qu'est-ce que tu racontes ? C'est toi l'imbécile !

— Elle s'appelle comment ? Blanche ou noire ?

Olivier lui jeta un regard assassin.

— Ferme-la. Tu sais rien du tout.

Le collègue se tut. Pour rien au monde il n'aurait voulu risquer un affrontement avec Olivier.

Les voitures montaient et descendaient dans l'atelier, les mécaniciens en sueur se glissaient sous les carrosseries. Olivier, lui, devait terminer une réparation spéciale, dans le fond du local. Un moteur de pompe pour un orpailleur du fleuve. Un travail au noir négocié par son patron. Il démonta la machine pièce par pièce, plus à l'aise avec cette mécanique grippée qu'avec la peau douce qu'il imaginait encore dans ses draps.

Ayant rêvassé toute la matinée, il finit par être en retard lorsque le client arriva. L'homme était connu du patron et sans doute plus encore des gendarmes. Il passa la porte avec un large sourire aux lèvres qui révélait une incisive en or, mais le perdit vite en voyant les pièces de sa machine étalées sur le sol. Il espérait récupérer le moteur pour filer sur son chantier, un site minier établi plus haut sur le Maroni. Toute sa logistique journalière tombait à l'eau.

— Je fais comment ? vociféra-t-il. Je suis coincé ici maintenant ! Coincé, tu comprends ! À cause d'un incapable qui n'est pas foutu de réparer un moteur ! J'ai tous mes gars qui m'attendent, là-haut, moi !

Olivier le regarda de haut, hésita à le frapper. Il jeta un regard au patron qui observait la scène depuis son bureau.

— C'est bon, dit-il enfin. Ce sera fini pour ce soir.

— J'espère bien, menaça l'orpailleur avant de partir en grommelant.

Olivier se remit au travail. Il songea au trajet que ce moteur allait effectuer le lendemain, porté de mains en mains, emballé sous une bâche sur une pirogue, au milieu des provisions venues d'Albina. Il serait sans doute débarqué quelques heures plus tard par des ouvriers gavés de rêves de chercheurs d'or. Son ambition à lui s'était toujours bornée à gagner de quoi survivre, mais cette fois, il se laissa aller à imaginer une vie différente. Une vie avec une affaire dans l'orpaillage, avec des demi-esclaves suant pour extraire à son profit le métal jaune du sol boueux. Une vie avec sa nouvelle femme qu'il pourrait gâter.

Son cœur se serra sur le trajet du retour. Le rêve allait-il s'arrêter ? Allait-il devoir oublier la silhouette qui l'avait obsédé toute la journée ? Il introduisit la clé dans la serrure comme dans un coffre-fort au contenu incertain.

Olivier trouva l'appartement vide. La petite avait déserté, sans laisser de trace. Il s'assit sur le canapé. Les murs blancs et le miroir cassé de l'armoire lui renvoyaient sa solitude. Il observa son visage pataud, ses yeux tombants. Son sort lui parut soudain terriblement logique. Il tira de sous son lit un sachet plastique rempli d'herbe, émietta une poignée dans sa paume et se roula un joint bien chargé. Ses pensées se perdirent bientôt dans les volutes de la fumée qu'il souffla doucement par le nez.

Ce n'est que bien plus tard qu'il souleva son drap pour se mettre au lit et trouva le message. Quelques phrases, avec assez de fautes d'orthographe pour que lui-même puisse s'en rendre compte. Mais surtout un numéro de téléphone.

Une invitation à un second round.

8

— On peut toujours déplorer les pertes, bien sûr trop nombreuses, qui ont frappé la Guyane tout au long de l'année. Mais les faits parlent d'eux-mêmes : la délinquance est encore une fois en recul. Que ce soit pour la sécurité routière, la criminalité ou l'orpaillage clandestin, les chiffres sont en baisse ! Je puis vous assurer que tous les services en charge de la sécurité sont et resteront entièrement mobilisés.

En tant que nouveau venu dans le paysage judiciaire guyanais, Anato n'avait pu échapper au bilan annuel de la lutte contre l'insécurité. Le préfet, chemisette blanche et figure bronzée, était entouré de ses plus hauts sbires : directeur de cabinet tout frais sorti de l'ENA, étranglé par le dernier bouton de son col ; commissaire de la police nationale engoncé dans son uniforme ; commandant de gendarmerie, le visage crispé comme à son habitude ; directeur des douanes à la calvitie luisante ; commandant supérieur des forces armées, droit comme un fusil à pompe ; directeur de la police aux frontières, connu dans le milieu pour ses problèmes d'alcool, les yeux cernés. Toute l'élite du maintien de l'ordre. Plusieurs portaient le *petit-blanc*, tenue de cérémonie ultramarine héritée de l'époque coloniale, blanche jusqu'aux souliers vernis.

La conférence se déroulait dans le prestigieux salon de la préfecture, sous un lustre brillant, afin de garantir la solennité de l'exercice. Anato, galons de capitaine rivés aux épaules, restait en retrait et laissait parler son supérieur.

Une dizaine de journalistes, plus décontractés, prenaient des notes ou tendaient un dictaphone, préparant les titres du soir. L'un d'entre eux observait le capitaine d'un œil intéressé. Anato avait déjà eu affaire à lui. Pigiste pour *France-Guyane*, il avait émis le souhait de dresser un portrait du premier capitaine de gendarmerie ndjuka. Rien qu'une demi-page ! avait-il insisté. Pour montrer aux jeunes Guyanais les possibilités qui pouvaient s'offrir à eux dans les filières policières. Mais Anato ne l'entendait pas ainsi. Il ne voulait en aucun cas devenir un personnage public. Rien de tel pour raviver les inquiétudes de ses collaborateurs et du commandant.

Le préfet poursuivit son discours avec conviction, micro en main, le poing serré devant son visage pour attester de sa détermination à combattre l'insécurité. Mais il y avait tant à faire. La Guyane battait tous les records de criminalité. Douze fois plus d'homicides par habitant qu'en métropole. Même en interne, beaucoup avouaient que l'État était dépassé par la montée de la violence, que ce soit sur le littoral ou dans l'intérieur. La presse harcela les services de questions, toutes plus délicates les unes que les autres.

L'interrogatoire terminé, le préfet lança un dernier message positif, puis leva la séance. L'auditoire se dispersa, le capitaine fila par-derrière pour éviter le journaliste curieux. Mais avant de gagner la sortie, il se fit coincer par le commandant de gendarmerie. De la même voix monocorde, le grand chef ressassa ses priorités :

— Alors, Anato, où en est-on ? Le meurtrier d'Amélie Voisin, vous me le retrouvez ou vous piétinez toujours ?

— On va avancer, mon colonel. Toute la Section de recherches est dessus.

— Bon. Poursuivez, poursuivez. Vous avez toute ma confiance Anato, n'en doutez pas. Mais trouvez-moi cet assassin, par pitié !

— Oui, mon colonel.

— Bon. Et une dernière chose. Je vous confirme : votre adjoint, ce n'est pas un cadeau.

Jugement sans appel. Anato comprit en le voyant se retourner sans plus de manière que cette dernière parole concluait la conversation.

La conférence de presse avait trop duré : au marché, l'heure de la fermeture approchait. Les Hmongs rangeaient déjà leurs marchandises dans les caisses, les camions manœuvraient entre les clients pour recueillir les invendus. On s'activait pour démonter les stands. Sacs plastique, peaux de chadèque*, résidus d'épis de maïs tapissaient le sol.

Anato fit le tour du site, pénétra dans la halle étouffante, bruyante. Les métropolitains fraîchement débarqués en Guyane goûtaient aux délices des jus de fruits amazoniens. Quelques artisans vendaient des animaux sculptés dans toutes les essences de bois. Au fond, on faisait la queue devant les boucheries qui étalaient de belles pièces de bœuf issues des élevages de la côte.

À l'extrémité de la place se trouvait un marché couvert bien connu des gendarmes de la Section de recherches : *la halle aux pendus*, référence à la découverte, quelques années plus tôt, de deux hommes pendus aux poutres. Le fait divers avait fait du bruit. La presse poussa le voyeurisme jusqu'à publier la photo sordide des pieds se balançant dans le vide au petit matin. Anato salua deux policiers municipaux qui s'entretenaient avec un toxicomane auquel le pied droit manquait. L'homme, assis à terre dans un jean noir de crasse, s'égosillait en paroles incohérentes.

Le long d'une rue perpendiculaire, devant des murs de béton qui tombaient en ruine, les stands noirs-marrons* étaient encore ouverts. Calés entre de grosses racines d'ignames et des blocs de manioc, les sacs de couac* trônaient sur les tables comme un million de pépites d'or empaquetées. Disposées à terre, des boissons artisanales à base d'écorces et de plantes variées. Les vendeuses, alukus et ndjukas pour la plupart, s'interpellaient d'un étal à l'autre, dans leur langue dont le capitaine ne captait que quelques bribes.

Il commença sa recherche avec méthode, aborda chaque stand en s'adressant à celle qui paraissait tenir la boutique.

— Vous connaissez Thélia Apanga, de Wetisoula ? demandait-il distinctement.

Sur les premiers stands, il obtint pour seule réponse un regard interloqué. Mais, en avançant dans la rue, il gagna en confiance. Lorsqu'Anato approcha d'une femme corpulente qu'il avait repérée depuis une dizaine de mètres, il se risqua à poser la question en mobilisant les quelques mots de langue ndjuka qu'il connaissait :

— *I sabi Sa Thélia Apanga ?*

La tentative inspira à la commerçante un sourire sur une moitié de lèvre accompagné d'un mouvement de sourcil. Elle toisa le gendarme de bas en haut. Paréo noué autour du ventre, débardeur tendu sur son énorme poitrine dont sortaient des bras épais comme des troncs, elle avait dû comprendre à l'accent d'Anato qu'il avait épuisé ses capacités linguistiques. Elle répondit dans un français bien maîtrisé, d'une voix en accord avec la dimension de sa cage thoracique.

— Vous lui voulez quoi à madame Apanga ?

— Plus rien malheureusement, elle est morte.

Malgré l'absence de réaction manifeste, le capitaine perçut un relâchement dans les épaules de son interlocutrice qu'il interpréta comme une soudaine tristesse. Il lui apprenait le décès de Thélia Apanga.

— Apanga ? Non, je la connais pas, enchaîna-t-elle trop vite. Vous faites une enquête ?

— Vous êtes sûre que ce nom ne vous dit rien ? Une femme forte, qui produisait un très bon couac à Wetisoula. Elle devait vendre ici, sur le marché à Cayenne, mentit-il avec insistance.

— Non, je la connais pas. Mais je peux demander.

Elle se tut, manipula un instant sa marchandise.

— Vous voulez pas acheter du couac ? reprit-elle. J'en ai vendu qu'un ce matin.

— Je n'en mange jamais, vous savez. Il est frais ?

— *Na so a de !* Bien sûr, il est frais ! Regardez, blanc et craquant. Allez !

La vendeuse, loquace et convaincante, connaissait son métier. Elle fit mine de soupeser plusieurs sacs pour dénicher la meilleure affaire, lui tendit la marchandise, puis récolta la monnaie.

— Je vous laisse mon numéro de portable, si quelque chose sur cette pauvre madame Apanga vous revenait en tête, lui dit Anato.

— Oui, si je trouve quelqu'un qui la connaît.

— C'est ça. Vous êtes toujours à cet emplacement ?

— Non, pas toujours, des fois je travaille dans la rue Malouet.

— C'est noté. Si vous ne m'appelez pas, je reviens la semaine prochaine.

Elle ne répondit pas, Anato s'éloigna. Il poursuivit sa route et son interrogatoire en chaîne, son sac de couac en évidence sous le bras. Mais il ne récolta aucune information valable. Sans doute aurait-il plus de chance sur les marchés de Saint-Laurent.

La rue se terminait sur le canal Laussat, marigot d'eau stagnante qui diffusait ses odeurs nauséabondes sur les derniers stands du marché.

Le capitaine retrouva son bureau, peu à peu envahi par les pièces de l'affaire Apanga. Posé sur la table, le kilo de couac faisait figure d'intrus à côté du code de procédure pénale. Sur le mur s'étalaient les photographies aériennes de Sophie Legarrec, complétées par les clichés pris à Wetisoula et par l'alignement des mémos qui retraçaient ce que la Section savait sur la vie de la défunte famille.

Girbal, lui aussi rentré depuis quelques minutes, rejoignit Anato.

— Vous voulez la bonne ou la mauvaise nouvelle ? demanda-t-il, à nouveau jovial à en irriter le capitaine.

— Disons la mauvaise.

— La mauvaise, c'est que le médecin légiste est toujours aux abonnés absents. Je lui ai laissé plusieurs messages, mais il ne semble pas pressé de nous rappeler. En général, il ne dit pas un mot avant d'avoir terminé toutes ses autopsies.

— Voilà qui ne va pas nous aider. Et la bonne nouvelle ?

— C'est que j'ai trouvé quelques informations sur votre orpailleur. Il n'y avait rien à la gendarmerie, alors j'ai contacté la Direction de l'industrie. Et sur leurs conseils, je m'y suis rendu personnellement.

Girbal ne pouvait s'empêcher d'insister sur toutes les initiatives qu'il prenait, comme un homme marié qui signale à sa femme chaque assiette qu'il nettoie.

— Et ça a donné quoi ?

— Ils ont bien le nom de Fernand Liensoe dans leurs dossiers. Il travaille pour une entreprise d'orpaillage, la Maroni Gold. Une petite société qui possède deux chantiers sur le fleuve. Liensoe n'est pas le patron, mais fait partie des employés. Il est responsable de la logistique et de l'approvisionnement.

— Donc, notre homme travaillerait dans l'or en toute légalité. Ça se fait rare, non ?

— Oui, tout du moins pour ces deux chantiers. Le gars peut tout à fait approvisionner des chantiers clandestins en parallèle. Surtout que la société va bientôt devoir mettre la clé sous la porte.

— Comment ça ?

— Ses autorisations d'exploiter arrivent toutes à échéance le mois prochain, et il y a peu de chances qu'elle puisse en obtenir de nouvelles. L'État a renforcé les exigences sur les conditions d'exploitation, par exemple en interdisant l'utilisation du mercure. C'est vraiment une petite boîte, avec peu de moyens. Ils ne pourront jamais s'adapter.

— Intéressant. Cela signifie que dans à peu près un mois, Liensoe va se retrouver sans travail.

— C'est à peu près ça.

Anato fit pivoter son petit fauteuil en regardant le résumé de son enquête étalé sur son mur.

— Vous pourrez leur demander une carte avec la localisation de ces chantiers ? demanda-t-il.

— Je ne sais pas s'ils ont ça.

— Mais si, j'en ai déjà vu une dans le bureau du directeur.

— D'accord, je vais leur demander. Mais vous allez bientôt manquer de place sur ce mur.

— Je trouverai, ne vous inquiétez pas.

Anato regarda à nouveau son adjoint.

— Et l'affaire Amélie Voisin, on a du nouveau ?

— Alors là, c'est le néant. À croire que le tueur s'est complètement volatilisé.

— Vous avez cherché de nouveaux témoins ?

— Oui, je ne fais que ça. Personne n'a rien vu ou ne veut parler. Il y a juste un conducteur qui a aperçu quelqu'un courir le long de la route à peu près à l'heure du meurtre. Mais il est incapable de nous décrire le gars.

— Il faut qu'on avance. Le commandant me met la pression.

— J'ai bien compris, répondit Girbal, la mine embarrassée. Il y a… Il y a juste une piste que je creuse.

— Dites voir.

— Eh bien… On sait que le meurtrier a volé le portable de la petite Voisin, du moins s'il ne l'a pas refilé. Alors hier, à tout hasard, j'ai appelé sur son numéro.

— Le téléphone n'est pas coupé ?

— Justement, non. Ça sonne, mais bien sûr personne ne décroche.

— Vous avez contacté l'opérateur téléphonique pour le localiser ?

— C'est en cours. Mais j'ai déjà eu affaire à eux. Ce n'est pas un cas de force majeure : le temps qu'ils traitent notre demande, il y en a au moins pour dix jours.

— Et donc ?

— Donc, comme je vous disais, personne n'a décroché hier. J'ai recommencé aujourd'hui, même chose. Alors… Alors je me suis dit que j'allais rappeler tous les jours à la même heure. On ne sait jamais. Peut-être que quelqu'un finira par décrocher.

Anato repensa au jugement du commandant de gendarmerie sur Girbal. Le lieutenant était-il en train de se moquer de lui ? Non, à l'évidence. L'enquête sur le meurtre qui avait fait descendre tout Cayenne dans les rues se réduisait à téléphoner au tueur et espérer qu'il réponde. Girbal était bien un colibri, limitant son investissement sur une affaire donnée à un coup de téléphone quotidien.

9

Vacaresse avait l'intime conviction que, contrairement aux idées reçues, l'hypermobilité faciale n'est pas un don, mais s'acquiert à force de travail. Il en était selon lui la preuve vivante. À la naissance de Jérémy, il avait en effet passé de longs moments, face au miroir de sa salle de bains, à explorer avec obstination l'organisation musculaire de son visage. Après de nombreuses tentatives malheureuses, il était parvenu à faire bouger un seul de ses deux sourcils, puis l'autre, puis à imposer un léger mouvement à son oreille pour finalement posséder une maîtrise totale et indépendante de chaque muscle facial. Ses efforts furent récompensés, le résultat à la hauteur de ses espérances : au grand bonheur de son fils, Vacaresse était devenu un expert en grimaces.

Il avait grâce à cette compétence développé une relation toute particulière avec l'enfant. Il passait des heures à déformer son visage et à remuer son nez pour le faire rire. Mathilde s'était demandé à plusieurs reprises lequel, du père ou du fils, était le plus mature, mais devait reconnaître qu'il savait s'y prendre. Tout cela lui paraissait loin à présent, Vacaresse peinait à comprendre l'adolescent qu'était devenu Jérémy, surprotégé par Mathilde. Mais il avait gardé de cette époque une réelle facilité de communication avec les jeunes enfants.

C'est ainsi qu'à Wetisoula, les nombreux gamins qui parcouraient le village l'avaient vite remarqué. Sous son carbet, une paire de chaussettes séchant sur un fil, la moitié de ses affaires débordant du hamac, il ressemblait de moins en moins à un agent de l'État. Il devenait pour les enfants un personnage intrigant. Ils passaient en lui offrant la vue de leur langue, frôlaient le carbet en faisant mine de ne pas le voir. Mais il leur arrivait également de fixer son arme pendant plusieurs secondes sans en décoller les yeux.

En particulier, l'enfant qui avait découvert la famille Apanga décimée venait régulièrement lui rendre visite. Âgé de six ans, Barnabé courait sans cesse entre les habitations. Vacaresse lui avait demandé à plusieurs reprises de raconter comment les choses s'étaient passées, mais il obtenait toujours les mêmes réponses. Le petit avait trouvé la porte de la maison fermée par un cadenas. Il s'était hissé par une fenêtre pour entrer dans la chambre. Il avait découvert les hamacs immobiles, et n'avait pu réveiller son ami, le plus jeune des deux fils Apanga.

L'enfant relatait ces faits avec une grande simplicité, comme s'il ne comprenait qu'à moitié que toute la famille était morte. Vacaresse essayait de le ménager, mais se demandait toujours s'il ne pouvait pas en tirer plus. Il cherchait par exemple à savoir s'il n'avait pas aperçu quelqu'un rôder autour de la baraque au petit matin. Mais toutes ses tentatives s'étaient révélées vaines.

Pourtant, le troisième entretien avec Barnabé apporta à Vacaresse plusieurs informations intéressantes. L'échange se déroula sous le manguier, devant la maison Apanga.

— Vous étiez très amis, toi et Tobie ?

— Oui. On jouait souvent ensemble et on se voyait à la toilette le matin.

— Et le soir aussi ?

— Oui, des fois le soir aussi. Surtout quand il dormait chez la vieille.

— Pourquoi ça ?

— Ben, parce que… Parce que, il l'aimait pas, la vieille. Elle disait toujours qu'il était beau, mais elle était pas gentille avec lui.

— Et alors ?

— Alors, il restait pas chez elle. Dès que sa mère revenait, il courait chez lui et quand elle était pas là, il venait jouer avec moi.

— Et vous faisiez quoi comme jeux, tous les deux ?

— Souvent on pêchait.

— Vous pêchiez ? Tu as une canne à pêche, toi ?

— Non. Mais juste avec un fil et avec du pain, quoi !

— Vous ne devez pêcher que des tout petits poissons, alors ?

— Oui. On est petits, nous aussi, dit l'enfant en baissant la tête.

— Et vous les mangiez vos poissons ?

— Oui, c'est bon, mais…

— Mais ?

— Mais Tobie, il pouvait pas les garder. Il devait tous les donner à Justin.

— Justin, son grand frère, tu veux dire ?

— Oui. Il fallait toujours tout lui donner. Tobie, il devait tout faire pour Justin. Il lui amenait ses affaires, il portait son sac, tout, quoi.

— Tu veux dire que Justin n'était pas gentil avec Tobie ?

— Je sais pas, c'était son frère, mais voilà, conclut le gamin qui semblait se demander s'il avait le droit de raconter tout cela.

L'histoire n'allait pas chercher très loin. Mais il ne serait pas inutile d'en savoir plus sur le petit Justin, se dit Vacaresse.

Dans le village, les funérailles se préparaient malgré l'absence des corps. Le grand carbet avait été balayé avec soin. Des palabres animées s'y poursuivaient sous le contrôle du kapiten. Par moments, un homme prenait une calebasse de rhum, levait le bras et versait l'alcool à terre en prononçant un commentaire à voix haute. Le lieutenant voyait là des séances d'offrandes préalables aux rituels. Le village se remplissait, les pirogues allaient et venaient. Des bidons d'essence étaient disposés à proximité du fleuve. Mais tous semblaient attendre, outre le retour des dépouilles, l'arrivée du mari, Fernand Liensoe, qu'une pirogue était allée chercher.

L'homme arriva enfin. Il travaillait, semblait-il, sur un chantier minier assez lointain, ce qui expliquait sa venue si tardive. Vacaresse observa la scène d'un œil attentif.

La pirogue accosta, chargée de quatre hommes qui mirent pied à terre et marchèrent vers le carbet cérémoniel. Parmi eux, Fernand Liensoe, aisément reconnaissable : pantalon en tissu militaire, veste du même type dont les manches déchirées laissaient dépasser ses épaules musclées. Sur la peau noire, un motif tatoué à la main, difficilement identifiable. Une demi-douzaine de grosses nattes coiffaient sa tête, pointées vers le ciel.

L'homme avait l'air fier, mais il regardait les villageois d'un œil interrogateur. Il ne comprenait pas ce qui était en train de se passer. Il questionnait ses accompagnateurs qui restaient muets. Ils lui désignèrent un banc sous le carbet sur lequel il s'assit. Deux autres hommes trapus prirent place à ses côtés, ne le quittant pas du regard. Toute l'assistance se tut, les yeux se tournèrent vers le veuf. Un homme s'approcha, lui parla quelques instants, puis s'éloigna. Une courte seconde de silence passa pendant laquelle on n'entendit plus que les sons de la forêt et du fleuve.

C'est alors que Fernand Liensoe poussa un hurlement auquel tous les spectateurs, à l'exception de Vacaresse, paraissaient s'attendre. Il propulsa sa tête en arrière, tenta de se jeter à terre. Pour l'en empêcher, les deux hommes lui agrippèrent les bras. Il se mit à crier de plus belle, à se débattre en tous sens, pris d'un délire incontrôlable. Les hommes le maintenaient avec difficulté, tentaient de le raisonner, mais il n'entendait plus rien. Il tirait pour retirer ses biceps de leur emprise. Les plaintes résonnaient contre le toit du carbet. Les poules avaient fui vers la forêt.

Le veuf s'époumona ainsi durant plusieurs minutes, mettant à l'épreuve la force des deux gardes du corps, puis finit par se calmer. Comme épuisé, il renonça à se dégager. Il continuait à manifester son malheur par de sourdes lamentations. Des spasmes secouaient encore son corps. Deux personnes s'approchèrent à nouveau et il se mit debout pour les suivre derrière le carbet, à l'abri des regards.

Vacaresse resta bouché bée. Il avait compris depuis son arrivée qu'un rituel particulier accompagnait les décès chez les Noirs-Marrons, mais ne s'attendait pas à une telle effusion de douleur.

Plusieurs femmes investirent le carbet, passèrent à nouveau le balai sur le sol. Puis elles accrochèrent aux poutres du fond un hamac assorti d'une épaisse moustiquaire. Une grosse masse de tissu opaque. Juste sous la couche, elles disposèrent un carré de plastique gris et placèrent une pierre à chaque coin. Vacaresse ne savait où avait été emmené Fernand Liensoe. Il attendit ainsi une bonne heure, debout devant le carbet. Il tourna en rond, observa les mouvements des habitants.

L'homme fut enfin ramené. Il faisait peine à voir. Le crâne entièrement rasé, débarrassé de sa coiffure élaborée, il ne portait plus ses vêtements, mais était enveloppé dans un grand drap blanc noué sur son épaule. Il s'installa dans le hamac et disparut sous la toile. À intervalles réguliers, des plaintes émergeaient du tissu.

Le kapiten savait que ce qu'il considérait comme la loi des Blancs primait sur les traditions alukus. De même qu'il n'avait pu s'opposer à l'enlèvement des corps, il ne pouvait refuser au gendarme d'interroger le veuf.

L'entrevue se déroula à l'écart du lieu de la cérémonie. Liensoe s'assit sur un petit banc, sa tête rasée découverte pour la circonstance. Le lieutenant remarqua un fin cordon gris, noué autour de son cou.

— Désolé de perturber votre rituel, monsieur Liensoe, mais il faut que je vous pose quelques questions sur la mort de votre femme et de vos enfants.

— Pourquoi vous avez emmené les corps de ma famille ? riposta l'homme d'une voix fatiguée. *Fusayde ?*

— On n'avait pas le choix. Il faut que l'on sache ce qui a causé leur mort.

— Moi aussi, je veux savoir, qu'est-ce que vous croyez ? Je suis pas très traditionnel, moi, vous savez. J'ai vécu à Saint-Laurent, aussi. Alors, voilà, je veux qu'un médecin dise comment ils sont morts. Mais vous avez pas le droit de les emmener et de venir comme ça. Et puis, je suis en deuil, je dois pas parler aux gens, normalement.

— Monsieur Liensoe, il y a des lois dans ce pays. Si quelqu'un est responsable de leur mort, il faut qu'on le trouve, et s'il faut pour ça une autopsie, on va la faire. C'est comme ça.

Liensoe soupira. Ses yeux étaient rouges.

— Vous voulez savoir quoi ? Vous croyez que j'ai tué ma famille ?

— Je n'ai pas dit ça, pas encore en tout cas. Quelle relation aviez-vous avec Thélia Apanga ?

— Quoi, quelle relation ? C'était ma femme. Je travaille beaucoup, alors j'étais pas souvent là.

Mais je venais la voir. Je me suis toujours occupé de mes enfants.

— Justin et Tobie, c'est ça ?

— C'étaient mes deux enfants. Et ils sont morts. *Den dede.*

— Excusez-moi de vous demander ça, mais c'est vrai que vous battiez votre femme ?

L'homme ne répondit pas. Il se contenta de tchiper et tourna la tête sur le côté.

— J'ai aussi entendu dire que vous étiez ici le soir avant leur mort, continua Vacaresse. Et que vous vous êtes disputé avec elle.

— Je sais qui vous a dit ça. Oui, je suis venu la voir. Mais c'était le hasard parce qu'elle devait rentrer que deux jours plus tard. C'est vrai qu'on s'est disputés, mais quand je suis parti, elle criait encore. Elle était pas morte, affirma-t-il en laissant échapper un sanglot fort crédible.

— Et ensuite, vous avez fait quoi ?

— Je suis rentré à Papaïchton et j'ai dormi làbas. On est repartis vers le chantier le lendemain matin, très tôt.

— Des témoins pourront le confirmer ?

— Bien sûr. Me prenez pas pour un menteur !

— Je vérifierai ça, dit Vacaresse, impatient d'avoir une confirmation de l'heure d'arrivée à Papaïchton. Autre chose sur cette soirée : vous avez vu vos enfants avec Thélia Apanga ?

— Comment ça ?

— Ce soir-là, ils dormaient chez la sœur du kapiten. Mais le matin, ils étaient chez leur mère. C'est vous qui les y avez amenés ?

— Non. Je sais pas ce qui s'est passé. Quand je suis parti, ils dormaient encore chez la vieille. Thélia avait dit qu'elle irait les chercher le matin.

— Sauf que ça, personne ne pourra me le confirmer. Et, dites-moi… Ça marche bien l'orpaillage ?

— C'est quoi cette question ? Bien sûr que ça marche, sinon on serait pas tous à en faire. Je travaille légalement, moi, en plus.

— Et la vente de cannabis de votre femme, ça marchait aussi ?

— Quoi ? Arrêtez vos histoires. Oui, elle vendait un peu de kali, mais juste comme ça, quoi. Elle est pas la seule à faire ça. Vous croyez qu'on l'aurait tuée pour ça, avec mes enfants ? Alors, bravo pour l'enquête !

Vacaresse ne répondit pas. L'homme, perturbé, ne pouvait pas quitter le village avant la fin des funérailles. Il aurait d'autres occasions de l'interroger, dans de meilleures conditions. Mais Liensoe reprit la parole, plus calmement.

— Vous croyez peut-être que j'ai tué ma famille, mais vous vous trompez. Tout le monde vous dira que je m'occupais bien de ma femme et de mes enfants. Moi, je sais pas ce qui s'est passé. Mais si quelqu'un les a tués, je sais qui c'est et je m'occuperai de lui un jour.

— Pardon ? Vous parlez de qui, monsieur Liensoe ?

— Un métro. Il s'appelle Olivier. Il est garagiste à Saint-Laurent. Il vit avec une Ndjuka.

— Et pourquoi il en voudrait à madame Apanga, ou à vos enfants ?

— Je sais pas pourquoi. Mais ce que je sais, c'est qu'elle avait peur de lui. Surtout quand je l'ai vue la dernière fois.

Bien qu'agressif, Fernand Liensoe, transformé en fantôme dans son drap, était convaincant. Vacaresse décida de garder un œil sur ses agissements à Wetisoula, mais aussi de contacter au plus vite son capitaine pour creuser la piste du garagiste de Saint-Laurent.

10

Avant de rencontrer Monique, Olivier avait déjà passé deux années à Saint-Laurent. Deux années où il vécut presque reclus, entre son appartement et le garage. Les rapports humains n'étaient pas son fort, il les limitait au maximum pour éviter d'en venir aux poings, issue la plus fréquente au moindre désaccord. Il savait pourquoi il avait quitté sa région natale et n'avait qu'un objectif : ne pas reproduire les erreurs du passé. Nouvelle vie, nouveau garage, nouveau pays, il avait tiré un trait sur sa vie en métropole.

En amour, il misait sur la prudence. Les femmes l'avaient fait souffrir plus que de raison. Tu resteras seul, toute ta vie ! lui avait-on prédit, peu avant son départ en Guyane. Il ne jouait pas dans la même cour que ses collègues du garage. Physique ingrat, conversation limitée, compte en banque réduit, aucun atout. Depuis deux ans, il se contentait d'observer sans toucher. Aussi, après sa première nuit avec Monique, un sentiment de méfiance l'envahit. Que cherchait-elle ? Pourquoi accepterait-elle de le revoir ? Il hésita longtemps avant de la rappeler. Chaque jour, il rentrait du garage et regardait le précieux message qu'elle avait laissé. Était-ce vraiment réaliste ?

Il finit par se décider quatre jours plus tard. Il composa le numéro après avoir bien réfléchi à l'heure adéquate pour que son appel puisse paraître impromptu. Elle décrocha au bout de deux sonneries.

— Allô ?

— Monique ?

— Oui. C'est qui ?

— C'est… C'est Olivier, bafouilla-t-il. Tu sais… l'autre soir… on s'était vus après le concert à la Charbonnière.

— Oui, je me souviens. Je pensais que tu n'allais jamais me rappeler. Je suis chez ma cousine, tu veux nous rejoindre ? proposa-t-elle simplement.

Il avait plutôt imaginé l'emmener boire un verre, voire dénicher un restaurant abordable, mais se laissa convaincre.

La cousine en question habitait chez ses parents, dans un appartement d'un quartier rénové de Saint-Laurent qu'il ne connaissait pas. Elle lui dit bonjour sans bouger, la tête penchée en avant, assise à terre entre les jambes de Monique qui lui tressait les cheveux. Un enfant avachi sur le canapé regardait la télévision. Monique lui adressa un grand sourire, l'invita à s'asseoir avec eux et à se servir un verre de jus de fruits.

Olivier resta ainsi une bonne heure devant un dessin animé, une histoire de monstres et de robots. Les deux filles parlaient tantôt en français, tantôt en ndjuka. Par moments, Monique se tournait vers lui, souriait, demandait si tout allait bien, mais elle n'écoutait pas la réponse, concentrée qu'elle était sur son activité de tressage. Il évitait de trop la regarder.

Il la trouvait toujours aussi attirante, se demandait s'il était bien à sa place dans ce lieu étranger.

Elle finit par achever sa tâche et la cousine releva la tête pour constater le résultat dans un miroir. Les tresses couraient dans tous les sens à la surface du crâne, tournaient, passaient les unes sous les autres. Une véritable œuvre d'art.

Monique se leva et embrassa la cousine.

— Bon, nous on y va. Je t'appelle demain.

Il la ramena chez lui. Elle ôta très vite l'ensemble de ses vêtements, les jeta aux quatre coins de la chambre. Allongée sur le lit, elle le regarda de cet œil aguicheur qu'il retrouvait enfin. Il retira son pantalon avec moins d'aisance, et s'approcha d'elle.

Une fois repus, couverts de sueur sur l'oreiller, Monique lui demanda :

— Pourquoi tu ne m'as pas appelée plus tôt ? Encore quelques jours et je passais à autre chose, moi !

Il ne chercha aucun mensonge.

— J'ai… J'ai hésité. Je pensais que tu n'aurais pas envie de me revoir.

— Tu es bête ! se moqua-t-elle.

Elle se leva pour aller boire un verre d'eau dans la cuisine. Elle marchait nue dans l'appartement, exhibant sans gêne ses deux fesses rondes.

Ils se virent plusieurs fois les jours suivants, puis de plus en plus souvent les semaines passant. Monique étonnait Olivier, radieuse, toujours de bonne humeur. Il lui semblait qu'elle avait un don, une capacité naturelle à communiquer avec les autres et à se faire apprécier. Son sourire grand format était contagieux. Chaque fois qu'Olivier l'appelait, elle venait le retrouver, à l'arrière d'une Mobylette conduite par un jeune homme qu'elle présentait comme un cousin. D'autres fois, elle lui demandait de la rejoindre en différents lieux où il rencontrait de nouveaux parents.

Olivier, lui, n'était pas bavard. Durant les premiers temps, ils parlèrent peu, passèrent l'essentiel de leur temps au lit. Il devait se l'avouer : malgré son jeune âge, Monique lui faisait totalement redécouvrir la sexualité. Elle l'entraînait dans des fantasmes auxquels il se pliait sans protester. Jamais il n'aurait pensé que son domicile puisse devenir un tel lieu de luxure. Ils firent l'amour dans toutes les pièces, dans sa voiture, mais aussi à l'extérieur, sur les berges sableuses du Maroni. Monique se contentait de plaisirs simples. Avec le temps toutefois, ils apprirent à se connaître, commencèrent à parler d'eux.

— Je n'ai jamais quitté la Guyane, moi, lui raconta-t-elle un matin. Enfin, à part pour le Suriname. Je suis née sur le fleuve, mais je n'y ai pas vécu longtemps parce que mes parents se sont installés à Saint-Laurent quand j'étais gamine.

— Tu es allée à l'école française ?

— Évidemment, qu'est-ce que tu crois ? Enfin, j'ai arrêté après le collège, mais quand même, j'étais bonne élève, tu sais ! J'ai passé presque toute ma vie à Saint-Laurent. C'est chez moi. Je te ferai visiter des endroits secrets, si tu veux. Tu veux ?

— Pourquoi pas ?

— Sinon, j'ai de la famille partout. Tu sais quoi ? Je ne sais même pas combien j'ai de frères et sœurs ! Peut-être plus de trente ! Il y en a à Saint-Laurent, à Grand-Santi, à Kourou. Et même à Paramaribo. Et, bien sûr, sur le Tapanahoni j'ai ma grand-mère, mais je n'y suis jamais allée.

Elle souriait presque en continu.

Olivier, lui, décrivit sa jeunesse. Les hivers froids et humides du nord de la France. Comme une immense pièce climatisée, expliqua-t-il pour que Monique puisse se faire une idée. Son père qu'il admirait, avec lequel il avait traîné sur le port de Dunkerque depuis sa plus petite enfance. Le garage de Grande-Synthe où il avait démonté ses premiers moteurs.

— Et tu n'y retournes jamais ? demanda Monique.

— Non. Je me suis embrouillé avec ma famille.

— C'est pour ça que tu es parti en Guyane ?

— Un peu.

— Qu'est-ce qui s'est passé ?

— Rien.

— Tu ne veux pas en parler ?

— Non.

— C'est à cause d'une femme ? C'est pour ça que tu ne veux pas m'en parler ? demanda-t-elle moqueuse, un sourire aux lèvres.

— Arrête. Je veux pas en parler, je te dis.

— Oh ! là, là ! C'est bon, j'arrête mes questions…

Elle n'insista pas.

Le temps passant, leur relation se consolida. Monique venait très régulièrement chez lui. Elle commença à s'installer, à laisser une partie de ses affaires dans un étage du placard qu'il lui avait dégagé. Elle déploya ses talents de ménagère : il la trouvait souvent à balayer le sol avant même d'avoir aperçu une once de poussière. Elle imposait ses règles, n'hésitait pas à le réprimander lorsqu'il ne plaçait pas ses jeans sales dans le bac disposé par ses soins dans un coin de la chambre.

D'abord prudent, Olivier finit par se laisser faire. Il s'attachait à elle, laissait sa méfiance à l'égard des femmes se dissiper. Il aimait la voir s'activer dans toutes les pièces, hochait la tête quand elle s'énervait, reconnaissait son manque d'hygiène. Il ne s'expliquait toujours pas ce qu'une fille si jeune et si belle pouvait lui trouver, mais il lui semblait qu'une compréhension réciproque prenait forme. Une routine s'installait. Simple et délicieuse.

Monique détestait le voir fumer des joints, bannit la fumée de l'intérieur de l'appartement. Il ralentit donc sa consommation et ne fuma plus que sur son petit balcon. Ainsi consigné dans ce minuscule espace, il la regardait à l'intérieur de la pièce de ses yeux embrumés sous l'effet de l'herbe. Il souriait alors en pensant à la chance qu'il avait.

Le dimanche matin, ils allaient s'asseoir sur un banc en bordure du fleuve. L'endroit faisait face aux ruines du ponton qui, quelques décennies plus tôt, accueillait les bagnards avant qu'on ne les entasse dans le Camp de la Transportation. Olivier ne connaissait pas grand-chose à toute cette histoire, mais un panneau touristique posé par la commune en expliquait l'essentiel. Dans son ignorance, il ne pouvait s'empêcher de comparer sa vie à Saint-Laurent, avant sa rencontre avec Monique, à ces prisonniers enchaînés à leur destin.

Il avait de son côté peu d'amis et aucune famille à Saint-Laurent. Mais il rendait souvent service à des clients en difficulté par des dépannages de dernière minute et certains week-ends, l'un d'entre eux le laissait occuper le carbet qu'il possédait à l'entrée de la piste du Plateau des mines. Il emmena plusieurs fois Monique dans cette petite campagne, emportant une glacière, un poulet boucané. Ils y passaient la nuit, faisaient l'amour en expérimentant les rares positions possibles dans un hamac.

Assez rapidement, Olivier fut invité à rencontrer sa nouvelle belle-famille, installée à la Charbonnière. Il fréquentait jusqu'ici très peu ce quartier noir-marron de Saint-Laurent. Monique lui en fit visiter les moindres recoins. Les maisons respectaient l'architecture traditionnelle du fleuve, avec des toits pentus et des bardeaux de bois foncé. Des peintures tembé*, dont les entrelacs colorés lui rappelaient les tressages qu'elle faisait si bien, décoraient nombre d'entre elles. Dans la ville de Saint-Laurent, plutôt laide à ses yeux, la Charbonnière se détachait en un petit village authentique.

Lors de sa première visite au domicile de la famille Hanke, il fit la connaissance du père de Monique qui l'accueillit chaleureusement. Olivier se sentait gêné dans cet environnement si étranger, mais le père fit tout pour le mettre à l'aise. Un homme impressionnant, qui dirigeait sa grande famille comme un véritable patriarche. Il raconta son histoire à Olivier. Il n'avait pas de travail fixe, expliqua-t-il, mais gagnait sa vie par divers emplois, en forêt ou dans le bâtiment.

Les enfants peuplaient la maison. Ils entraient par une porte, sortaient par une autre en se chamaillant. Olivier dut se concentrer pour les identifier tous, retenir les prénoms des frères et sœurs que le père obligea à venir dire bonjour. Le père avait aménagé seul l'intérieur de la demeure et devait encore construire de nouvelles chambres pour accueillir toute sa descendance. Aux murs étaient accrochées des photos de classe des enfants.

L'arrière de la maison s'ouvrait sur une cour, isolée des autres terrains par un mur de parpaings. Sous un toit en tôle, une grande platine métallique abritait un feu, en permanence alimentée de bois. La mère de Monique y passait des heures à remuer d'un long bâton les grains de manioc qu'elle faisait griller. Olivier ignorait que l'on préparait ainsi le couac au cœur de Saint-Laurent, juste derrière les habitations.

À ses yeux, le territoire de Saint-Laurent s'était élargi, son centre déplacé vers la Charbonnière. Il prenait plaisir à se promener dans ses allées. Il modifia ses habitudes d'achat d'herbe après avoir rencontré un dealer ndjuka, plus généreux dans ses dosages. Chaque jour, face au dégrad où accostaient les pirogues, trois stands vendaient des produits sous des parasols multicolores. Il s'y arrêtait souvent pour acheter du jus de wassaï* que lui-même ne pouvait avaler, mais dont Monique raffolait.

Bientôt considéré comme un membre de la grande famille, il passa de longs moments immergé dans la culture noire-marron, dans les palabres qui mêlaient la langue du fleuve au français. Il apprit ainsi ses premiers rudiments de ndjuka. Il y prit vite goût et sollicita des cours lorsqu'il se retrouvait seul avec Monique. Il réussit alors à tenir de courtes conversations. Pour les mots du quotidien, ils s'habituèrent à utiliser des expressions en ndjuka.

Parfois, Monique lui rendait visite au garage à l'improviste. Il aimait relever la tête de ses moteurs pour se retrouver face à elle, moulée dans un petit haut coloré. Il essuyait alors ses mains crasseuses, prenait une pause avec elle. Il leur arriva même, un midi où tous les employés mangeaient en ville, de faire l'amour dans l'atelier, cachés derrière une 206.

Malgré ces écarts, Olivier ne négligeait pas son travail, son patron n'avait rien à lui reprocher : il tenait les délais et respectait autant que possible les clients. On continuait à lui confier certaines tâches particulières, notamment les réparations de matériel d'orpaillage pour l'exploitant minier devenu un habitué des lieux.

Il réalisait combien sa vie avait changé. Il ne se sentait plus étranger à cette ville, il en faisait enfin partie. Sa nouvelle relation donnait un sens, une légitimité à sa présence à Saint-Laurent-du-Maroni : il n'était plus ici par défaut, il y était pour elle.

11

— Olivier comment, vous dites ?

— Je ne vous ai rien dit d'autre. Juste Olivier, répondit Anato.

— Mais si, vous m'avez dit un nom !

— Non, je ne vois pas comment j'aurais pu vous le dire, je ne le connais pas.

— Merde, j'aurais juré que vous m'aviez donné un nom ! Et vous savez rien d'autre sur lui ?

— Qu'il est grand, métropolitain, et qu'il vit avec une jeune Ndjuka. Ça, je vous l'ai déjà dit, par contre.

— Eh bien, voilà qui va nous aider. Vous en connaissez, vous, des métros qui vivent pas avec une locale, ici ?

Le patron du garage se payait ouvertement la tête d'Anato. Assis derrière le bureau métallique, il agitait son genou, tapait sans cesse dans le coffre à tiroirs. Il fumait un mégot presque éteint et parlait au capitaine en n'écoutant que la moitié des questions, plus occupé à manipuler des formulaires sur lesquels il laissait de grosses empreintes de cambouis. Un ventilateur peinait à rafraîchir l'air moite.

Il finit par se décider à lever son postérieur de la chaise.

— Bon. On va pas y passer la journée, hein ! J'ai bien un Olivier ici. Un jeune que j'ai recruté récemment, pas extra d'ailleurs. Vous jugerez par vous-même s'il est métro et tout le reste. Suivez-moi.

Il ouvrit la porte et, d'un coup, le bruit des machines les assaillit. Anato le suivit, se faufilant entre les voitures dont les capots ouverts avalaient leurs réparateurs. Au passage, son regard s'arrêta sur la photo du mois d'un calendrier : une bimbo collait sa poitrine siliconée à la portière d'une voiture de rallye. Le patron l'amena à côté d'une Twingo sous laquelle coulait un filet d'huile. Il tapa sur la carrosserie, cria à pleins poumons pour faire sortir le mécanicien de son trou.

Le jeune homme remonta les quelques marches, baissa la tête pour éviter de s'éborgner contre le pot d'échappement, puis se redressa devant les deux hommes. Le capitaine fut vite déçu : la tête du garçon restait bien en dessous de la sienne. Fernand Liensoe avait pu inventer, Vacaresse avait pu mal comprendre, mais l'Olivier qui se tenait devant lui ne pouvait répondre au qualificatif de grand gars. Âgé au plus de vingt-cinq ans, il n'était pas métropolitain, mais clairement chabin*.

Ils s'installèrent tout de même dans le bureau, seul lieu où il était possible de parler hors du vacarme du garage, et Anato engagea un court interrogatoire. Il chercha un lien entre le jeune homme et le drame de Wetisoula. Il le questionna sur ses connaissances du fleuve, sur ses activités des jours précédant les décès. Il n'obtint aucune réponse digne d'intérêt : aussi étonnant que cela puisse paraître, le jeune disait n'être jamais allé sur le Maroni. Anato n'insista pas et le renvoya à son huile de vidange. Il repassa devant le patron qui l'interpella en hurlant pour couvrir le bruit des machines :

— Alors, vous me l'embarquez pas ?

— Non, je vous le laisse.

— Bien la peine de venir m'emmerder !

— Je n'ai rien entendu, lança Anato en quittant l'atelier. Bonne journée.

Dehors, plusieurs voitures faisaient la queue à la seule pompe en état de marche. Les deux autres étaient hors service, le pistolet enfoncé dans la tempe. Un des automobilistes, sorti de son véhicule pour faire quelques achats, avait laissé son autoradio allumé à plein volume. Un tube de ragga résonnait ainsi sur toute la station, faisant vibrer les plaques métalliques de la pompe à essence.

Anato soupira. Sa journée continuait aussi mal qu'elle avait commencé. Le matin, sur le trajet de Cayenne à Saint-Laurent, il avait dû supporter les histoires de son adjoint pendant trois heures. Girbal, avec son exaspérante bonne humeur, lui avait raconté chaque minute de son week-end. Anato connaissait à présent le prénom de chacun des adhérents du club de kayak, mais aussi la composition du menu idéal pour un déjeuner en forêt, ou encore la longueur de l'aïmara que le lieutenant avait pêché pour sa femme.

Dans un élan d'énervement, il s'introduisit dans la voiture transformée en juke-box et coupa la chanson, soulageant plusieurs clients qui patientaient à leur volant. L'homme sortit furieux du magasin, mais déchanta vite en se heurtant au capitaine. Après un bref commentaire, il reprit les commandes de son bolide, puis décampa en faisant crisser ses pneus.

Le calme enfin retrouvé, Anato appela son adjoint.

— Allô ! Girbal ? Avez-vous trouvé notre homme ?

— Non, mon capitaine, répondit Girbal. Pas d'Olivier ici, mais il faut dire que les informations de Pierre Vacaresse n'étaient pas très précises.

— Ce sont les seules qu'on a. Où êtes-vous ?

— Place du marché, avec un collègue de la compagnie de Saint-Laurent. Je vous rejoins.

— Laissez tomber, je m'occupe du dernier garage. Vous avez interrogé les vendeuses ?

— Non, je pensais revenir ici avec vous ensuite.

— Maintenant que vous êtes sur place, autant commencer. Visitez chaque stand, demandez à chaque vendeuse si elle connaît Thélia Apanga. Il faut que l'on sache où elle écoulait sa production, je serais étonné que personne ne la connaisse sur le marché de Saint-Laurent.

— Je m'y mets ! Mais je vous préviens, je ne parle pas taki-taki*.

— Moi non plus, Girbal, je vous l'ai déjà dit. À tout à l'heure.

Le garage Vanebeck se situait un peu à l'écart du centre-ville, sur la route de Saint-Jean. Le patron vint accueillir Anato à l'entrée comme s'il avait senti depuis le fond de l'atelier qu'un gendarme arrivait. Il portait un jean usé dont les ourlets déchirés traînaient au sol. Il s'essuya plusieurs fois les mains dessus avant de tendre le poignet.

— Bonjour, Charles Vanebeck.

— Capitaine Anato, Section de recherches.

— Que puis-je faire pour vous aider ?

— On peut aller dans votre bureau ?

— Mais, bien, sûr. Entrez, entrez.

Anato se laissa guider dans un bureau similaire à celui qu'il venait de quitter, avec une touche de rangement en plus : papiers classés dans des boîtes empilées sur la table, clés de voitures suspendues à des crochets numérotés.

— Alors, qu'est-ce que la gendarmerie veut à mon garage ? demanda Charles Vanebeck.

— Il y a quelque chose que je devrais savoir à propos de votre garage ?

— Non, pas du tout, pas du tout. Je me demande juste ce qui me vaut l'honneur de votre visite. Vous savez ce que c'est… On a beau appliquer tous les règlements, il y a toujours un petit détail qui va de travers. Tenez, le mois dernier, par exemple, j'ai appris que si un de mes employés change une ampoule au travail en montant sur un tabouret et non sur un escabeau et qu'il se casse une jambe, c'est tout pour moi. Avouez que ça va un peu loin, non ?

Anato ne laissa pas dériver la conversation.

— En effet, dit-il, mais je ne viens pas inspecter vos conditions de sécurité. Un mécanicien nommé Olivier. Grand, costaud et qui vit avec une fille du fleuve, probablement ndjuka, ça vous dit quelque chose ?

— Olivier, Olivier…

Charles Vanebeck se montrait plus aimable que son concurrent, mais pouvait tout à fait être en train de mener le capitaine en bateau.

— Vous savez, je change souvent de personnel ici, ça tourne vite. Pas facile de garder un gars longtemps. Soit il est bon et il cherche à vous lâcher dès qu'il peut pour bosser chez Maxauto, soit il est fainéant et vous quitte aussi parce que Monsieur trouve qu'il a trop de travail.

— Réfléchissez un peu.

Le garagiste s'installa plus confortablement dans sa chaise et continua son monologue. Il usait de gestes pour animer ses paroles, ponctuait son boniment de sourires forcés. Anato s'impatienta vite, se leva pour arpenter la petite pièce et s'approcha du mur. Il saisit aussitôt le manège de Charles Vanebeck.

— Vous ne seriez pas en train de vous payer ma tête, monsieur Vanebeck ?

— Pardon ?

— Olivier Degricourt ! Il a travaillé au moins quatre jours ici cette semaine, ce n'est pas si vieux. Vous affichez au mur le planning de la semaine où son nom apparaît plusieurs fois, et vous me soutenez que vous ne connaissez pas cet Olivier ?

Anato avait prononcé ces mots le regard collé au tableau qui organisait le travail hebdomadaire du garage : jours en bleu, noms des employés en rouge. Il se retourna vers Charles Vanebeck, mais n'eut pas le temps de dire un mot de plus. L'homme avait profité de l'instant d'inattention pour adresser un message dans un langage des signes improvisé à travers l'entrebâillure de la porte.

Anato lui lança un regard furieux qui l'enfonça dans son siège, lui ordonna de ne pas bouger, se précipita hors du bureau. Une forme humaine quittait l'atelier en hâte.

— Arrête-toi tout de suite ! cria-t-il plus fort que le brouhaha des machines.

Mais l'homme disparut. Anato passa en vitesse entre les voitures, enjamba d'un bond un homme allongé et se retrouva vite dehors. Il chercha des yeux le fuyard, la main en visière pour atténuer la lumière éblouissante.

Un bruit de moteur retentit. Le capitaine dut faire un écart sur la droite pour éviter le véhicule qui s'engageait en vrombissant sur la route. Il sauta dans sa voiture et suivit le même chemin, pied sur l'accélérateur, les yeux rivés sur la 205 grise qui fonçait devant lui. Ils parcoururent ainsi une courte distance, les deux autos lancées à pleine vitesse. La route était dégagée, mais les nids-de-poule nombreux. Certains, profonds comme des cratères, pouvaient causer de sérieux dégâts.

Puis la voiture de tête pila pour se ranger sur le bord de la route. Un individu imposant en bleu de travail s'extirpa du véhicule, traversa la route en courant. Le capitaine se gara derrière lui et le prit en chasse.

Les deux hommes couraient à grandes enjambées, suant à flots sous le soleil assommant. Anato misait sur la distance pour rattraper le fuyard lorsque l'essoufflement s'installerait. Ils suivirent des chemins de terre, longèrent des maisons sur pilotis, puis traversèrent un terrain en chantier sous les yeux d'ouvriers en pause. Ils sautèrent au-dessus d'un amas de parpaings, reprenant leur course dans un tas de sable.

Anato ne savait pas où l'emmenait le sprinteur, mais ils se rapprochaient des abords du Maroni. Il reconnut enfin les lieux lorsque, piquant soudain sur la gauche, ils se retrouvèrent à l'entrée du quartier de la Charbonnière et s'engagèrent dans l'allée principale. Les toits des habitations défilaient comme les arbres d'une forêt. Des cris s'élevaient à leur passage. Les voitures s'écartaient sur un coup de klaxon.

Arrivé sur l'esplanade, devant le dégrad où s'activaient les piroguiers, Anato entendit l'homme en bleu crier des mots qu'il ne put comprendre. Il le vit faire de grands signes en direction du fleuve. Un homme coiffé d'un bonnet rasta capta le message, puis courut vers une pirogue. Il tira d'un geste expert sur le démarreur, faisant rugir le moteur. Le fuyard se jeta de tout son poids dans le bateau qui roula sur la droite.

Le capitaine atteignit la berge trop tard. Le moteur de l'embarcation était parti en marche arrière. Il s'arrêta net, les pieds plongés dans l'eau trouble du Maroni. Il eut juste le temps de croiser le regard de son suspect. L'esquif s'éloigna vers la rive surinamienne.

Essoufflé, il s'appuya d'une main sur la proue bariolée d'une pirogue. Les pilotes et leurs passagers l'observaient se remettre de sa course, les chaussures trempées. Certains s'empressèrent de quitter l'endroit, pour ne pas voir le contenu de leur bateau contrôlé. D'autres restaient, moins inquiets, échangeant des regards amusés.

Anato baissait la tête. Il fuyait les regards, mais les sentait s'abattre sur lui comme une pluie lourde. Il se remémorait nettement les cris complices du garagiste au piroguier. Cet homme, tout métropolitain qu'il fût, était à l'évidence familier du quartier, ce qui confirmait son lien probable avec la mort de la famille Apanga. Mais cette conclusion renvoyait surtout le capitaine à ses contradictions personnelles. Malgré sa couleur de peau, malgré ses parents ndjukas, il constatait à nouveau combien lui-même était étranger en ces lieux.

12

Le capitaine retrouva Girbal sur la place du marché de Saint-Laurent, écrasée sous le soleil de midi. Les vendeurs avaient déserté les lieux, il ne restait plus que des débris à terre et deux jeunes Saramakas qui erraient pour revendre en cachette des cartouches de cigarettes surinamiennes. Il ne s'en était pas aperçu tout de suite, mais Anato s'était blessé en heurtant un arbre dans sa course. Sur son avant-bras, la chair apparaissait à vif. Pendant qu'il retirait les échardes glissées dans la plaie, il entreprit son adjoint :

— Olivier Degricourt, la quarantaine, garagiste. Je ne sais pas ce qu'il a à voir dans le décès de la famille Apanga, mais il est clair qu'il a des choses à se reprocher.

— Oui, en tout cas il ne vous a pas raté. Vous devriez désinfecter cette plaie, mon capitaine, répondit Girbal qui n'avait pas l'habitude de voir son supérieur dans un tel état.

Anato leva la tête de son travail de chirurgie.

— Ne vous en faites pas. Rendez-vous plutôt à la compagnie de Saint-Laurent et appelez la Section. Cherchez tout ce que l'on peut apprendre sur ce type. Antécédents, relations avec les habitants de Wetisoula, famille. Je veux tout savoir sur lui.

— O.K. Vous rentrez à Cayenne ?

— Pas encore. Je vais faire un tour chez lui, son patron m'a donné l'adresse.

Devant Girbal, Anato restait calme, autant que possible. Il ne laissait rien paraître de ses émotions, entre honte et rage envers l'homme qui l'avait semé. Il revoyait son corps massif, sans doute plus grand que le sien, se propulser hors de sa voiture, courir devant lui sans faiblir un seul instant. Il gardait en mémoire le regard qu'il avait croisé, sans pouvoir en déchiffrer l'expression.

— Et vos recherches sur le marché, quels résultats ? demanda-t-il à Girbal avant de se remettre en route. Vous avez trouvé une connaissance de Thélia Apanga ? Obtenu une information susceptible de nous faire avancer ?

— Oui à la première question, non à la seconde. Madame Apanga était connue, c'est sûr. Mais je ne sais pourquoi, personne ne veut s'étendre à son sujet. Chaque fois que je prononçais son nom, les vendeurs baissaient la tête et m'ignoraient. J'ai l'impression qu'ils sont tous au courant de l'affaire, mais qu'ils pensent que nous n'avons pas à y mettre notre nez. Donc, oui, j'ai repéré une bonne dizaine de connaissances de Thélia Apanga, mais aucune n'a accepté de coopérer.

— Rien ? Même pas un renseignement sur son éventuel passage au marché pour vendre sa production ?

— À peine. À part peut-être un type, le seul qui m'ait répondu, mais juste pour dire qu'il ne l'avait pas vue depuis un moment.

— Conclusion : si elle a vendu de la marchandise sur le marché de Saint-Laurent, elle a arrêté depuis longtemps.

— Oui, ou bien elle n'a jamais rien vendu ici. À vrai dire, l'homme avait quelques dents en moins, alors j'ai eu du mal à le comprendre.

— Je vois. Pas grand-chose donc.

— Comme vous dites, pas grand-chose.

Anato se leva d'un coup sans mettre un terme clair à la discussion. Il tira sur la toile de son pantalon qui collait encore à ses cuisses et prit le chemin du domicile d'Olivier Degricourt. En route, il imagina Girbal pendant son interrogatoire sur le marché, passant d'un stand à l'autre, puis essayant de comprendre ce que lui expliquait le vieux cultivateur.

Le lotissement se composait de trois immeubles qui se faisaient face autour d'un parking, les murs couverts de coulées grises prenant naissance sous les gouttières, comme si la petite cité pleurait sous le soleil. Quelques balcons laissaient dépasser des antennes paraboliques tournées vers le ciel pour connecter les modestes bâtiments au reste de l'univers. Près de l'entrée, une benne à ordures débordait de détritus jamais collectés, imprégnant l'atmosphère d'effluves nauséabonds. Au sol, le bitume fumait.

Le capitaine se présenta à la porte d'Olivier Degricourt. Une musique forte lui parvenait de l'intérieur. Il sonna avec insistance avant que quelqu'un ne baisse le volume. La porte s'ouvrit doucement sur le visage inquiet d'une jeune fille. De petite taille, un paréo antillais croisé sur la poitrine, elle ne devait pas avoir plus de vingt ans. Sur la moitié du crâne, des nattes vertes descendaient dans son dos, alors que l'autre partie arborait une grosse masse de cheveux dans laquelle était fiché un peigne. Anato l'avait interrompue en pleine séance de coiffure.

— Capitaine Anato, se présenta-t-il. Gendarmerie, Section de recherches. Vous êtes ?

Elle se raidit.

— Monique… Monique Hanke, dit-elle d'une voix cassée.

— Je peux entrer ? Je voudrais vous poser quelques questions.

La petite le regardait, hésitante. Ses yeux cernés imploraient Anato de repartir sur ses pas. Elle resta ainsi un instant, comme terrorisée, puis ouvrit la porte.

Elle l'invita à s'asseoir dans le séjour, modeste, mais bien tenu, coupa le son du téléviseur où se déhanchaient les danseuses en bikini d'un clip vidéo. L'aménagement de la pièce était soigné, mais artisanal : un canapé couvert d'un tissu africain maintenu par des pinces à linge, un carton de supermarché reconverti en bac à chaussures. Sur les murs, des photos recourbées par l'humidité, collées avec de la pâte à fixer qui coulait en petites traces bleues. Une étagère basse contenait quelques objets en bois sculpté et une calebasse gravée.

Monique Hanke s'assit en face du capitaine, le regarda avec intensité. Perturbée, à l'évidence. Et pas seulement par la présence d'un gendarme à son domicile.

— Vous connaissez Olivier Degricourt, je suppose ? interrogea-t-il.

— C'est… C'est mon mari, répondit-elle après un temps.

— Vous êtes mariée avec lui ?

— Oui… Enfin non, pas vraiment. C'est mon petit ami, quoi.

Le terme de *petit ami* était-il vraiment approprié pour définir le colosse qui l'avait semé ? se demanda Anato.

— Vous vivez ici avec lui ?

— Oui.

— Depuis longtemps ?

— Trois ans et demi.

— Vous savez pourquoi je suis là ?

La petite hésita.

— Non.

— Thélia Apanga, à Wetisoula, ça vous dit quelque chose ?

— Oui. (Ses sourcils se froncèrent nerveusement.) J'étais amie avec elle.

— Vous savez qu'elle est décédée ? Elle et ses deux enfants ?

— Oui, répondit simplement Monique Hanke en baissant les yeux.

Elle parut absente pendant quelques instants. Cette fille cachait quelque chose, devina Anato. Quelque chose qui l'avait ébranlée. Quelque chose qu'elle aurait voulu oublier.

— Vous pensiez que c'était votre petit ami qui sonnait à la porte ?

— Oui.

— Savez-vous pourquoi je suis là à sa place ?

— Non, répondit-elle en lui adressant à nouveau un regard suppliant.

— Eh bien, j'enquête sur la mort de la famille Apanga, reprit Anato en posant les coudes sur ses genoux pour se rapprocher d'elle. Et certaines informations me laissent penser que votre ami connaissait Thélia Apanga. Rien de précis, juste assez pour vouloir l'interroger. Mais lorsque je me suis présenté à son garage, Olivier Degricourt a pris la fuite et m'a fait courir dans tout Saint-Laurent avant de sauter dans une pirogue pour foncer au Suriname.

Monique Hanke le fixait, muette. Il laissa passer un court instant.

— On ne se sauve pas devant un gendarme sans raison, vous savez, reprit-il. Vous comprenez que tout ça me laisse penser qu'il sait quelque chose sur le meurtre de la famille, non ?

Nouveau silence.

— Pouvez-vous me dire où il se trouvait la nuit du décès ?

— Il était avec moi, dit-elle enfin d'une voix minuscule. Ici.

— Toute la nuit ?

— Oui.

— Vous avez fait quoi cette nuit-là ?

— On a regardé un film.

— Quel film ?

— Un film français, reprit-elle après un moment d'hésitation. Je ne me rappelle plus du titre.

— Je vois. Quel âge avez-vous ?

— Vingt et un ans.

— Ce serait dommage, à votre âge, d'être impliquée dans un meurtre, lui lança-t-il.

Elle ne répondit pas.

— Vous n'avez rien d'autre à me raconter sur cette nuit, vous êtes sûre ?

— Oui, je suis sûre… Je vous ai dit : on a regardé un film.

— Vous ne savez pas où votre ami a pu aller en fuyant ainsi ?

— Je ne sais pas, au Suriname, peut-être.

— Ça ne vous dérange pas si je fais un tour de l'appartement ?

— Non.

Anato se leva et commença son exploration. Il ouvrit quelques tiroirs et placards sous le regard de la jeune fille. Dans la chambre à coucher, un lit bas, couvert d'un drap orange à gros pois verts. Sur la table de chevet, un petit cadre avec une photo du couple dans un sous-bois, les cheveux mouillés, tout sourires. Au coin de la pièce, un carton rempli de vêtements sales en attente de lavage. Anato se baissa et en sortit du bout des doigts un jean de grande taille, crasseux. Il fouilla les poches avec succès : celle de droite contenait un filtre de cigarette dépiautée. Il se retourna vers la jeune fille qui l'observait depuis l'embrasure de la porte.

— Votre petit ami, il fume de l'herbe ?

— Non.

— Arrêtez de mentir, mademoiselle Hanke, ça risque de mal tourner.

— Oui, il fume parfois un peu de kali. Mais… de moins en moins. Je lui ai demandé d'arrêter.

— Saviez-vous que Thélia Apanga cultivait de l'herbe, et en vendait même ?

La petite ne répondit pas. Elle ne bougeait pas, la main posée sur la porte, le visage tremblant.

— Vous savez ce que l'on va faire ? reprit Anato.

— Non.

— On va attendre un peu ici. Il va peut-être rentrer bientôt, Olivier. Peut-être qu'il va pouvoir tout expliquer, qu'il a juste eu peur pour rien. Vous ne croyez pas ?

— Peut-être.

— Donc, ça ne vous dérange pas si je reste un moment ici avec vous ? Vous pourrez continuer votre coiffure, si vous voulez.

Elle ne répondit pas, mais hocha la tête : il ne lui laissait pas vraiment le choix. Anato s'assit à nouveau dans le séjour. Elle apporta une carafe d'eau et deux verres décorés. Ils burent tous deux à grosses gorgées, puis restèrent silencieux.

Après un moment, la jeune fille rapprocha d'elle le sac plastique rempli de cheveux synthétiques qui traînait au sol et reprit son tressage. Patiemment, elle s'emparait de chaque mèche verte, composait une boucle autour de l'index, la mêlait à quelques-uns de ses cheveux, puis d'une ondulation des doigts faisait courir la natte jusqu'à son extrémité, qu'elle marquait d'un petit nœud. Anato était impressionné de la voir ainsi se coiffer seule, sans même avoir besoin de regarder son ouvrage. Ce travail semblait la détendre.

Malgré la tristesse qui l'habitait, elle était vraiment jolie : visage effilé, yeux en amande, silhouette fine. Une petite poitrine rebondie. Comment une si jeune fille pouvait se retrouver à vivre avec cet homme, de vingt ans plus âgé qu'elle ? Comment un couple pouvait-il fonctionner avec une telle différence d'âge et de culture ? Quels pouvaient être les points d'accroche, les loisirs communs qui composaient leur vie quotidienne ? Anato ne pouvait s'empêcher de penser à ces vieux métropolitains qui s'exhibaient dans les rues de Cayenne avec de jeunes Brésiliennes, mortes d'ennui à leur bras. Il avait toujours regardé avec dégoût ces couples, inexplicables sinon par des considérations financières.

Une demi-heure passa avant que la sonnerie du téléphone portable d'Anato ne brise le silence. Ils sursautèrent tous les deux. Il adressa un sourire rassurant à la petite, puis décrocha. Il ne reconnut pas tout de suite la voix hésitante qui lui répondit. La femme se rappela à son souvenir : il revit aussitôt la vendeuse de couac du marché de Cayenne, son énorme poitrine écrasée dans un débardeur. Elle voulait le revoir, avait des choses à lui dire sur Thélia Apanga. Anato se méfiait de ce souvenir soudain, mais lui donna tout de même rendez-vous à Cayenne. Il raccrocha, remit son portable en poche.

Monique Hanke l'avait observé durant cette courte conversation. Elle arrêta son tressage et le fixa du regard.

— Vous êtes ndjuka ? lança-t-elle enfin d'un ton hésitant.

Passé la surprise, il répondit :

— Plus ou moins. Je l'ai été, en tout cas.

— Ça se voit. À part vos yeux. Pourquoi… Pourquoi vous dites *je l'ai été* ?

— Parce je n'ai pratiquement pas vécu en Guyane.

Anato se demanda ce qu'il faisait, parlant ainsi de son passé à cette petite qui, trois quarts d'heure plus tôt, était terrorisée par chacune de ses paroles.

— Ah bon ? continua-t-elle. Mais quand même, ça se voit. Vous avez de la famille ici, forcément, non ?

— Un peu.

— Vous ressemblez à Paul Opoma, le mari de ma tante.

— Opoma, vous dites ?

— Oui, c'est ça.

La Guyane était un petit monde, et le peuple ndjuka encore plus réduit. Mais Anato ne se serait jamais douté que c'était avec cette jeune fille, impliquée d'une manière ou d'une autre dans le meurtre sur lequel il enquêtait, qu'il allait se trouver un lien familial.

— C'est mon cousin, dit-il.

— Alors… Alors vous êtes un peu mon oncle, conclut-elle.

Elle prit une nouvelle mèche, l'enroula autour de son index, puis leva deux yeux désemparés.

— Mais alors… Mais alors pourquoi vous me menacez si vous êtes de ma famille ?

Il resta coi. Elle avait mis le doigt sur la dure réalité : avant d'être son oncle, le capitaine Anato était officier de gendarmerie. Et contrairement à ce que soupçonnait son supérieur, il ne pouvait concevoir que ses origines ndjukas puissent l'empêcher d'assumer ses fonctions.

Une fois sorti de l'appartement, sur le parking, face au soleil rouge qui descendait doucement, Anato téléphona à ce cousin qu'il ne contactait jamais. Paul Opoma décrocha au bout de quelques sonneries. Anato entendit un bruit de tronçonneuse qui l'obligea à décoller l'appareil de son oreille. Le vacarme dura quelques secondes, puis s'arrêta.

— Paul ? C'est moi. André.

Paul accueillit son appel avec un plaisir qui paraissait sincère.

— André ! Comment vas-tu ? Tu ne donnes jamais de tes nouvelles.

— Je sais. Je travaille beaucoup.

— Tu es à Saint-Laurent ?

— Pour la journée.

— Viens à la maison ce soir ! Les enfants sont sortis et Odile va préparer un bami.

— C'est gentil, mais je n'ai pas le temps. Je dois rentrer à Cayenne en urgence, mentit le capitaine.

— Bon. Mais la prochaine fois que tu viens ici, préviens-moi.

— Promis… Paul ? Monique Hanke, tu la connais ?

— Bien sûr, c'est ma nièce. On ne la voit pas très souvent, elle passe des fois à la maison pour jouer avec les enfants.

— Tu n'as rien remarqué ces derniers temps ? Tu ne sais pas si elle a des problèmes ?

— Non, je ne l'ai pas vue depuis un mois. Qu'est-ce qui se passe avec elle ?

— Rien, rien. Son mari, Olivier Degricourt, tu le connais ?

— Le garagiste.

— C'est ça. Il est comment ?

— Au début, il faisait peur à tout le monde parce qu'il est bagarreur. On pensait qu'il allait taper sur Monique. Mais il est sympa, je crois qu'il s'occupe bien d'elle. Il nous a bien dépannés sur la voiture, une fois.

— Je vois. Rien de particulier sur lui, donc ?

— Non. Enfin, si, je pourrais te dire plein de choses sur eux, mais je ne sais pas ce que tu cherches. C'est pour ton travail ?

— Non, pas vraiment. Ce n'est pas grave, oublie ça.

— Bon. Et toi, tu es sûr que ça va ? Tu te plais à Cayenne ?

— Ça va.

— N'oublie pas que nous sommes là, hein ? Il ne faut pas rester tout seul.

Anato le remercia pour sa gentillesse et raccrocha. Il reprit le volant de son véhicule, soucieux. La famille, pensa-t-il, unité fondamentale dans la culture ndjuka. Paul Opoma était un homme attentionné envers ses proches, dans lesquels il incluait déjà son cousin venu de métropole. Mais lorsqu'il allait réaliser qu'Anato enquêtait sur sa nièce, il risquait de déchanter.

Le capitaine passa une main sur son crâne lisse. Parviendrait-il un jour à tisser un lien avec cette famille ? Il avait espéré voir les choses s'arranger avec le temps, apprendre à mieux connaître ses oncles et cousins, réussir à trouver sa place. À s'intégrer. Mais c'est le contraire qui se produisait. Tout empirait. Il en venait même à présent à malmener une jeune nièce apeurée. Comment avait-il pu croire possible de retrouver ses racines en étant capitaine de gendarmerie ?

La voix de Paul Opoma était particulière. À la fois puissante, sérieuse et douce. Gravée dans la mémoire d'Anato, elle ravivait une douleur profonde à chaque fois qu'il l'entendait. Le ramenant à ce samedi qu'il ne pourrait jamais oublier.

13

— *Baakaman**.
— Pardon ?
— *Baakaman*, répéta Michel Dougez. C'est comme ça qu'on appelle le conjoint d'une personne décédée.

Assis à une table en bois, sur la terrasse du médecin, Vacaresse venait de raconter la scène à laquelle il avait assisté à Wetisoula. Soucieux d'explorer les détails de l'affaire Apanga, il cherchait une explication. Michel Dougez ne portait qu'un caleçon et des tongs. Une toison grise couvrait son torse, puis se rétrécissait sur le ventre en une ligne qui s'engouffrait dans son nombril.

— Vous savez, poursuivit-il, chez les Noirs-Marrons, qu'ils soient ndjukas ou alukus, chaque décès représente un moment très important pour toute la société.

— J'ai cru comprendre.

— Même si pas mal de traditions se perdent, pour ce qui touche à la mort on peut dire que c'est solide. Ce que vous avez vu n'est que le début des funérailles. L'annonce du décès au conjoint.

— Vous voulez dire qu'il ne le savait pas ? Je croyais que tout le Maroni était au courant.

— Peut-être. Mais en général, pour le mari, c'est différent. On lui cache la vérité pour la lui annoncer quand il sera arrivé dans le village. On lui raconte un mensonge juste pour le faire venir. Comme par exemple que son père est malade.

— En tout cas, ça lui a fait un sacré effet !

Vacaresse repensa à la scène, au délire de l'homme qui se débattait en tous sens.

— C'est souvent comme ça que ça se passe, il est important qu'il manifeste ouvertement sa tristesse. C'est le début du deuil, il n'est pas au bout de ses peines.

— Il en a pour longtemps ?

— Le plus dur, ce sont les trois premiers mois, expliqua le médecin. En gros, la seule chose qu'il aura le droit de faire c'est se lamenter. Il va être consigné dans la maison de la famille pendant tout ce temps. Je ne connais pas tout le rituel, mais il existe plein de contraintes. Il n'a pas le droit de se laver devant d'autres personnes : quand il ira au fleuve, il devra s'éloigner du village pour faire sa toilette en cachette. Il ne pourra pas discuter normalement avec les autres, seulement se plaindre et évoquer le souvenir de la morte. Au mieux, il fera des jeux pour s'occuper, il jouera à l'awalé* s'il trouve un partenaire. Le principe, c'est qu'il est dépossédé de tous ses biens pendant cette période. Il va dépendre entièrement du lignage, de la famille de la morte. Notamment pour la nourriture. Après ces trois mois, le deuil sera allégé, mais en tout cela va durer un an. Jusqu'à ce qu'on appelle la levée de deuil, le *Puu baaka**, le moment où l'on *enlève le noir*.

Vacaresse constatait à quel point il était ignorant de la vie des habitants du fleuve. Il découvrait totalement ces pratiques dont il n'avait entendu parler qu'une fois, dans une émission sur *RFO*. Le médecin se leva, regarda par-dessus la barrière de sa terrasse. Le soleil faisait briller sa calvitie. En contrebas, un jeune passait à vélo, une cage à picolette* fixée sur le guidon.

— J'ai eu l'occasion d'assister à une bonne cinquantaine de cérémonies funéraires et, à chaque fois, j'ai appris des choses. C'est toujours différent selon le lignage de la personne, les conditions de la mort, la saison même, je pense. C'est vraiment quelque chose de particulier, à la fois triste et festif.

— Mais ça sert à quoi, tout ce rituel ?

Michel Dougez se retourna.

— C'est leur enquête policière à eux.

— Comment ça ?

— Eh bien, une grosse partie de la cérémonie sert à connaître les causes du décès. C'est un peu compliqué à expliquer, mais disons que vous, vous cherchez à savoir comment la famille Apanga est morte, alors qu'eux veulent savoir pourquoi.

— Mais nous aussi.

— Oui, mais il ne s'agit pas du même pourquoi. Pour les Noirs-Marrons, la mort n'est pas un phénomène naturel. Même derrière un accident, une maladie grave, il y a toujours une autre cause. Si un arbre tombe sur quelqu'un pendant qu'il travaille sur son abattis, ce n'est pas juste un accident. Ils vont se demander pourquoi justement cette personne se trouvait sous cet arbre à ce moment donné.

— Là, ça me dépasse un peu, avoua le lieutenant. Et par exemple, c'est quoi la raison de la présence de l'homme sous cet arbre, à cet endroit, à ce moment ?

— Ça dépend. Ça peut être parce que quelqu'un lui veut du mal, ou lui a jeté un sort. Ou alors que lui-même s'est livré à la sorcellerie. Ou bien que sur son abattis, il a coupé un arbre qu'il ne fallait pas couper.

— Un arbre sacré…

— Oui. Il est très important de définir les causes de la mort pour savoir comment va être enterrée la personne. Pour les Noirs-Marrons, trois entités peuvent causer la mort : une divinité, un ancêtre ou une personne vivante. La mort provoquée par une divinité, c'est une punition. Elle sanctionne les mauvais morts. Ceux qui n'ont pas respecté un interdit divin, ceux qui ont commis un meurtre, mais aussi les sorciers. La mort causée par un ancêtre est la seule considérée comme respectable. Elle est réservée aux bons morts, ceux qui n'ont jamais fait de mal, ou qui ont été victimes de sorcellerie. L'idée est que les ancêtres mettent simplement un terme à l'existence de la personne pour faire cesser des problèmes plus graves ou lui éviter de souffrir.

— C'est une sorte de jugement dernier, en fait.

— Si vous voulez. Il y a encore quelques années, la détermination de la cause d'un décès donnait lieu à un rituel très particulier. Le cercueil du mort était porté sur la tête de deux hommes et on interrogeait directement l'âme du défunt. Avec pour objectif final, l'entrée ou non dans le cercle des ancêtres. Si on est un bon mort, on va pouvoir devenir un ancêtre, un

*Yooka**, ce que tout le monde souhaite, et on va avoir droit à un bel enterrement.

— Et les mauvais ?

— Les mauvais morts seront moins bien traités et ne pourront pas devenir des ancêtres. Leur existence s'arrête définitivement. Autrefois, on jetait carrément leur cadavre dans la forêt sans aucune cérémonie. C'est une très mauvaise chose, presque une malédiction pour tout le lignage de la personne.

— Et pour Thélia Apanga, ça va donner quoi ? Bon mort ou mauvais mort ?

— Ah ça, je ne suis pas devin, il va falloir attendre les résultats. Comme pour votre enquête.

Le médecin regarda Vacaresse. Depuis le début de la conversation, le lieutenant maintenait de manière inconsciente son sourcil droit relevé, plissant la moitié de son front. Michel Dougez lui adressa un sourire moqueur.

— Chacun ses traditions, monsieur le gendarme, vous pouvez baisser ce sourcil. Malheureusement, la mort est omniprésente chez les Noirs-Marrons, elle frappe chaque semaine. Les deuils font partie de la vie, bien plus souvent que chez nous, croyez-moi.

Vacaresse ne put répondre tant ces paroles le touchèrent. Le médecin ne savait rien de sa vie, ni de ce que le mot deuil signifiait pour lui. Combien ce simple mot avait rempli les vingt dernières années de son existence, depuis son union avec Mathilde. Un poids quotidien, dont elle n'arrivait pas à se débarrasser. Lorsqu'il l'avait rencontrée, Mathilde était au plus mal. Elle venait de perdre sa fille de quatre mois, qu'elle élevait seule. Un accident bête : la petite s'était noyée dans son bain, alors que Mathilde répondait au téléphone. Un instant d'inattention avait suffi. Perdre un enfant, c'est comme perdre une partie de soi, disait-elle. Le tuer, c'est comme mourir un peu. Le temps avait passé, mais le deuil et la culpabilité l'accompagnaient chaque jour. Ce deuil autour duquel leur relation s'était construite et leur enfant avait été élevé. Dans la crainte de le voir disparaître à son tour. Il repensa aux explications de Michel Dougez. Et s'il y avait une autre cause ? Plus profonde ? La volonté d'un ancêtre lointain. Le désespoir de Mathilde aurait-il pu être atténué ?

Le médecin le tira de ses réflexions.

— Il y a juste une chose que je ne comprends pas, reprit-il.

— Quoi donc ?

— Thélia Apanga est ndjuka. C'est la seule Ndjuka du village en fait. Et normalement, quand quelqu'un meurt, la cérémonie se déroule dans son village d'origine. Son corps devrait être ramené là-haut, sur le Tapanahoni.

— Mais c'est ici qu'elle est morte. Elle vivait à Wetisoula avec son mari. C'est peut-être juste pour ça. Toute sa famille est en train d'arriver, j'ai l'impression.

— Oui, peut-être… Mais Wetisoula est un village aluku. Les relations entre les Alukus et les Ndjukas ne sont pas toujours simples. Il doit y avoir une raison pour que les funérailles se déroulent ici.

— Quel type de raison ?

— Je ne sais pas. Vraiment, je ne sais pas.

La conversation cessa. Vacaresse s'appuya en arrière, la chaise émit un petit grincement. Il regarda l'horloge accrochée au mur. Les secondes couraient autour du cadran et l'heure qu'il attendait approchait. Il se leva, puis prit congé de son hôte.

Le moment de la libération approchait lorsqu'il se posta à l'entrée de la classe. L'impatience se devinait dans l'agitation des élèves assis à leurs petits bureaux. Dès que l'instituteur se retournait, ils en profitaient pour pivoter vers l'arrière, blaguer avec leur voisin. Le jaune était la couleur prescrite par l'établissement, mais les tons variaient : tout un dégradé s'exposait sur les tee-shirts des enfants. L'enseignant couvrait le tableau de grosses lettres parfaitement formées. Quelques-uns des écoliers étaient invités à lire à haute voix, dans un dernier effort avant la fin du cours. Une lecture malaisée. L'instituteur utilisait quelques expressions dans leur langue maternelle pour se faire comprendre ou imposer son autorité aux plus turbulents.

Une sonnerie stridente retentit enfin. Vacaresse dut s'écarter pour laisser passer la marée de tee-shirts jaunes qui se déversa hors de la classe. Les gamins filèrent dans un brouhaha de cris et d'insultes, envahirent le chemin qui longeait l'école.

Le lieutenant fit un signe de la tête à l'instituteur qui l'invita à entrer dans la salle de classe vide et se présenta : Grégoire Nelson. Vingt-cinq ans tout au plus, il était coiffé d'une tignasse de dreadlocks ramassés en un énorme chignon derrière le crâne. Il avait les traits fins, de grands yeux clairs qui devaient faire rêver les moins jeunes de ses élèves.

Vacaresse s'assit lourdement sur le rebord d'une des tables. Des gravures entamaient le bois, réalisées au compas par les enfants. Sur les cadres métalliques des chaises, la peinture rouge s'écaillait.

Grégoire Nelson rangeait ses papiers dans une pochette à moitié déchirée. Il s'attendait à la visite du gendarme :

— Vous venez pour Justin Apanga ?

— Oui. Vous étiez bien son instituteur ?

— Son professeur. *Professeur des écoles*, précisa le jeune homme en souriant, amusé par cette nouvelle appellation officielle. C'est vraiment triste, cette histoire. On ne sait toujours pas ce qui leur est arrivé ?

— Non. On essaye d'avancer pour le moment, de comprendre ce qui a pu se passer durant les derniers jours.

— Mais comment toute une famille peut-elle mourir comme ça, en une nuit ?

L'instituteur avait l'air désemparé.

— Je ne peux rien vous dire pour le moment, désolé. Vous le connaissiez depuis longtemps, le petit Justin ?

— Non, j'ai pris mon poste à Apatou à la rentrée. Je suis encore un nouveau.

— Les enfants ne sont pas trop durs ? interrogea Vacaresse qui se demandait ce qui pouvait motiver un jeune Guyanais à venir enseigner à Apatou.

— Il faut savoir les prendre et les remettre à leur place par moments, mais ils ne sont pas méchants.

En tout cas, ceux qui sont là. Il y en a que je n'ai vus qu'une ou deux fois. Entre le transport en pirogue, les travaux à l'abattis et les petits frères à garder pour les filles, ça fait beaucoup d'excuses pour rater l'école.

Il tourna la tête vers la porte grande ouverte, regarda les gamins qui couraient encore à l'extérieur, puis reprit, d'une voix plus grave :

— La mort de Justin a été un choc pour toute la classe. Le lendemain, un de ses copains a demandé que l'on fasse une minute de silence. Je ne sais pas où il a appris ça, mais je n'en suis toujours pas revenu. La salle est restée muette pendant toute une minute, j'ai dû presque les secouer pour les refaire parler.

— Justin était comment ?

— Je n'ai jamais vraiment su quoi en penser. Étonnant. Parfois insolent, voire insupportable. Mais d'autres fois il insultait ceux qui ne suivaient pas le cours et il se mettait à me regarder, à fixer le tableau. On aurait dit qu'il se concentrait à fond, c'était assez bizarre. En tout cas, même s'il avait deux classes de retard, c'était vraiment un futé. Je pense qu'avec du travail, il aurait pu très bien marcher.

— Et avec les autres gosses ?

— Ah, là, c'était le chef ! Un vrai meneur ! Les garçons n'osaient jamais le contredire et on aurait dit qu'ils se battaient tous pour être son copain. À toutes les récréations, on sentait que les choses tournaient autour de lui. C'est pour ça, je pense, que sa mort a tant choqué.

— La fin du gourou…

— Je n'irai pas jusque-là, mais bon. Les filles lui parlaient peu. Sauf une. La petite Anastasie.

Vacaresse se réinstalla sur la table qui s'affaissait légèrement.

— Sa petite amie ?

— Je ne sais pas. Peut-être. Elle est d'origine indienne. Vraiment adorable, bonne élève, mignonne comme tout. On aurait dit qu'elle le fascinait. Parfois pendant les cours, je le voyais en train de la fixer des yeux. Il était un peu son protecteur. Dès qu'un autre gamin s'attaquait à elle, il la défendait. Mais je ne la vois plus. Depuis la mort de Justin, elle ne vient plus en classe.

— Plus du tout ?

— Non. Elle était là pendant la minute de silence, mais elle est restée muette ensuite. Elle n'a pas sorti un mot de toute la matinée. Et depuis, elle n'est plus revenue.

— C'est dans ses habitudes ?

— Non, elle est plutôt assidue. Le genre élève modèle. Je pense que la mort de Justin l'a retournée. Le seul truc bizarre, c'est…

— C'est ?

L'instituteur semblait hésiter à poursuivre. Il fit une pause pour mettre en place ses souvenirs, être précis.

— Le lendemain du… enfin, du drame, quoi, quand Anastasie a commencé à sécher les cours, j'ai demandé à la classe si quelqu'un savait pourquoi elle était absente.

— Et ?

— J'ai senti comme un trouble dans les rangs. Les gamins se regardaient entre eux. Ils hésitaient à parler. Et finalement… il y en a un, au fond de la classe qui a dit un truc à voix basse. Il s'appelle Edgar, c'est vraiment un chieur, très souvent absent.

— Il a dit quoi ?

— Je n'ai pas entendu sur le moment, et je lui ai demandé de répéter à voix haute. Alors, tous les autres gamins ont commencé à l'engueuler pour qu'il ne me réponde pas. J'ai insisté et il a fini par cracher le morceau.

— C'est-à-dire ?

— Il a dit : *elle est partie parce que c'est elle qui l'a tué.*

Les deux hommes se regardèrent.

— Toute la classe s'est écrasée, continua Grégoire Nelson. C'est un gosse difficile, Edgar. Il n'aimait pas Justin, il devait être jaloux. J'ai essayé de calmer le jeu. Je lui ai dit qu'il racontait n'importe quoi et j'ai continué le cours normalement. Il n'y a rien derrière ça. Des histoires de gosses, à mon avis.

— Sans doute, oui. Mais il faut quand même que je creuse. On peut la trouver où, la petite Anastasie ?

— Je ne sais pas. Elle est peut-être chez elle. Elle habite dans un quartier derrière le bourg. Je peux essayer de vous trouver le chemin.

— Oui, ce serait bien. Et le petit Edgar ?

— Il ne doit pas être loin. Attendez, je vais voir s'il traîne encore dehors. Vous pouvez l'interroger sans ses parents ?

— Normalement, non. Mais ils ne vont pas porter plainte pour quelques petites questions.

L'instituteur sortit de la classe et chercha Edgar au milieu des gamins qui se chamaillaient en retournant la poussière rouge du chemin en latérite. Vacaresse resta un court instant seul dans la salle. Sur le mur du fond, il regarda une ribambelle de dessins exposés, se demanda si Justin Apanga était encore vivant lorsque ces œuvres avaient été réalisées. À ses pieds, il contempla les carreaux beiges qui composaient le sol de la pièce, bien trop ternes pour convenir à sa cuisine.

Le petit Edgar revint dans la classe sans enthousiasme, comme un retour au bagne. Son tee-shirt taché de terre sèche, il portait un cartable informe en bandoulière. Il s'assit avant qu'on ne l'y invite à une place du premier rang. Grégoire Nelson avait repris son rôle d'instituteur.

— Edgar, tu sais que c'est la place de Bruno, là ! dit-il au gamin d'une voix ferme.

L'enfant grommela une phrase incompréhensible, la tête baissée vers le sol. Vacaresse laissa l'instituteur guider l'interrogatoire en levant la voix :

— Pardon ? Je n'ai pas entendu, Edgar. Quand tu es en classe, parle en français s'il te plaît.

— Je suis pas en classe, la cloche, elle a sonné, lança le gamin. Je sais que c'est la place de Bruno, mais de toute façon…

— Quoi, de toute façon ?

— Non, rien, dit le gamin en riant de côté pour se moquer de l'autre élève.

— C'est ça, rends-toi intéressant. Tu es un homme fort, toi !

— Bah, oui.

— Bon, Edgar, ce monsieur est gendarme. Il voudrait que tu lui répètes ce que tu m'as dit l'autre jour sur Anastasie.

— J'ai rien dit, c'est vous qui m'avez obligé à raconter un truc, rétorqua Edgar en regardant Vacaresse de travers.

— Tu peux me répéter ce que tu as dit ? insista Grégoire Nelson.

— Bah, vous le savez bien puisque vous en parlez. C'est bon, je vais pas le dire cent fois !

— Moi, je vais te le redire. Tu as affirmé que c'était Anastasie qui avait tué Justin. Tu t'en souviens, non ?

— Non.

— *Kaba !* Edgar, arrête tes conneries ! On parle de la mort d'un élève, là, pas de tes petits trafics !

— Quoi, mes petits trafics ? Je fais rien du tout, moi ! Et puis pourquoi vous disez des gros mots ?

Le gosse semblait habitué à se payer la tête des adultes. L'instituteur se tut et le regarda. Edgar gigotait sur place, cherchait un moyen de se tirer d'affaire.

— C'est bon, finit-il par lâcher. Je sais que c'est pas bien qu'il est mort. Mon grand frère aussi il est mort, ça va ! J'ai rien fait, moi. C'est la coolie*, là ! C'est elle qui a pleuré devant tout le monde. C'est elle qui a dit à tout le monde qu'elle avait tué Justin. Tout le monde le sait.

14

Le point de rendez-vous avait été fixé à la gare routière. Anato longea le canal Laussat jusqu'à l'amas désorganisé de minibus, garés sur les trottoirs défoncés. Nombre de passagers avaient déjà pris place, suant à grosses gouttes dans les véhicules qui chauffaient comme des fours. Debout à côté de leurs cars, les conducteurs accostaient les passants pour remplir les sièges, décidés à ne partir qu'une fois toutes les places attribuées. Dans les coffres s'entassaient valises et denrées enfermées dans d'énormes sacs en toile.

La vendeuse du marché attendait, assise sur le banc de ce qui devait être à l'origine un arrêt de bus, moulée dans un jean rouge et un haut noir fermé par un cordon. Elle avait tressé la partie avant de ses cheveux, verni ses ongles de rose. L'effet de séduction était limité, mais Anato remarqua l'effort. Un gros sac en tissu reposait à côté d'elle.

Anato la héla. Elle vint à lui et demanda à charger son paquetage dans le coffre de la voiture.

— Pourquoi n'avez-vous pas voulu venir à la gendarmerie ? interrogea Anato sans attendre.

— *I e law ?* Vous êtes fou, ou quoi ? C'est vous que je veux voir ! Je vais pas raconter ma vie à tous les gendarmes ! Et j'ai pas de voiture. Vous pourrez m'emmener chez mon frère à Cabassou, après ?

— Bien sûr, répondit le capitaine, évaluant mentalement la distance à parcourir.

De toute évidence, elle avait planifié sa matinée et comptait sur le trajet avec lui dans son organisation. Elle se plia en deux pour s'introduire dans la voiture, tendit la ceinture entre ses seins. Anato s'installa à son tour et démarra.

— Bon. Vous vouliez me parler de Thélia Apanga ?

— Oui. Je veux vous montrer un endroit. Allez vers Rémire, je vous dirai après.

Anato n'avait pas l'habitude de recevoir des ordres, hormis de son supérieur. Il prit cependant la route indiquée par la grosse dame. Sur le chemin, elle lui posa une série de questions. Était-il marié ? Avait-il des enfants ? Beau comme il était et à son âge, il devrait déjà avoir une famille ! Anato ne chercha pas à s'expliquer. Il raconta les éléments clés de sa vie et de sa famille ndjuka pour la mettre à l'aise. Elle hocha la tête pour approuver.

Une fois sur la route de Rémire, elle le guida dans une petite rue, puis sur un chemin. Rue des Maripas, indiquait un panneau. Anato se retrouva à manœuvrer son véhicule sur une piste en terre qui s'enfonçait dans un secteur dont il ne soupçonnait pas l'existence. Ils traversèrent un lotissement résidentiel, passèrent devant un alignement de maisons sommaires avant d'atteindre une zone vierge, envahie par une végétation qui débordait sur la piste. Des plantes grimpaient le long d'un ancien poteau électrique, presque invisible sous les feuillages. Sur ce petit espace oublié par l'urbanisation, la nature reprenait ses droits.

Anato jetait des regards vers sa copilote, visiblement sûre d'elle. Le chemin se dégradait de mètre en mètre. Ils roulèrent un bon moment avant qu'elle ne lui indique leur lieu d'arrivée.

— C'est ici.

Anato considéra le portail rouge et rouillé en face d'eux, qui émergeait des végétaux grossièrement élagués. Il se gara, sortit de la voiture, tira sur la grille métallique. La mécanique grippée se mit en marche, ouvrant le portail sur une propriété déserte.

Anato s'avança dans ce qui avait dû être un jardin, suivi par la grosse dame. Un gigantesque manguier occupait les lieux, écrasait le sol de son poids. Ses racines couraient dans toutes les directions. Sous l'arbre, un tapis de mangues à moitié pourries autour desquelles s'affairaient des nuées d'insectes dégageait une odeur lourde et sucrée. Ils firent quelques pas, quittant l'ombre des branches pour s'enfoncer dans de hautes herbes et s'approcher de la bâtisse calée au fond du terrain.

Une baraque délabrée, visiblement abandonnée. Une gouttière pendait sur le côté du toit, touchait presque le sol. Les murs en bois, rongés par endroits, portaient des reliques de peinture blanche. Anato poussa la porte branlante. Le parquet vétuste comportait un large trou aux rebords gorgés d'humidité, mais la pièce principale était d'une étrange propreté, comme si un coup de balai avait été passé récemment. Au centre de la salle, une table en bois et deux petites chaises, seuls éléments de mobilier.

Le capitaine observa l'endroit. Les murs vierges. Le plafond aux grandes taches jaunes. Il se retourna vers son guide et lui lança un regard interrogateur :

— Qu'est-ce que c'est que cette maison ?

— *Mi á sabi.* Je ne sais pas, répondit-elle en promenant elle aussi son regard sur la pièce.

— Comment ça ? Qu'est-ce qu'on fait ici ?

— Je sais pas, je vous dis. J'étais jamais entrée.

Anato s'assit sur une chaise, puis invita la vendeuse de couac à l'imiter. Il voulait en venir aux faits.

— Bon, ça suffit. Il est peut-être temps de m'expliquer pourquoi vous m'avez amené ici, non ? Ce n'est pas juste pour passer un moment à la campagne avec moi.

— Je vous dis, je sais pas pourquoi elle venait ici.

— Elle ? Vous voulez dire Thélia Apanga.

— Oui.

— Quand ? Quand est-elle venue ici ?

— Plusieurs fois. Trois fois, ou quatre fois, je crois.

Elle serra ses mains l'une contre l'autre, comme pour se préparer à sauter un obstacle.

— Je sais pas ce qu'elle faisait dans la maison, dit-elle. Thélia, elle racontait pas sa vie, elle cherchait pas les histoires.

— Vous la connaissiez depuis longtemps ?

— Elle vendait son couac avec moi. Elle venait souvent à Cayenne, elle prenait le bus à Saint-Laurent. Elle connaissait personne, alors elle dormait chez mon frère, dans sa maison. Elle était très courageuse. Elle voulait vendre beaucoup pour gagner de l'argent.

— On m'a déjà dit tout ça. Mais cette maison ?

— Elle est venue la première fois l'année dernière. Elle avait demandé à mon frère de la conduire avec la voiture. Moi j'ai pas le permis, je pouvais pas. On comprenait pas pourquoi elle voulait venir ici, mais on l'a emmenée. Elle a dit de l'attendre dehors. Elle est rentrée dans la maison et après, elle est revenue et on est repartis. Elle a fait ça trois fois.

— Et vous n'avez aucune idée de ce qu'elle faisait là ?

— Non. On a rien demandé. C'étaient ses affaires, rétorqua la femme.

— Elle était chargée quand elle venait ? Elle venait vendre quelque chose ? Rencontrer quelqu'un ? Cacher quelque chose ?

— Je sais pas. Elle avait son sac. Elle avait toujours un gros sac avec elle.

Anato se leva, regarda la pièce vide. Que pouvait bien venir faire une agricultrice du fleuve dans un endroit pareil ? Comment même Thélia Apanga pouvait-elle avoir connaissance de cette maison en ruine, si bien cachée au fond de son chemin ?

— Vous pensez qu'elle aurait pu venir ici pour vendre de l'herbe, ou quelque chose d'interdit qu'on ne vend pas sur le marché ?

Elle le dévisagea d'un air choqué.

— Mais vous vous le demandez, tout de même, non ? reprit-il.

— Non.

— Pourquoi est-on venus ici ? C'est bien parce que vous pensez que ces visites ont un lien avec sa mort.

— Justement.

— Comment ça, justement ?

— La dernière fois, il y a eu quelque chose.

La grosse femme traînait à cracher le morceau. Elle regarda Anato dans les yeux.

— Elle est restée moins longtemps la dernière fois. On était dans la voiture avec Joseph, on avait mis la musique.

— Joseph, votre frère ?

— D'habitude, elle restait assez longtemps et on attendait. Mais cette fois elle est revenue vite. Et…

— Et quoi ?

La voix de la vendeuse se fit tremblante.

— Elle était pas normale… Elle était… énervée. Elle est arrivée en courant, elle avait la coiffure détachée. Elle voulait pas le montrer, mais elle avait pleuré. Elle a sauté dans la voiture et elle a demandé de partir vite. On a rien demandé et on est partis.

— Vous êtes partis comme ça ? Elle ne vous a pas dit ce qui s'était passé ?

— Non. Je sais pas ce qui s'est passé. Mais elle avait eu très peur, je crois. On est rentrés chez Joseph et elle a demandé d'aller à la gare des bus. Elle est repartie tout de suite vers Saint-Laurent alors qu'elle devait encore rester quelques jours. Elle a juste dit qu'elle retournait chez elle.

— À Wetisoula ?

— Oui.

— Et vous n'avez aucune idée de ce qui s'est passé dans cette cabane ?

Affaissée sur sa chaise, la femme resta muette. Elle baissa les yeux vers le sol, visiblement affectée.

Peut-être se demandait-elle si elle était responsable de la mort de la famille Apanga.

— Essayez de vous souvenir ! insista le capitaine. Que s'est-il passé ?

Pas de réponse, elle semblait absente. Anato haussa soudain la voix.

— Vous devez bien savoir quelque chose ? Elle s'est fait attaquer ? Frapper ?

Elle leva deux yeux de détresse.

— Je ne sais pas, répéta-t-elle. *Mi á sabi.*

Le capitaine regagna les locaux de la Section de recherches et s'adressa à Girbal, attablé à son petit bureau :

— Alors ?

— Alors ? demanda à son tour le lieutenant qui n'identifiait pas l'objet de la question.

— Olivier Degricourt. La compagnie de Saint-Laurent a pu vous éclairer ?

— Ah oui. Garagiste, installé à Saint-Laurent depuis six ans. Pas de problème grave, du moins pas en Guyane.

— C'est-à-dire ?

— Il a un casier. Trois mois de prison, purgés dans le nord de la France avant son exil. Pour coups et blessures, je n'ai pas pu connaître les détails du dossier.

— Et depuis, rien ?

— Rien de grave en tout cas. Il a été arrêté une fois il y a quatre ans pour avoir tabassé un Chinois qui ne voulait pas lui rendre sa monnaie. Le pauvre gars a dû le regretter parce qu'il l'a bien amoché. Une nuit en garde à vue.

— Des suites ?

— Non. Le Chinois n'a pas voulu porter plainte, il s'est éclipsé de lui-même. Affaire classée. D'après les collègues, Degricourt est un type impulsif, mais pas réellement dangereux. Son séjour en prison l'a peut-être refroidi. Il faut dire qu'à Saint-Laurent, ils ont de quoi s'occuper avec des affaires bien plus graves.

— On peut dire ça, confirma Anato.

Il repensa à son dernier échange avec le capitaine de la compagnie de Saint-Laurent, qui lui avait rapporté une récente fusillade en plein cœur du centre-ville. Deux Surinamiens s'étaient introduits de nuit dans une maison, mais le propriétaire méfiant les avait accueillis avec son fusil de chasse qu'il gardait en permanence sous son lit. L'homme avait appelé la compagnie de gendarmerie pour se plaindre de l'insécurité et de l'incompétence des forces de police. Durant toute la conversation, il veillait sur un des deux cambrioleurs qui se vidait de son sang dans son salon.

— Il faut qu'on retrouve cet homme.

— Oui, mon capitaine. Votre plaie, ça va mieux ?

— C'est sec, merci, répondit Anato en levant l'avant-bras pour vérifier. Et le meurtrier de la petite Voisin, du nouveau ?

— Le portable, mon capitaine ! C'est notre seule piste, mais je m'y accroche, rappela Girbal en soulevant son cellulaire pour le montrer à Anato.

Anato soupira. Le commandant n'allait pas tarder à le relancer sur cette affaire surmédiatisée. Les journalistes soulignaient l'absence totale de piste. Ce dossier devenait un symbole de l'incapacité de l'État à assurer la sécurité des Guyanais, à retrouver les coupables des agressions.

Il marcha vers son bureau, dont il trouva la porte entrouverte. Un homme avait pris la liberté d'entrer, de s'asseoir sur la chaise visiteur. Il tenait dans sa main le sac de couac qu'il observait comme on admire une œuvre d'art. Il se tourna vers Anato qui reconnut le médecin légiste. Aucun être humain normalement constitué ne portait de cravate par cette chaleur. Ni même une telle chemise à manches longues, élimée aux poignets. Anato s'assit en face de lui, se demanda s'il gardait son accoutrement quand il se déplaçait sur le fleuve. Il reposa le kilo de couac.

— Vos conclusions sont-elles enfin prêtes, puisque vous vous refusiez à toute information préliminaire ? demanda Anato.

— Mon métier, capitaine, consiste à apporter à la justice des éléments tangibles pour éclairer les causes de chaque décès. Ce n'est pas une tâche facile, et je m'efforce de ne pas vous mettre sur de mauvaises pistes. Alors, oui, c'est vrai, je me refuse à toute information préliminaire.

— Admettons. Et maintenant, pouvez-vous nous dire de quoi sont morts ces gens ?

— J'ai réalisé une autopsie complète et fait procéder à une recherche toxicologique. Et le résultat est un peu étonnant, je dois dire.

— Expliquez-vous, dit Anato avec impatience.

— En premier lieu, on peut écarter totalement l'hypothèse d'une intoxication alimentaire. Aucune trace d'un quelconque poison qu'ils auraient pu ingérer dans chacun des trois tubes digestifs. Même conclusion du laboratoire d'analyse sur l'échantillon de repas : poisson, boulettes de manioc, eau, divers assaisonnements. Pour ma part, je ne pourrais pas avaler une cuillerée de cette nourriture, mais rien de toxique.

Le médecin légiste regarda les photographies aériennes de Sophie Legarrec, accrochées au mur du bureau. Il semblait savourer le suspense qu'il imposait au capitaine.

— En revanche, l'analyse de sang a été plus concluante. J'ai pu faire un prélèvement cardiaque dès mon arrivée sur le site et les résultats sont tous positifs. Ma conclusion est donc formelle.

— À savoir ?

— Votre petite famille du fleuve a été tuée par une intoxication au monoxyde de carbone. Ils en ont tous des traces dans le sang.

Il sortit de sa pochette en cuir d'une autre époque une liasse de papiers qu'il posa sur le bureau.

— Voici le dossier si vous voulez les détails. Ce type de décès est de plus en plus fréquent et dans la grande majorité des cas, il s'agit d'accidents domestiques. Une pièce mal isolée, un générateur défectueux, un moteur de voiture qui tourne trop longtemps et trop près d'une personne suffit à provoquer la mort. Un gaz inodore, on ne se doute de rien. Ça commence par une perte de connaissance et si la source n'est pas supprimée rapidement, c'est la mort assurée. Une campagne nationale de prévention a été lancée, mais encore une fois, la Guyane est à la traîne. L'année dernière, à Cayenne même, une famille dormait avec un groupe électrogène dans la même pièce parce que le père avait peur de se le faire voler. Un voisin les a découverts assez tôt pour qu'ils soient sauvés, mais ils ont frôlé la mort.

— Et vous penchez donc pour un simple accident ?

— C'est bien là le problème, continua le légiste en feuilletant son rapport pour montrer à Anato les dernières pages. La clé du problème pour ce type de décès, c'est de trouver la source, l'origine du gaz toxique. Parfois, c'est évident, parfois moins. Et dans le cas présent, je suis sceptique. La famille possédait un groupe électrogène, mais si j'ai bonne mémoire, il est placé dans la cour, à plusieurs dizaines de mètres de la maison. Par ailleurs, la pièce comporte de larges ouvertures et était bien ventilée, il me semble. Même avec un vent défavorable, je ne vois pas comment ils auraient pu inhaler suffisamment de gaz pour mourir ainsi.

— Les choses ne sont donc pas aussi simples.

— Non. Je ne vois que deux hypothèses. La première, il y a une autre source de monoxyde de carbone. Je ne sais pas bien où, mais je vous invite à chercher. La seconde, le groupe électrogène est bien responsable de ce décès, mais il était bien plus près de la famille cette nuit-là, voire dans la pièce où ils dormaient. Mais cela signifierait…

— Qu'il a été déplacé par la suite, coupa le capitaine. Et donc que la mort n'est peut-être pas si accidentelle que ça.

— Tout juste.

Une fois le médecin parti préparer le retour des corps vers Wetisoula, Anato feuilleta le rapport.

Le dossier gagnait en complexité. Il pensa à Thélia Apanga et à ses deux enfants. Que cachait donc cette agricultrice avec sa production de cannabis et ses allers-retours vers la cabane reculée ? Qu'y avait-il derrière ce visage de douleur que le capitaine gardait gravé en mémoire ? Cette histoire l'obsédait, au point qu'il négligeait les autres enquêtes de la Section. Sur le meurtre de la jeune Voisin en particulier, son investissement se limitait à se tenir informé des initiatives peu convaincantes de son adjoint. Il songea à sa discussion avec le commandant de gendarmerie qui l'avait invité à ne pas faire du dossier Apanga une affaire personnelle.

La sonnerie du téléphone fixe le tira de ses pensées. L'antique machine produisait un son strident qu'il détestait et bien souvent, l'interlocuteur était le commandant de gendarmerie. Le hasard aimant à se répéter, ce fut justement cette voix sèche qui lui répondit.

— Anato ?

— Oui, mon colonel.

— Il nous faut toute votre équipe sur le terrain. Immédiatement.

— Pour quelle raison ?

— Une disparition. Montagne du Rorota. Une femme s'est perdue en forêt en faisant son jogging. Ne me demandez pas comment on peut se perdre au Rorota, c'est comme ça ! Tous les services sont mobilisés pour ratisser le secteur. La disparition date de plusieurs jours et les espoirs de la retrouver vivante sont maigres, mais la recherche est prioritaire.

— Bien reçu, je vous envoie mon adjoint et tous les agents disponibles.

— Ne traînez pas. Qu'ils rejoignent les équipes au pied du sentier, annonça le commandant en guise de conclusion.

15

Une année passa durant laquelle la relation entre Monique et Olivier ne fit que se consolider. Leurs différences, qu'elles soient d'âge ou de culture, ne constituaient pas des obstacles. Elles servaient au contraire de ciment à leur couple. Olivier sentait parfois peser sur eux des regards réprobateurs lorsqu'ils se montraient en public, mais il y attachait de moins en moins d'importance.

Monique avait un effet bénéfique sur lui. Elle le calmait. Elle ne voulait pas d'un homme violent, lui expliquait-elle. Il se sentait changé, apaisé. Avant Monique, il restait aux aguets, en permanence. Il contenait sa colère, la ruminait pour l'empêcher de s'exprimer, pour ne pas replonger. Il avait tant perdu, à Dunkerque, à la laisser le dominer. Mais, auprès de Monique, il lui semblait la voir fondre, se dissiper, tout simplement. Il ne se souvenait pas avoir été aussi heureux depuis longtemps.

Après avoir réparé plusieurs moteurs de pompe d'orpaillage, Olivier était devenu un expert. Il connaissait chaque modèle sur le bout des doigts, aurait été capable de démonter n'importe laquelle de ces machines les yeux bandés. Malgré les premiers contacts difficiles avec l'exploitant minier en affaire avec le garage, sa compétence avait permis de stabiliser leur relation. L'homme n'avait jamais eu à se plaindre de la qualité de son travail et, de son côté, Olivier gardait son calme devant ce personnage qu'il méprisait autant qu'il l'enviait.

Ce jour-là, l'orpailleur avait réclamé des réparations en urgence. Plusieurs moteurs avaient lâché simultanément sur le chantier minier, toute l'exploitation était suspendue. Il débarqua donc en catastrophe au garage, s'épancha sur le patron : son entreprise perdait des milliers d'euros chaque heure passant. Tout le planning de travail du garage fut aménagé pour lui permettre de récupérer son matériel le soir même. Olivier se retrouva ainsi à nouveau les mains dans le cambouis et dans le sable introduit entre les pièces d'un des moteurs. Il s'activait pour respecter les délais imposés, pour pouvoir quitter le garage à une heure raisonnable.

Venu en pirogue, l'orpailleur avait pris la pluie. Ses vêtements ruisselaient alors qu'il patientait dans le bureau du patron. Il n'était pas seul : une femme et un jeune enfant l'accompagnaient. Olivier observait la femme dans l'entrebâillement de la porte. Un petit format aux épaules carrées. Elle n'avait pas pris la peine de s'asseoir, se tenait droite et silencieuse, le visage fermé, la main du gamin dans la sienne. Elle portait une jupe orange criblée de trous. Sous son aisselle, un parapluie qui lui avait permis de se protéger sur la pirogue.

Monique se fit déposer au garage en Mobylette alors qu'Olivier était déjà depuis une heure sur son ouvrage. Il ne s'attendait pas à une telle visite. Elle entra en courant entre les voitures pour le surprendre, son magnifique sourire aux lèvres. Elle avait laissé tomber sa clef dans une bouche d'égout, se retrouvait à la porte de l'appartement. Très occupé, Olivier n'avait aucune possibilité de la ramener avant la pause de midi. Elle alla donc s'installer dans le bureau du patron, sur la dernière chaise disponible.

Ainsi occupée, la pièce ressemblait à la salle d'attente d'un médecin. Monique salua l'orpailleur, sa femme et l'enfant de sa petite voix enjouée. Olivier ne put entendre la conversation, mais il remarqua que sa compagne et la femme passèrent la matinée à bavarder.

Une fois son labeur achevé et la famille repartie, Monique lui relata son échange avec la femme. Au premier abord, elle n'avait pas été ouverte à la discussion. Mais les qualités humaines de Monique, son sourire, ses attentions pouvaient délier les langues les plus sèches : Thélia Apanga avait fini par parler d'elle. Une Ndjuka, comme Monique. Elle habitait sur le fleuve où elle élevait ses enfants seule, cultivait son abattis elle-même. Une vie difficile ! souligna Monique, pleine d'admiration. Elle devait être très courageuse !

Des centaines d'autres femmes devaient vivre dans une situation similaire, songea Olivier, mais il avait lui aussi été frappé par l'allure que dégageait Thélia Apanga. Un petit morceau de femme au corps trapu, robuste et tendu comme celui d'un homme.

Des épaules musclées, des bras épais, une poitrine invisible. Un visage en longueur aux yeux serrés, d'une grande dignité, mais également empreint de tristesse. Sa tenue droite lui conférait une stature particulière. Un mélange de mélancolie et de détermination.

Quelques semaines plus tard, Monique revint du marché en racontant qu'elle avait revu Thélia. Elle lui avait acheté du *domi**, se préparait à cuisiner un *afingi** au poulet pour le soir. Elle était restée aux côtés de la vendeuse toute la matinée, l'avait aidée à encaisser la monnaie. Monique et Olivier étaient tous deux invités à lui rendre visite dans son village, situé un peu au-dessus d'Apatou.

Le week-end suivant, sous l'insistance de Monique, le couple prit donc une pirogue pour se rendre pour la première fois à Wetisoula. Olivier connaissait peu cette partie du fleuve, il découvrait un nouveau territoire. Thélia Apanga, qu'il n'avait pas vu sourire une seule fois lors de sa visite au garage, parut contente de les recevoir. Isolée du reste du village, sa demeure était sommaire et, durant la nuit, les hamacs entrecroisés occupaient tout l'espace vital. Dans la journée, en revanche, la vie se déroulait entièrement à l'extérieur.

Thélia, obsédée par son abattis, proposa à Olivier et Monique de l'y accompagner. Suivis par les deux enfants qui chahutaient, ils empruntèrent donc le sentier qui menait à la parcelle. Le terrain avait été ouvert par le mari de Thélia quelques années plus tôt, les arbres abattus à la tronçonneuse, brûlés sur place. Pliée en deux entre les pieds de manioc, les pieds nus enfoncés dans la terre noire, elle déterra les racines durant de longues heures. Olivier l'aida comme il put, Monique joua avec les enfants. L'agricultrice ne s'accorda qu'une courte pause pour s'asseoir quelques instants sous un carbet aménagé au centre de la parcelle. La journée terminée, ils chargèrent la récolte dans de gros sacs de toile, puis prirent le chemin du retour, le dos voûté sous le poids des tubercules. Thélia, les muscles bandés, portait sans mot dire un sac aussi haut qu'elle. Quelle femme courageuse ! pensa Olivier.

De retour au village, Monique prépara le repas du soir. De la marmite en équilibre sur les pierres qui entouraient le feu, la fumée monta bientôt sous le carbet-cuisine et noircit le dessous du toit. Contrairement au déjeuner, consommé à l'extérieur, le dîner se déroulait au rez-de-chaussée de la maison, en raison des multiples peurs et croyances nocturnes. Le plafond bas de la petite pièce ne permettait pas à Olivier de se tenir debout. La famille Apanga et ses invités s'entassèrent dans ce minuscule espace, assis sur de petits bancs. Une série de bougies fichées dans des bouteilles éclairaient l'endroit.

Thélia et Monique discutèrent longuement sous le regard d'Olivier. Il compara la voix joyeuse de sa compagne à celle de Thélia Apanga, grave et retenue. Parfois, lorsque Monique chatouillait un enfant, la cultivatrice riait, son visage s'ouvrait enfin. Elle déployait des efforts importants pour mobiliser ses connaissances linguistiques et se faire comprendre d'Olivier. Elle souhaitait parler français, se disait très attachée à la réussite scolaire de son fils aîné. Elle parla beaucoup de son mari auquel elle semblait vouer une grande admiration. Il vivait sur son chantier d'orpaillage, venait rarement dans le village. Mais il faisait tout son possible pour s'occuper des enfants et les gâter à chacun de ses passages.

L'heure du coucher arrivée, la famille monta à l'étage. Olivier et Monique en profitèrent pour s'éclipser à la recherche d'un lieu isolé. Ils firent l'amour à l'air libre, entre les contreforts d'un arbre, les pieds dans l'eau du fleuve. Au milieu des bruits de la forêt, d'un dernier moteur qui ronronnait au loin.

Lorsqu'ils quittèrent Wetisoula, Thélia fila dans sa maison et revint vers Olivier en lui tendant une grosse poignée de végétaux séchés à l'odeur familière. Elle déversa les têtes de cannabis dans ses mains en guise de cadeau de départ. Gêné par la situation, il enfourna la marchandise dans sa poche, impatient de pouvoir y goûter.

Monique, quant à elle, se vit remettre un grand sac en plastique chargé de feuilles. Sur le trajet, elle expliqua à Olivier qu'elle allait les faire infuser dans de l'eau, puis laver ses parties intimes avec. Ces plantes avaient pour vertu de resserrer le vagin, de donner plus de plaisir à l'époux durant l'amour, ajouta-t-elle avec malice. Olivier la trouvait très attirante lorsqu'elle évoquait ainsi leurs prochaines aventures.

Les mois suivants, le couple retourna plusieurs fois à Wetisoula. À chacune de leurs visites, les enfants sautaient dans les bras de Monique, devenue comme une grande sœur. Ils passaient le week-end sur place, à partager le quotidien de la famille. De son côté, Thélia paraissait heureuse d'avoir de la compagnie. Elle souriait plus facilement.

Olivier prit l'habitude de se fournir en cannabis auprès de Thélia. Sa production était de grande qualité. Les premières fois, Thélia lui donna gracieusement de belles poignées, mais par la suite il lui acheta des sacs plastique entiers à très bon prix. Monique n'appréciait pas ce trafic. Elle s'énerva même lorsqu'Olivier proposa à Thélia de revendre une partie de sa récolte à Saint-Laurent. Cela finirait par mal tourner ! Olivier aurait un jour ou l'autre des problèmes avec la police !

Lors de leur venue, ils n'avaient jamais de contact avec les autres habitants de Wetisoula. La famille Apanga menait une existence solitaire, à l'écart de la vie villageoise. Avec son dégrad et son accès direct vers les abattis, la maison formait un petit territoire autonome. Lorsqu'elle parlait, Thélia restait centrée sur elle-même, ses enfants, son mari. Jamais elle n'évoquait le nom d'un de ses voisins ou de sa famille plus éloignée. Olivier savait seulement qu'elle n'était pas originaire de Wetisoula, mais venait d'un village ndjuka du Tapanahoni. Une fois ou deux, Monique avait cherché à en savoir plus. Mais voyant que Thélia se défilait, elle finit par éviter ce sujet sensible.

Lors de leur troisième séjour, ils croisèrent Fernand, le mari de Thélia. Olivier avait souvent eu affaire à lui au garage, mais ne l'avait jamais rencontré hors du travail. Il avait du mal à saisir la nature de la relation qui liait le père, la mère et les enfants. L'homme venait au village avec des cartons de nourriture qu'il déposait sous la maison. Il semblait bien s'occuper des enfants. Mais, alors que Thélia l'accueillait comme un seigneur, il veillait à toujours mettre une distance avec sa femme. Il paraissait par ailleurs ne pas porter Olivier dans son cœur, il le toisait d'un œil méfiant.

Thélia Apanga rêvait d'un appareil pour améliorer son quotidien. L'électricité n'avait jamais été installée à Wetisoula et plusieurs habitants possédaient déjà un groupe électrogène. Elle ne manquait pas d'argent, mais particulièrement économe, elle souhaitait en trouver un à bon prix. Olivier mobilisa donc ses relations du garage pour lui dénicher un générateur d'occasion en parfait état. Le couple apporta l'objet tant convoité par la pirogue, Olivier détailla à Thélia le fonctionnement de la machine, puis l'installa à l'écart de la maison. Les vols étaient fréquents sur le fleuve, il construisit donc un coffre en bois muni d'un cadenas pour enfermer le moteur. Toute la famille fut ravie d'avoir enfin l'électricité, le premier repas sans bougie fut très animé.

16

À Wetisoula, lorsque l'hélicoptère se posa à nouveau et que les corps de la famille Apanga furent restitués, Vacaresse se sentit soulagé d'un poids. Il attendait ce retour avec autant d'impatience que les habitants. La cérémonie pouvait commencer. Totalement investi dans son enquête, il effectuait des déplacements réguliers entre Apatou et le village qui l'empêchaient de suivre l'ensemble du rituel. Il n'en percevait que des bribes, comme des extraits vidéo auxquels il manquait les sous-titres.

Dans le grand carbet devenu chambre funéraire, les corps avaient été disposés dans trois cercueils de bois. Un pour la mère, imposant, avec une forme en losange qui pointait vers le toit, et deux petits, plats, pour les enfants. Tous trois posés à terre dans le fond du carbet, sur un sol à nouveau balayé. À proximité, le hamac de Fernand Liensoe laissait deviner la forme qui bougeait par moments, engloutie dans la masse de tissu. Il ne parlait à personne, mais des gémissements douloureux sortaient de son cocon. Il lui arrivait de glisser la tête hors du hamac, voire d'en descendre. Il s'asseyait alors en tailleur sur le carré de plastique installé spécialement pour lui. Une des contraintes que devait supporter un homme en deuil.

Autour du carbet, les visiteurs qui avaient envahi le village peuplaient les bancs et les hamacs. Il se dégageait un mélange de joie et de tristesse. Plusieurs femmes, le visage couvert de tissu, exprimaient leur malheur par des pleurs, des complaintes. Les hommes, eux, bavardaient, jouaient aux cartes, buvaient, gardant pour eux leur peine. En guise de libations, ils levaient des calebasses de rhum, répandaient le liquide à terre dans une prière.

Du côté du fleuve, les pirogues allaient et venaient en un flux continu. Les nourrices d'essence vides étaient échangées contre d'autres, pleines, à chaque passage. Tirant d'un geste sec sur les cordelettes, les pilotes faisaient vrombir les moteurs avant de filer à la surface de l'eau. Parmi tous ces bateaux, une pirogue semblait plus importante que les autres. Elle quittait le village pour y revenir à intervalles réguliers, chargée uniquement d'hommes, dont un groupe de joueurs de tambours. Le son des percussions portait loin, envahissait tout le Maroni. Depuis la rive, Vacaresse observait les déplacements de l'embarcation. Son passage devant les villages faisait fuir les habitants, les gens désertaient les berges pour se cacher sous les arbres. Les autres pirogues du fleuve s'écartaient pour lui laisser la voie libre. À chaque fois qu'elle regagnait Wetisoula, des coups de fusil tirés en l'air et des cris injurieux l'accueillaient. Les passagers descendaient alors, s'asseyaient pour se sustenter après les efforts accomplis. Un rituel parfaitement organisé.

Mais l'attention de Vacaresse était surtout attirée par les festivités qui animaient la cérémonie en soirée. Sous le carbet, les musiciens alignés frappaient sur d'énormes tambours verts. Déchaînés, couverts de sueur, le visage contracté. Plusieurs se mordaient la lèvre, comme pour la tendre à l'image de la peau des tambours. Les rythmes effrénés résonnaient dans tout le carbet. Vêtues de pagnes aux couleurs vives, les danseuses investissaient alors la place. Pliées en deux, fesses saillantes, elles offraient à tous une vue imprenable sur leur décolleté. Elles effectuaient des rotations des poignets, mains ouvertes, dessinant dans l'espace des formes imaginaires. À leurs chevilles, des bracelets de graines s'entrechoquaient au rythme des percussions. Les corps se mouvaient en harmonie avec la musique, animés parfois de sursauts des épaules, de hochements de tête. Danseuses et musiciens se faisaient face, parfaitement synchronisés. Une grande intensité régnait sous le carbet où montait une forte odeur de transpiration. Au milieu des spectateurs, deux gamines s'essayaient à imiter les danseuses aguerries.

Le regard admiratif de Vacaresse ne quittait pas les pieds des danseuses. Ils allaient et venaient, se dressaient sur la pointe, puis se reposaient au sol. Des pieds robustes, d'une élégance soulignée par le vernis argenté qui décorait les ongles.

Sa dernière discussion avec Anato s'était déroulée de façon moins tendue que les précédentes. À mesure qu'il découvrait les ramifications de l'affaire

Apanga, il commençait à mesurer la complexité du dossier. D'une certaine manière, le capitaine avait peut-être raison : l'enquête justifiait une présence suivie à Wetisoula. Mais Girbal aurait tout de même mieux fait l'affaire que lui.

Il fallait recouper l'interrogatoire de Fernand Liensoe. Vacaresse recueillit donc le témoignage de deux orpailleurs qui avaient accompagné l'homme à Wetisoula. L'un d'entre eux était d'origine brésilienne. Un grand, maigre et musculeux. Sa chemise à carreaux ouverte révélait un torse plat.

— Vous étiez avec Fernand Liensoe ce soir-là ?

— Oui, répondit le Brésilien qui parlait assez bien le français. Enfin, pas au début. Il nous a rejoints.

— Vous pouvez m'expliquer comment ça s'est passé ?

— On devait attendre son retour pour retourner sur le chantier. Comme il n'est pas venu dans la journée, on est allé en face pour manger quelque chose.

— En face ? Côté Suriname, vous voulez dire ?

— Oui, il y a un bar où on va souvent. Et c'est là, pendant qu'on mangeait, qu'il est arrivé.

— Il était quelle heure ?

— Je ne sais pas, on n'a pas fait attention.

— Six heures ? Huit heures ? Minuit ?

— Pas minuit. Peut-être neuf heures. On ne se couche jamais tard quand on doit partir tôt.

Le lieutenant réfléchit. Neuf heures. À cette heure, la sœur du kapiten était encore debout et les deux enfants Apanga couchés chez elle, bien vivants.

— Et ensuite, vous avez fait quoi ?

— Rien. On s'est couchés et le matin on a pris la pirogue pour aller sur le chantier.

— Tôt ?

— Oui, très tôt.

Vacaresse ne prolongea pas l'entretien. Le témoignage fournissait un alibi convaincant à l'orpailleur. Il tourna son regard vers le carbet cérémoniel, aperçut à nouveau le hamac dans lequel le veuf se lamentait. Peut-être fallait-il reconsidérer ses soupçons sur Fernand Liensoe, envisager le drame sous un autre angle ?

Les conclusions du légiste sur la cause du décès étaient claires, comme le lui avait exposé Anato. Vacaresse avait communiqué l'information à Michel Dougez qui ne s'en était pas étonné outre mesure. Il devait donc identifier la source de monoxyde de carbone.

Il fit à nouveau le tour de la demeure de la famille Apanga. Le groupe électrogène n'avait pas bougé depuis son arrivée, prisonnier d'un coffrage en bois fixé au sol, fermé par un cadenas récent. Un fil électrique, courant à terre sur une bonne cinquantaine de mètres, le reliait à la maison. Thélia Apanga avait à l'évidence pris soin à la fois d'éloigner la machine et de la protéger contre un éventuel cambriolage. Vacaresse s'en approcha. Il s'arma d'un sabre, l'introduisit entre les planches, fit craquer le bois. La caisse s'ouvrit entièrement.

Une marque japonaise. L'armature métallique, bien que rouillée par endroits, rutilait de rouge. Il agrippa la poignée, tira de toutes ses forces sur la corde. Le moteur hoqueta. Il essaya une seconde fois et la machine démarra, faisant vibrer les parois éclatées du coffre. Il la laissa tourner quelques secondes, se leva, vérifia que les ampoules de la maison, qu'il apercevait à travers les fenêtres, s'allumaient bien.

Il retourna à l'intérieur de la baraque. À l'étage, on avait débarrassé la chambre des hamacs qui la traversaient, mais les ustensiles et le matelas à terre étaient toujours en place. Aucun indice, aucune tache de carburant.

Revenant au rez-de-chaussée, il se baissa pour entrer dans la petite pièce sombre au sol terreux, dur comme de la pierre. Des rais de lumière s'introduisaient par les interstices entre les planches. Il s'assit sur un banc et s'adossa au mur couvert de toiles d'araignées. Il regarda l'espace sous tous les angles, leva la tête vers le plafond parsemé de trous.

Vacaresse retourna dans son esprit l'enchaînement supposé des événements. Peu à peu, comme le tatou creusant patiemment son terrier, il parvint à construire une hypothèse.

La trace grise qui parcourait le banc sur lequel il se tenait n'était peut-être qu'une rayure parmi des centaines d'autres. Mais elle pouvait aussi avoir été causée par un des tubes métalliques du générateur. Le groupe électrogène aurait pu être mis en route et déplacé par quelqu'un, au milieu de la nuit, alors que la famille dormait déjà profondément. Depuis cette pièce au plafond si bas, les gaz de monoxyde de carbone pouvaient sans peine se diffuser vers le haut, s'infiltrer entre les planches percées comme le faisait la lumière entre les trous des murs. Le bruit du générateur tout proche aurait pu réveiller la famille, mais il aurait pu, au contraire, plonger la mère et ses deux enfants dans un profond sommeil. Jusqu'à les tuer. Le visiteur n'aurait alors eu qu'à remettre le groupe en place dans son coffre, puis à quitter les lieux.

Vacaresse sortit de la maison. Il la regarda dans son ensemble, remonta son pantalon, leva un sourcil. Il manquait de preuves pour étayer sa théorie, mais était fier de son scénario. Le tueur n'aurait même pas eu à s'introduire dans la chambre à coucher. Laissant derrière lui trois corps sans vie et aucune trace d'effraction, le procédé se révélait terrifiant de simplicité.

17

En forêt de Guyane, il n'y a qu'un danger vraiment redouté : se perdre. Quitter un sentier, s'éloigner d'un campement sans marquer son chemin peut suffire à se retrouver au milieu d'arbres identiques, totalement perdu. On ne comptait plus les fois où les services de sécurité avaient été mobilisés pour rechercher des marcheurs imprudents. La dernière disparition en date avait nécessité près d'une centaine d'agents sur la montagne de Kaw. Un père et son enfant, égarés lors d'une promenade dominicale, avaient finalement été retrouvés après trois nuits passées seuls, sans équipement ni nourriture. Sains et saufs, mais tremblants de peur.

Cependant, s'il y avait un secteur forestier où il paraissait difficile de se perdre, c'était bien la montagne du Rorota. Anato, qui courait régulièrement, avait déjà arpenté le sentier à plusieurs reprises. Un morceau d'Amazonie aménagé à quelques minutes du centre-ville, accessible à tous, où il n'était pas rare de croiser singes-écureuils ou paresseux. Chaque week-end, des dizaines de Cayennais avec chiens ou enfants s'y promenaient. Aussi, lorsque Girbal appela pour l'informer que la coureuse ne s'était pas perdue, mais avait été retrouvée morte suite à une chute dans un ravin, le capitaine ne fut pas si étonné.

Une puissante averse se déversait sur Cayenne et ses alentours. Anato gara sa voiture au pied du sentier pédestre. La pluie giflait le capot. Il enfila sa cape de pluie et sortit sous les trombes d'eau.

Un policier filtrait les arrivées. Au centre du chemin de terre, un véritable torrent dévalait la ravine. Anato salua l'agent et gravit la pente, se retenant par endroits à des branches pour éviter de glisser. Il marcha ainsi un bon quart d'heure. Sa cape lui collait à la peau, des filets d'eau tiède s'infiltraient dans son cou. Une horde de grenouilles célébrait l'ondée en un vacarme assourdissant. Il passa sous un massif de bambous dont les tiges s'entrechoquaient. L'eau ruisselait le long des troncs, tombait en grosses gouttes dans les trous du chemin.

Il rejoignit l'équipe massée autour du lieu de l'accident, délimité par des rubans jaunes tendus en tous sens. Sous les parapluies noirs, les agents des différents services s'entretenaient. Le capitaine accosta Girbal qui conversait avec un pompier :

— Ça donne quoi ?

— Elle est là, juste en bas. On a passé la matinée à quadriller la zone, sur le sentier et en dehors. C'est finalement lui qui l'a retrouvée, expliqua Girbal en désignant le pompier.

— Je l'ai vue d'au-dessus. J'ai repéré le jogging blanc au milieu des feuilles, compléta le jeune homme. Il paraît qu'elle s'est complètement retourné la tête en tapant sur une racine. On est en train de la remonter.

Le capitaine s'approcha du promontoire glissant d'où la chute s'était produite. Les feuilles de bambous jonchaient le sol, fines et pointues comme un millier de poignards abandonnés sur un champ de bataille. Ce belvédère offrait, par temps ensoleillé, une vue imprenable sur les plages de Montjoly. Mais sous la pluie battante, on ne devinait qu'un immense océan d'une eau chargée de vase. En contrebas, une parcelle hérissée de bananiers, à coup sûr défrichée en toute illégalité.

Les sapeurs-pompiers avaient installé leur matériel d'escalade pour hisser le corps qui reposait quinze mètres plus bas parmi les feuilles mortes. Deux hommes venaient de descendre équipés de cordes, baudriers et mousquetons.

Un cri parvint d'en bas. Les cordes se mirent à coulisser doucement, essorées en frottant sur les troncs. Policiers et gendarmes se figèrent. De longues minutes passèrent avant que n'apparaisse le corps qui projeta une odeur de charogne sur toute l'assemblée.

Le capitaine se demanda comment le pompier avait pu repérer le jogging blanc : il n'en restait qu'un tissu plein de boue, couvert de feuilles collées, comme si la femme avait commencé à être engloutie par un sol affamé. Les cheveux formaient une masse informe chargée de matériaux organiques. Le crâne avait effectivement fait un demi-tour sur le côté et pendait. La peau n'était presque plus visible, le visage méconnaissable.

Une main sur la bouche, Anato se retourna vers Girbal.

— Que sait-on sur cette personne ?

— Véronique Morhange, cinquante-trois ans, récita Girbal. Métro, même si ce n'est pas flagrant à la voir comme ça. Divorcée, un fils. C'est lui qui a donné l'alerte.

— La chute ne date pas d'hier, constata Anato. Comment se fait-il qu'il ne s'en soit rendu compte que si tard ?

— Il la croyait partie en métropole, paraît-il. Il faudra l'interroger à nouveau pour confirmer la date de l'accident et la comparer avec les conclusions du légiste.

— Et que faisait-elle dans la vie ?

— Fonctionnaire, comme tout le monde. En Guyane depuis vingt ans.

— Allons-y, ce n'est pas la peine de traîner ici, décréta le capitaine.

Sur ces paroles, il invita son adjoint à prendre le chemin du retour. Il s'enquit de l'avancement des recherches de la compagnie de Saint-Laurent sur Olivier Degricourt. L'homme restait introuvable.

La mère et le fils, Antoine Morhange, habitaient une belle villa à Rémire et ne semblaient pas manquer de moyens. Le jeune garçon, âgé de vingt et un ans depuis seulement une semaine, s'était vu offrir à cette occasion un scooter neuf. Garé devant la maison, l'engin séchait sous les rayons de soleil qui commençaient à percer entre les nuages.

La police nationale avait mené un premier interrogatoire, mais Anato, au titre de la Section de recherches, voulait reprendre l'ensemble des questions. Très affecté, le jeune homme était totalement perdu.

— Bonjour, Antoine. Je suis le capitaine André Anato, de la Section de recherches. Je peux te poser quelques questions ?

— J'ai dit tout ce que je savais aux policiers, répondit Antoine Morhange d'une voix tremblante. Ma mère est morte. Elle est morte…

— Je sais que c'est très dur, mais il faut quand même que l'on reprenne quelques points. Je suis désolé.

De longs cheveux blonds attachés derrière la tête, de grands yeux verts, Antoine Morhange avait une allure branchée. Mais devant les deux gendarmes, se mouchant continuellement, les yeux rougis par les larmes, il n'était pas à son avantage.

— Tu peux nous réexpliquer comment les choses se sont passées et pourquoi tu n'as pas alerté plus tôt la gendarmerie de la disparition de ta mère ?

Le jeune homme laissa tomber ses mains et le mouchoir chiffonné.

— J'ai déjà expliqué tout ça.

— Je sais. Ça ne sera pas long.

Il prit une grande inspiration avant de recommencer son récit sans regarder le capitaine :

— Ma mère avait pris des vacances en métropole. Le jour du départ, elle est allée courir le matin avant de prendre l'avion. Moi, j'étais en cours alors je n'ai pas pu comprendre qu'elle n'était pas revenue à la maison. Je suis rentré vers cinq heures et je pensais qu'elle était dans l'avion. Voilà.

— Tu peux me dire où elle partait ?

— En Lorraine. À Metz. Elle devait rester dix jours dans sa famille. Mon grand-père est malade.

— Et tu ne devais pas l'accompagner ?

— Non. C'est… C'est un vieux con, mon grand-père. Je ne l'ai pas vu depuis cinq ans.

— Et elle avait emporté sa valise pour aller faire du jogging ?

— Non. La valise est toujours dans sa chambre, elle ne l'a même pas remplie. Mais je ne m'en suis rendu compte qu'hier. J'ai essayé de l'appeler sur son portable plusieurs fois et comme elle ne répondait pas, j'ai commencé à me poser des questions.

— Je vois. Elle courait souvent au Rorota, ta mère ?

— Oui, assez. Elle voulait rester en forme longtemps, comme elle disait.

Il eut un sanglot.

— Ça t'est déjà arrivé de l'accompagner ?

— Je ne sais pas. Une fois, oui.

— Quand vous y êtes allés ensemble, tu te souviens si elle s'est arrêtée pour regarder la vue du belvédère sur la plage de Montjoly ?

Girbal lança un regard étonné au capitaine. Il ne semblait pas comprendre ce qu'il cherchait.

— Quoi ? Je ne sais pas, moi, s'étonna le garçon. Je ne m'en souviens plus, c'était il y a un an au moins.

Anato se leva pour accorder un répit au fils Morhange, arpenta le salon clair et lumineux. Sur le mur blanc, un ciel de case* amérindien figurait des formes animales aux couleurs d'argile. Une ribambelle d'objets artisanaux peuplait une étagère en bois précieux.

Le jeune homme se moucha à nouveau, regarda en l'air.

— Mais, lâchez-moi, putain ! jura-t-il dans un soupir.

— Je suis désolé, Antoine. Vraiment désolé pour ta mère. Juste une dernière question : sais-tu si elle avait des soucis ? Si quelqu'un lui en voulait ?

— Non. Bien sûr que non.

— Merci. On est partis.

En route vers le bureau, dans l'habitacle climatisé du véhicule de service, les deux gendarmes restèrent muets un moment. Girbal avait trouvé déplacée l'attitude du capitaine devant le jeune Morhange. Il repensa au prédécesseur d'Anato, un homme expérimenté, qui savait mener les interrogatoires avec finesse et forçait le respect de toute l'équipe de la Section. Lui-même n'était pas du genre à se plaindre ou à chercher les problèmes comme Vacaresse, mais il ne comprenait pas comment fonctionnait son nouveau chef. Il leur avait été livré sans le mode d'emploi.

Anato gara la voiture sur le parking.

— On va prendre l'affaire Morhange, lâcha-t-il simplement.

Sans explication, encore une fois.

Les deux hommes traversèrent les couloirs en silence et chacun entra dans son bureau. Anato s'assit, plongé dans ses pensées. Il pencha son fauteuil en arrière, rencontra le courant d'air froid du climatiseur. De grosses gouttes perlaient le long du mur.

On frappa, il se redressa aussitôt. Girbal passa la tête par l'entrebâillement de la porte.

— Je peux entrer, mon capitaine ?

— Bien sûr, venez.

L'adjoint s'assit.

— Je suis désolé, mon capitaine. Mais… Mais je n'ai pas bien compris ce que vous cherchiez avec le jeune Morhange. Pouvez-vous m'expliquer ce qui vous pose problème dans cet accident ?

Le capitaine resta muet. Il regarda Girbal dans les yeux, décontenancé. La requête bousculait ses habitudes. Donner du sens, se répéta-t-il. Se faire comprendre. Il retourna la question. Savait-il lui-même ce qui posait problème ? Quelque chose clochait, mais quoi ? Il tenta de mettre en ordre ses idées, de faire émerger les plus évidentes.

— Quand on court, on ne regarde pas le paysage, dit-il.

— Que voulez-vous dire ?

Anato fronça les sourcils.

— Cette femme… Elle vit à Cayenne depuis vingt ans, elle court régulièrement, elle connaît par cœur ce sentier. Pourquoi irait-elle interrompre sa course, faire un crochet d'une vingtaine de mètres pour admirer la vue ?

— Peut-être parce que quelque chose a attiré son attention. J'ai vu plusieurs fois un paresseux, à cet endroit. Ça peut suffire à distraire un coureur qui aime un peu les animaux.

— Peut-être. À moins que quelqu'un n'ait été avec elle. Quelqu'un de moins habitué au sentier.

Ça fait quand même léger pour conclure à un meurtre, jugea Girbal. Il ne regrettait cependant pas d'avoir sollicité son capitaine. Il avait une explication, c'était déjà ça.

Anato, lui, restait insatisfait. Il n'avait livré que la partie visible de l'iceberg. Il y avait autre chose, une impression qui restait floue, même pour lui.

— Elle était fonctionnaire, vous disiez. Dans quelle branche exactement ? demanda-t-il à Girbal.

— Elle dirigeait le greffe du tribunal d'instance. Elle s'occupait des certificats de nationalité. Sacré dossier !

— Comme vous dites, confirma Anato, sacré dossier.

18

Les problèmes de Monique et Olivier prirent naissance un jour torride de saison sèche. Monique avait un oncle à Kourou, installé avec sa famille dans les restes du village saramaka*, un quartier en cours de rénovation. Elle ne les avait pas vus depuis un moment et sa cousine venait d'accoucher d'un troisième enfant. Le couple prit donc la route un matin dans la 205 pour faire la connaissance du nouveauné et lui offrir un jaguar en peluche.

Ils roulèrent vitres ouvertes, l'air brûlant s'engouffrant dans le véhicule. Olivier tournait par moments les yeux vers Monique qui s'assoupissait, la tête sur l'attache de sa ceinture de sécurité. Il trouvait le trajet agréable, légèrement éméché qu'il était par le joint fumé en cachette avant le départ.

Suite à la rencontre avec Thélia Apanga, sa consommation de kali avait repris. À l'insu de Monique, il avait une fois ou deux servi d'intermédiaire à la productrice en revendant un sachet d'herbe au garage. Le trafic demeurait cependant limité, il projetait de poursuivre le filon plus tard.

En milieu de matinée, ils arrivèrent à Iracoubo et Olivier relâcha l'accélérateur pour traverser le bourg. Deux épiciers chinois accueillaient les chauffeurs en pause sur la route de Saint-Laurent. D'anciennes habitations créoles délabrées semblaient abandonnées. Olivier remarqua les vestiges d'une cabine téléphonique dont il ne restait plus que le squelette, envahi par une végétation grimpante.

Roulant au pas avant le pont sur le fleuve, il distingua un barrage de gendarmerie : une camionnette bleue stationnée sur le bas-côté, des plots orange et blanc disposés à terre. Quatre gendarmes contrôlaient un à un les véhicules.

— Merde ! jura Olivier.

Il se frotta les yeux, tâcha de les ouvrir en grand pour ne pas révéler l'effet de l'herbe. Un sachet à moitié plein traînait sous son siège. Monique se réveilla en sursaut, redressa la tête en se plaignant d'un torticolis. Elle pesta à son tour à la vision du barrage.

La voiture approcha peu à peu des gendarmes. Olivier maudissait tout ce qui portait un uniforme, s'en tenait à l'écart autant que possible. Il gardait un mauvais souvenir de sa garde à vue à la gendarmerie de Saint-Laurent suite à une altercation avec un épicier chinois. Et un plus mauvais encore de ses démêlés avec la justice en métropole.

Un des gendarmes baissa la tête vers la vitre ouverte, jeta un œil à l'intérieur du véhicule. Il avait une mine désagréable, une bouche pincée, un uniforme taché de sueur. On pouvait distinguer sous son képi le crâne rasé de près, les gouttes qui perlaient sur son front.

— Papiers, demanda-t-il à Olivier sans formule de politesse.

Il prit les documents, lut les informations, esquissa un sourire amusé. Olivier pensa à la tête d'adolescent qu'il avait sur la photo de son permis de conduire, cheveux longs, barbe foisonnante. L'homme rendit les papiers, puis se pencha vers Monique.

— Mademoiselle ?

— Je suis désolée, je n'ai pas ma carte sur moi, dit Monique, un sourire gêné aux lèvres. On va juste à Kourou voir ma cousine.

Mais le gendarme ne l'entendait pas ainsi.

— Vous pouvez descendre du véhicule, s'il vous plaît ?

— Mais on habite Saint-Laurent, argua Olivier.

— Descendez du véhicule.

Ils s'exécutèrent.

Le gendarme se mit alors à poser une série de questions embarrassantes sur sa nationalité, son domicile. Olivier sortit de voiture. Il regarda la scène et commença à sentir monter la tension. La vision de Monique malmenée par le gendarme le mettait en rage.

— Elle a toujours vécu en Guyane. Vous voyez bien qu'elle parle français, non !

Mais rien n'y fit.

Le barrage avait été mis en place sur ordre du préfet pour lutter contre l'immigration clandestine en Guyane et Monique, sans aucun papier sur elle, avait tout l'air d'une Surinamienne illégalement entrée sur le territoire français.

Monique fut rapatriée à la gendarmerie de Saint-Laurent et retenue toute la matinée. Olivier, resté à l'extérieur, fulminait. Salopards ! se répétait-il. Pour torturer une innocente, ça vous êtes bons, hein ! Sans leurs uniformes, il les aurait réduits en pièces. Mais passer ses nerfs sur un gendarme pouvait lui attirer de graves ennuis, il le savait trop bien.

Au bout de deux heures, il se décida à entrer à nouveau dans la gendarmerie.

— Vous allez la laisser sortir, ma femme, ou quoi ? lança-t-il à l'agent d'accueil.

— Calmez-vous, monsieur. Je suis certain que tout va s'arranger.

— Tu parles. Ça fait deux heures qu'elle est là-dedans avec vos collègues !

— Vous devriez attendre dehors.

Il retourna s'asseoir sur un trottoir, à l'extérieur. Garder son calme, c'était la seule solution, si difficile fût-elle pour lui. Monique fut libérée en milieu d'après-midi. Elle descendit les marches avec le sourire, retrouva Olivier qui, lui, bouillait de rage.

— Bon, c'est réglé pour cette fois, dit-elle en le tirant vers la rue.

— C'est quoi cette histoire de papiers, putain ?

Elle n'eut pas le temps de répondre. Une voix d'homme interpella Olivier :

— C'est ça de vivre avec une Noire !

Olivier se retourna. Un métro, sans aucune allure, la barbe naissante, qui sortait lui aussi de la gendarmerie. Inconnu d'Olivier comme de Monique.

— Quoi ?

— Rien. J'ai juste entendu ce que vous disiez. Tu n'es pas le premier à devoir régler les problèmes de papiers de ta femme.

Olivier ne comprenait pas.

— Mais qu'est-ce que ça peut te foutre à toi ?

— Calme-toi. Tu n'es pas au bout de tes peines, c'est tout ce que je voulais dire !

— Mais, tais-toi, putain !

Monique regarda Olivier d'un œil inquiet. Le type ne savait pas à qui il s'adressait, visiblement. Olivier le détailla des pieds à la tête. Après cette journée chez les gendarmes qui l'avait mis sur les nerfs, le moment était mal choisi. Pourquoi le tutoyait-il ? De quel droit se permettait-il d'intervenir dans leur conversation ? De manquer de respect à Monique ?

Olivier l'attrapa par le bras et le tira vers lui. Il le traîna dans la rue pour s'écarter de la gendarmerie.

— Toi, tu tombes vraiment mal ! La prochaine fois, tu te mêles de ce qui te regarde.

Et il prit son crâne à pleines mains pour l'écraser contre le mur. Le nez se mit à saigner. L'homme se baissa et récolta un coup de genou qui l'envoya à terre. Il se tordit au sol.

— Mais arrête ! lui cria Monique avant qu'Olivier ne récidive.

Il se retourna vers elle, les yeux pleins de haine. Elle recula.

Autour d'eux, une petite foule de badauds avait suivi la scène, à distance. Un gamin qui passait en vélo lâcha son guidon et manqua de tomber. Sur le trottoir, l'homme gémissait de douleur, regrettait ses paroles imprudentes.

Monique tira Olivier par son tee-shirt.

— Viens !

Une fois dans l'appartement, contraints de renoncer à leur visite à Kourou, Monique s'épancha sur Olivier :

— Pourquoi as-tu fait ça ? Qu'est-ce qui t'a pris ?

— Tu as vu ce qu'il a dit sur toi ? dit Olivier.

Il cherchait à expliquer la colère qui commençait à retomber en lui.

— Et alors ? Tu vas taper sur tous les hommes qui parlent de moi ? Il n'y avait rien de méchant dans ce qu'il disait !

Il baissa la tête. Elle avait raison, il le savait. Il n'avait pas réussi à se contrôler.

— Je ne veux pas de ça, Olivier ! Je te l'ai déjà dit. Je ne veux pas d'un homme violent. Ça ne sert à rien !

Puis elle partit s'enfermer dans la chambre. Cela ressemblait à une menace, songea Olivier. Un ultimatum, même.

Ils ne se parlèrent pas jusqu'au soir. Olivier nettoya les pièces d'un petit moteur, les frotta avec un chiffon pour les faire briller. Monique resta dans la chambre, défit sa coiffure pour en faire une nouvelle, plus simple. Elle tressa ses cheveux en bandes parallèles, plaquées sur le crâne. Une coiffure masculine, façon pour elle d'affirmer son autorité. Elle ne prépara pas le dîner, mangea de son côté un simple bol de couac et d'eau.

En fin de soirée, elle se posta devant Olivier.

— Olivier ?

— Oui.

— Pourquoi tu as quitté la France ? Les embrouilles dont tu m'as parlé, moi je pensais que c'était pour une femme. Mais c'est à cause d'une bagarre, non ? Tu as fait quelque chose de mal, là-bas ?

— Je t'ai dit que je ne voulais pas en parler. C'est fini tout ça.

— Je veux savoir, Olivier. Je veux savoir avec qui je vis, tu comprends ça ?

Elle le regardait dans les yeux, décidée. Il ne pouvait pas se défiler, il risquait de la perdre. Mais le risque n'était-il pas encore plus grand s'il dévoilait son passé ? Ses secrets dont il pensait être débarrassé, mais qui refaisaient surface au moindre problème. Il prit une grande inspiration, passa sa main sur son visage.

— O.K., dit-il. Tu veux vraiment savoir ?

— Oui. Et pas de mensonge, s'il te plaît.

— Avant de venir en Guyane, j'ai fait de la prison, annonça-t-il crûment. Pas beaucoup, trois mois seulement.

Elle fronça les sourcils.

— Mais c'était bien à cause d'une femme, ajouta-t-il.

Il la connaissait depuis l'école. Catherine, c'était son nom. Une fille gentille, au début en tout cas. Ils avaient été amis pendant de longues années, inséparables. Toujours fourrés l'un chez l'autre. Et à l'adolescence, ils avaient naturellement commencé à sortir ensemble, puis à coucher, dès leurs quinze ans. Pour leurs familles, l'affaire était entendue, ils allaient former le couple parfait. Enfants, maison, chien.

Mais la relation se dégrada, peu après leur mariage. Plus le temps passait, plus Catherine montrait des signes d'ennui. On se connaît depuis trop longtemps, disait-elle parfois, comme pour préparer la rupture. Olivier, lui, s'accrochait, ne pouvait concevoir de vivre sans elle. Non qu'il fût fou d'amour, mais il ne voyait aucune autre perspective. Il avait besoin de stabilité. Il comprit peu à peu que la séparation approchait. Lui et Catherine ne se parlaient plus. Il attendait le moment où elle lui annoncerait sa décision. Elle ferait cela dans le calme, pensait-il, avec respect pour tout ce qu'ils avaient vécu ensemble, pour l'aider, lui, à gérer la transition.

Mais elle ne l'entendait pas ainsi. Elle fit en sorte qu'il découvre lui-même la réalité : depuis un an déjà, elle le trompait, entretenait une relation avec son frère aîné.

— Et là, j'ai pété les plombs.

— Tu t'es battu ?

— Plutôt, oui… Ça a fini aux urgences.

— Avec ton frère ?

— Non… Avec elle.

Monique se décomposa. Elle le fixa, le regard terrorisé. Elle prit conscience, soudain, de l'ampleur de la situation.

Olivier avait tabassé sa femme. Il avait pris trois mois ferme, pour violences conjugales. Et, en prime, avait vu sa famille le rejeter, couper tout contact. Seul son père lui avait rendu visite à la maison d'arrêt. Quelques mois plus tard, il quittait tout, partait loin de cette région où il n'avait plus sa place. Pour atterrir à Saint-Laurent-du-Maroni.

Il baissa la tête.

— Tu sais tout. Maintenant, tu fais ce que tu veux, Monique. J'ai payé mes erreurs, tu sais. Mais je te le répète : je ne te toucherai jamais, toi. Je t'aime trop, putain !

Ils se turent. Le soir, Monique refusa de dormir à ses côtés, elle lui demanda de se contenter du canapé. Elle voulait être seule.

La nuit passa, sans sommeil pour Olivier. Il se leva plusieurs fois, fuma un joint sur le balcon, observa le trafic nocturne dans les rues de la ville. Autour de trois heures, il entendit des coups de feu, au loin. Un cambriolage qui tournait mal. Il s'attendait à ce que Monique plie bagage le lendemain, se prépara à retrouver sa vie d'avant, sa vie d'ermite.

Mais Monique en décida autrement.

— Je ne veux plus jamais entendre parler de cette histoire, d'accord ? dit-elle le matin.

Il était d'accord, bien sûr. Elle lui fit promettre d'apprendre à se maîtriser, ce qu'il accepta aussitôt. Elle l'embrassa.

Et jamais plus par la suite elle n'évoqua le sujet.

19

Le trou que Sophie Legarrec avait à la lèvre inférieure se tendit en une fente alors qu'elle offrait son sourire au capitaine. Le col de son tee-shirt, large et échancré, découvrait une de ses épaules. Sa tenue décontractée contrastait avec l'uniforme des femmes gendarmes qu'il croisait chaque jour.

— Je suis à vous dans une seconde, juste un mail à envoyer, dit-elle en tapant sur son ordinateur.

Terminés par des ongles rongés, les doigts couraient sur le clavier. Concentrée sur son travail, elle dégageait toujours la même impression de professionnalisme. Elle cliqua sur sa souris et revint vers lui.

— Capitaine Anato !

— Bravo, bonne mémoire.

— Vous avez perdu mes photos aériennes ?

— Bien sûr que non. Elles décorent les murs de mon bureau.

— Parfait. Alors, quel est l'objet de votre visite ?

— Aucun. Je voulais juste vous revoir.

Il la regarda de ses yeux perçants, scruta son visage pour détecter sa réaction avant de reprendre :

— Non, ce n'est pas vrai… Nous avons bien un service de cartographie à la gendarmerie, mais il est désastreux, je dois dire.

— Et donc, vous avez encore besoin de mes services !

— Tout juste. J'aurais besoin de vérifier quelque chose sur vos photos aériennes.

— C'est pour la morte du Rorota ?

— Je ne peux rien vous dire, désolé.

— Ça fait la une de *France-Guyane*, difficile de passer à côté.

Elle lui tendit le journal posé sur son bureau. *Accident mortel au Rorota*. La première page proposait une photo de la montagne, vue depuis la plage.

— Ils ne nous aident pas à rester discrets, regretta Anato.

— Ça s'appelle la liberté de la presse, capitaine…

— Je sais. Vos photos aériennes, elles ne couvrent que les fleuves ou aussi les environs de Cayenne ?

— Elles couvrent toutes les zones habitées. Pas grand-chose si on considère que la Guyane c'est quatre-vingt-dix pour cent de forêts, mais beaucoup si on ne s'intéresse qu'aux humains. Donc, oui, elle couvre Cayenne, et oui, on peut y voir le Rorota.

— Ça vous dérange si on regarde quelque chose ensemble ?

— Je suis un peu en retard dans mes dossiers fonciers, mais allons-y, dit-elle en tournant son écran vers Anato.

— Vous me donnerez le numéro de téléphone de vos agriculteurs, je leur expliquerai que c'était de ma faute, ironisa-t-il.

Elle ouvrit sur l'écran la couverture photo, zooma. Les images avaient été prises avec quelques nuages, mais la zone qui intéressait Anato semblait dégagée.

— Je voudrais repérer une petite maison située le long d'un chemin. On peut essayer ?

— Oui, bien sûr.

Anato guida les mouvements de la souris de Sophie. Il refit sur l'écran le trajet qui menait de la route de Rémire à la bâtisse abandonnée de la rue des Maripas. Il retrouva, vus du ciel, la route goudronnée, la piste terreuse, les terrains en friche, puis la maison. Il eut ainsi confirmation de l'isolement de l'endroit : aucune autre habitation à proximité. Le feuillage de l'énorme manguier occupait une grande partie du terrain, on ne voyait que le toit rouillé de la baraque.

— C'est ici, annonça Anato. Vous pouvez m'imprimer une vue rapprochée sur le terrain ?

— En avant ! lâcha la jeune fille en cliquant sur la souris.

— Mais ce que je voulais surtout savoir…

— Oui ?

— C'est la distance entre cette maison et le belvédère du Rorota.

Elle regarda son moniteur, la question d'Anato apparut plus que pertinente. Les sites avaient deux accès très différents : l'un par la route de Rémire, l'autre par celle des plages. Le tour complet représentait un trajet assez important, mais à vol d'oiseau, la distance était tout autre. Sophie Legarrec les relia à l'écran en traçant une ligne droite et une petite fenêtre s'afficha.

— Un kilomètre vingt-six à vol d'oiseau, lut-elle. Je vous épargne les autres décimales.

— Pas tant que ça, donc. Ça se fait à pied, non ?

— Oui. À condition qu'il y ait un sentier sous la forêt.

— Et on ne peut pas voir cela ?

Elle agrandit l'image autant que possible.

— On dirait bien qu'un chemin part de la parcelle, mais je ne pourrais pas vous dire où il va. Désolée, l'avion qui a pris les photos n'est pas passé sous les arbres.

— Ça vous tente une petite balade en forêt ? proposa Anato.

— Je vais me faire tuer par mon directeur ! (Elle hésita un instant.) Bon, je dirai que c'était une question de vie ou de mort.

Elle prit ses affaires et suivit le capitaine.

Ils roulèrent jusqu'à la rue des Maripas, arpentèrent à nouveau le terrain désert. Personne ne semblait être passé sur le site depuis la dernière visite d'Anato. Des flaques d'eau séchaient au soleil. Dans le fond de la parcelle, un agouti prit la fuite d'un bond, exhibant son arrière-train doré.

Un sentier s'engouffrait en effet dans le sous-bois. Anato vérifia l'heure sur sa montre et ils commencèrent à marcher en silence, surpris aussitôt par le cri d'alerte d'un oiseau sentinelle. Le chemin sinueux croisait par endroits des zones de clairière. Ils le suivirent sans peine, contraints une seule fois de contourner un chablis* qui leur barrait la route. Tous deux se mirent à transpirer dans l'air humide piégé sous les arbres.

Ils grimpèrent ainsi quelque vingt minutes avant que le sentier ne débouche sur un autre chemin, plus large, familier. Ils reconnurent le trajet de la montagne du Rorota. Ils poursuivirent jusqu'au belvédère et Anato contrôla sa montre.

— Vingt-cinq minutes. Peut-être quinze en courant.

— Bien vu l'aveugle ! Personnellement, je ne peux rien en déduire et je me demande en quoi j'ai pu vous être utile, mais je suppose qu'il s'agit d'une bonne nouvelle pour votre enquête ?

— Plus ou moins, déclara Anato qui voyait surtout deux affaires s'entremêler sans saisir leur lien.

Il proposa de regagner la voiture et compléta :

— Vous m'avez été d'une grande aide, au contraire. Pour vous remercier, puis-je vous inviter à dîner ce soir ?

Ils se retrouvèrent le soir dans un petit restaurant en bord de mer. Sophie avait chaussé des talons, passé une robe longue. Le tissu moulait ses formes généreuses et s'accordait avec le roux de ses cheveux. Oubliant un moment ses préoccupations professionnelles, Anato se félicitait de passer une soirée en sa compagnie.

— Ce trou sous la lèvre, qu'est-ce que c'est ? demanda-t-il.

— Intrigant, hein ? Un souvenir de jeunesse. J'avais aussi un piercing au nez, mais le trou s'est mieux refermé. Je passe ma vie avec des agriculteurs, alors ça faisait mauvais effet.

— Oui, j'imagine. Tu travailles dans l'agriculture depuis longtemps ?

— Six ans.

— Toujours en Guyane ?

— Toujours. J'ai débarqué ici après mes études et je suis tombée amoureuse du pays. J'espère pouvoir rester, ne pas faire que passer ici comme la plupart des fonctionnaires. Il y a vraiment du boulot à faire, des filières à développer, des agriculteurs à soutenir.

Anato évalua son âge. Vingt-huit ans, en considérant qu'elle devait avoir suivi des études supérieures.

— J'ai pourtant entendu dire que la jeunesse guyanaise n'était pas très intéressée par l'agriculture, relança-t-il.

— Les filières administratives ont plus de succès, c'est vrai, mais les mentalités évoluent. Le lycée agricole fonctionne de mieux en mieux, et forme chaque année un nouveau lot d'étudiants, vous savez.

— Tu sais ! corrigea Anato.

— Oui, tu sais. Excuse-moi, je n'ai pas l'habitude de me faire draguer par un gendarme, même capitaine.

— Il faut un début à tout, il n'y a pas de sot métier !

— Tout à fait, ce n'était pas une critique.

Le serveur apporta les plats, elle se recula sur sa chaise pour le laisser passer. Le bruit des vagues parvenait jusqu'à eux.

— Bon, et toi, capitaine Anato. Tu es guyanais, non ?

— Plus ou moins.

— Comment ça, plus ou moins ?

— Mes parents étaient ndjukas.

— Ndjukas, vraiment ! Donc, tu maîtrises la langue du fleuve ?

— Juste quelques mots. Je n'ai jamais vécu en Guyane, en fait. Mes parents sont partis en métropole quand j'étais tout petit et j'ai été élevé en banlieue parisienne.

— Génial… Et tu ne revenais pas pour les vacances ?

— Très peu. Une fois ou deux, quand j'étais gamin. Après, les contacts ont été de plus en plus rares.

— Sais-tu pourquoi ils ont quitté la Guyane ? À l'époque, ils ne devaient pas être nombreux à s'installer à Paris.

— Des histoires de famille. Ils n'ont jamais voulu m'en dire plus.

— Et toi ? Pourquoi as-tu décidé de venir bosser ici ?

Anato soupira.

— Mes parents sont revenus en Guyane il y a un an pour renouer des liens avec la famille. Mon père voulait reparler à son frère, je suppose. Ils sont restés quelques jours, mais…

— Mais ?

— Un soir, ils ont eu un accident de voiture. Ils y sont restés tous les deux, expliqua Anato, la tête tournée pour ne pas avoir à soutenir le regard de Sophie qui porta une main à sa bouche.

— Je… Je suis vraiment désolée. Excuse-moi, je n'aurais pas dû te parler de ça.

Anato s'étonnait lui-même de la facilité avec laquelle il parlait de lui à cette jeune fille qu'il connaissait à peine. Il avait toujours été à l'aise avec les femmes, mais s'ouvrait très rarement. Se livrer ainsi à une inconnue lui faisait du bien.

— Ce n'est pas grave. Après cet accident, j'ai beaucoup réfléchi et j'ai eu envie de venir, alors j'ai demandé ma mutation. Et voilà.

— Pour retrouver tes racines ou quelque chose comme ça ?

— Je ne sais pas. Je ne crois pas que ce soit aussi simple.

— Et ça se passe bien ?

— Plus ou moins. Ce n'est pas si facile, je découvre encore un peu. Le métier de gendarme en Guyane, c'est vraiment particulier. On est confronté à des situations qui n'existent nulle part ailleurs.

— J'imagine… Et dans ta vie personnelle, tu invites toutes les filles que tu rencontres à dîner aussi vite ?

Il ne répondit pas, se contenta de la regarder. À la table voisine, un couple se donnait en spectacle. Leurs visages espacés de quelques centimètres, ils ponctuaient leurs mots doux de baisers, comme isolés du reste du monde.

Le serveur vint débarrasser les plats et leur tendit la carte des desserts. Anato en profita pour réorienter la conversation :

— J'ai repensé à ton travail sur les terrains agricoles du Maroni. Belle entreprise, mais un point me chagrine. Les habitants du fleuve avec lesquels tu travailles, ils n'ont pas tous des papiers français. Certains n'ont même pas de titre de séjour, je suppose. Ce n'est pas un problème pour leur attribuer un terrain ?

— C'est même souvent le principal point de blocage. Ceux qui possèdent des papiers en règle ne sont pas nombreux, en fait. Beaucoup n'ont rien du tout. Parfois parce qu'ils ne peuvent pas les obtenir, mais souvent, et c'est le pire, parce que devant la complexité des procédures, ils ont carrément renoncé à se lancer dans l'aventure. Ou l'ont abandonnée en route.

— Pas étonnant.

— Ça crée des situations aberrantes. Par exemple, je connais une agricultrice qui s'est fait arrêter parce qu'elle vendait le produit de ses abattis sans autorisation. La police lui a confisqué toute sa marchandise. La femme travaille comme une acharnée pour faire tourner son exploitation, mais comme elle n'a pas de papiers, tout ce qu'elle vend est considéré comme illégal. Un peu dure la loi française, tu ne trouves pas ?

— Vu sous cet angle, si.

— Le problème, c'est qu'avant, les Noirs-Marrons avaient leurs traditions, leur propre droit, le droit coutumier, qui englobait à peu près tout : l'organisation politique, les mariages et, bien sûr, la gestion des terrains. En cherchant à appliquer sur le fleuve la législation française, on vient superposer un système pas vraiment adapté. Pour la France, le Maroni représente une frontière entre deux pays alors que pour eux, il s'agit d'un seul territoire, avec sa partie aluku, sa partie ndjuka et sa partie paramaka*.

— Exact, admit Anato.

— Parfois, ça me décourage un peu. On fait comme si tout était normal alors qu'on est confrontés à toute une population sans aucune existence administrative. Ni Français ni Surinamiens. De vrais fantômes juridiques. Il ne faut pas s'étonner que tout se fasse dans l'illégalité.

Anato la regarda. Elle s'impliquait dans son sujet, convaincue par la cause qu'elle défendait. Il partageait son analyse. Certains de ses parents se trouvaient en effet encore empêtrés dans des démarches de régularisation administrative. Mais, garant lui-même du respect du droit français, il se sentait impuissant devant cet état de fait.

— Enfin, on essaye de composer avec tout ça, conclut-elle. Désolée, je m'emporte un peu dès que je me lance. On le termine ce repas ?

— Oui, dit-il en constatant qu'il avait fini son dessert alors qu'elle n'en avait pas avalé une bouchée.

Anato ne dut pas insister longtemps pour l'inviter à prendre un dernier verre chez lui. Ils burent chacun un ti-punch, poursuivirent leur discussion sur sa terrasse.

Rejouant un scénario de séduction qu'il connaissait par cœur, il finit par l'entraîner dans la chambre à coucher. Il dégrafa son soutien-gorge d'une main experte, fit glisser sa robe pour découvrir son corps. Des seins volumineux, des hanches larges, un buste parsemé de grains de beauté, une peau soyeuse. Il l'allongea, puis commença à la caresser.

Ils firent l'amour avec fougue.

L'acte accompli, elle se colla devant lui, à quelques centimètres. Elle détailla son visage.

— André. Je peux te poser une question ?

— Bien sûr.

— Tes yeux. D'où te vient cette couleur si claire ? Je ne connais aucun Noir-Marron avec un tel regard.

— Ça vient de ma grand-mère maternelle. Enfin, d'après ce que m'ont dit mes parents, moi, je ne l'ai pas connue. Ils avaient tous deux les yeux noirs.

— Bizarre. Ils sont très beaux, en tout cas. Mais il y a quelque chose d'étrange. On dirait qu'ils n'ont pas la même couleur. Je dirais que l'un est marron clair et l'autre… orange ?

Anato sourit. Rares étaient celles qui remarquaient ce détail. Les taches de rousseur de Sophie brillaient à la lueur du plafonnier.

— Toi, tu as ton trou sous la lèvre… dit-il. Moi, j'ai un grain de beauté sur l'iris droit. Il paraît que c'est assez rare. C'est pour ça qu'il est plus foncé.

— Je n'ai jamais vu ça. C'est assez troublant, tu sais ?

— Je sais. On me l'a déjà dit.

— Un grain de beauté dans l'iris… Ça te fait comme un troisième œil, en fait. Pour mieux regarder les filles…

— Si tu veux.

Ils rirent.

— Tu as toujours été célibataire ? Enfin, tu n'as jamais vécu avec une femme ?

— Si, répondit Anato, sincère. Avant de venir en Guyane, à Paris. Mais on s'est séparés à mon départ.

— Tu as tiré un trait sur toute ta vie métropolitaine ?

— On peut dire ça. J'ai tout quitté en même temps : femme, appartement, travail, ville.

— Tu n'as rien laissé ? Aucune attache ?

— J'ai encore quelques affaires chez elle. Il faudra que je retourne à Paris un de ces jours pour les récupérer. Mais c'est tout.

Outre qu'elle faisait brillamment l'amour, Anato trouvait Sophie de très bonne compagnie. Pleine de vie, pétillante, et perspicace avec ça. Rien à voir avec ses maîtresses habituelles. Mais il n'y aurait probablement pas de suite sérieuse à cette nuit. Il se savait incapable d'entretenir une relation durable avec une femme.

20

Anato ne pourrait jamais oublier ce samedi où sa vie avait bifurqué, un an plus tôt. Il le revivait souvent, le soir, lorsqu'il se retrouvait seul sur sa petite terrasse.

Un jour de printemps parisien, glacial et lumineux.

À l'époque, il entretenait une relation solide avec Patricia, une gendarme elle aussi. Grande, blonde, plutôt sophistiquée. Ils habitaient un appartement du 13e arrondissement, modeste, mais coquet, avec une mezzanine et des murs tapissés de masques africains, souvenirs de jeunesse de Patricia. Elle avait en effet vécu dans plusieurs pays d'Afrique, suivant son père qui était muté d'ambassade en ambassade. Sénégal, Afrique du Sud, Niger. Il lui restait de cette période des objets sculptés à ne plus savoir qu'en faire. Plusieurs épreuves avaient bien mis en péril le couple, dont quelques-unes des infidélités répétées d'Anato, mais à chaque fois ils les avaient surmontées. Ils étaient décidés à poursuivre leur chemin ensemble, multipliaient les projets communs.

Anato avait été réveillé par l'appel matinal d'un ami proche dont la femme avait accouché dans la nuit. D'un fils, magnifique évidemment. Une bonne nouvelle qu'il répercuta aussitôt par texto à Patricia, sortie faire quelques longueurs de piscine. Le soleil s'engouffrait dans le salon, illuminait la pièce. Un week-end réussi s'annonçait. Rien de prévu pour la journée, sinon une visite à la sœur de Patricia, à Paris pour quelques jours.

Anato entreprit son exercice matinal, enchaînant les pompes au centre du salon, les mains appuyées sur les poils épais du tapis. Il en était aux dernières poussées lorsqu'il entendit la clé s'introduire dans la serrure. Il se leva pour accueillir Patricia. Elle avait les cheveux mouillés, réunis en chignon derrière la tête, une jupe courte, une paire de bottes à talons. Élégante, comme à son habitude.

Ils s'assirent dans le sofa pour prendre un petit-déjeuner, discutèrent quelques instants, tâchant d'éviter les sujets professionnels vers lesquels ils dérivaient trop souvent. Ils parlèrent du nouveau-né, évoquèrent l'idée d'un enfant ensemble. Mais il était trop tôt, ils ne se sentaient pas prêts. Un jour, peut-être. Un petit métis.

Le portable d'Anato sonna soudain. Il l'attrapa sur la commode et lut le nom de son père sur l'écran, ce qui le fit sourire. Ses parents s'étaient préparés depuis longtemps à ce voyage en Guyane, le premier depuis plus de vingt ans. Ils comptaient y retrouver leurs vieux souvenirs, voire parvenir à renouer un lien avec cette famille à qui ils n'avaient plus donné de nouvelles depuis leur départ en métropole. Anato attendait donc leur premier appel avec impatience. Il espérait entendre son père se réjouir d'avoir quitté son appartement de banlieue.

Mais la voix qu'il entendit au bout du fil n'était ni celle qu'il attendait ni heureuse comme il l'espérait. Un autre homme, plus jeune, se présenta comme son cousin, Paul Opoma. Le ton grave et désolé s'imprima dans la mémoire d'Anato.

Il écouta sans mot dire le récit du terrible accident de voiture, survenu la veille au soir sur une route de Guyane dont il n'avait jamais entendu le nom. Il eut droit à tous les détails. Le véhicule, coupé en deux par l'arbre qu'il avait heurté de plein fouet. L'équipe de désincarcération qui avait passé une heure à cisailler la tôle pour dégager les deux victimes de la carrosserie. Le transport en urgence à l'hôpital de Saint-Laurent.

L'homme était décédé en chemin.

La femme, quelques heures plus tard.

Patricia vit le visage de son compagnon se décomposer. Le portable lui glissa des doigts, rebondit à terre, se réfugia sous un meuble. Anato porta la main à sa bouche et ferma les yeux, laissant ses paupières s'emplir de larmes.

La nuit qui suivit fut interminable, ne lui accorda aucun répit. Patricia fit son possible pour le soutenir dans sa douleur, mais elle finit par s'endormir. Il se retrouva seul, à écouter les bruits de la rue. À mesure que la nuit avançait, les moteurs des voitures se firent plus rares puis disparurent totalement, laissant le silence le pénétrer par tous les pores. Les yeux des masques africains le regardaient dans son insomnie.

Les souvenirs défilaient, se bousculaient les uns les autres sans organisation, avec ses parents en vedette, à chaque étape. Il tenta de se représenter l'endroit où ils avaient péri. Il fit l'inventaire de ce qu'il savait de la Guyane, mais se retrouva bientôt à court d'inspiration.

Enfant, puis adolescent, s'appuyant sur les récits de ses parents, Anato s'était construit une image de ses origines qui l'emplissait de fierté. Devant les autres collégiens, il expliquait qu'il descendait d'un peuple valeureux, le peuple ndjuka, qui s'était libéré de l'esclavage par lui-même. Qui s'était battu contre les Hollandais, avait revendiqué très tôt son indépendance, bien avant l'abolition. Il détaillait l'installation de ces hommes et femmes le long du fleuve Maroni, leur adaptation aux dangers de la forêt amazonienne. Le grand marronnage ! Il en parlait comme un livre, comme s'il avait lui-même vécu ces événements.

Mais cette nuit-là, comme souvent depuis qu'il avait grandi, il s'avoua encore une fois que sa terre de naissance, son fleuve d'origine, restaient des concepts bien théoriques. Que ce qu'il en savait ne sortait que de la bouche de son père ou de ses livres. Que ces ancêtres mythiques érigés en héros étaient encore plus lointains qu'il ne l'imaginait.

Que savait-il de ses parents, au fond ? De leur vie avant cet exil en banlieue parisienne ? Des raisons qui les avaient poussés à quitter leur région natale dont ils semblaient pourtant si fiers ? Des histoires de familles, se contentait de dire son père.

Quand il eut compris qu'il ne fermerait pas l'œil de la nuit, il poussa la couverture et se leva, s'assit sur le sofa, dans la pénombre. Il resta là, à attendre le matin, retournant ses souvenirs. Et dessinant son projet. Il avait déjà imaginé plusieurs fois prendre un jour un poste en Guyane, mais n'avait jamais eu le courage de passer à l'acte. Le moment lui sembla venu.

Dès le lundi, lorsqu'il reprit le travail, encore sous le choc, Anato prit contact avec les ressources humaines pour explorer les possibilités ouvertes par la gendarmerie en Amazonie française. Section orpaillage, groupe des pelotons d'intervention, sorte de mini-GIGN local, il y avait de quoi faire. Et peu de volontaires, en fin de compte. Le département pâtissait d'une mauvaise réputation : insécurité, chaleur étouffante, mygales dans les appartements, les rares gendarmes intéressés avaient du mal à convaincre leurs familles de les suivre.

Les jours suivants, alors que les corps de ses parents étaient rapatriés vers Paris, Anato persista. Il fit part de son projet de mutation à son supérieur, le colonel Fontaine, qui le tenait en grande estime. Prenez garde de ne pas prendre de décision hâtive ! l'avertit le colonel. Êtes-vous sûr de vous, capitaine ?

Oui, le capitaine était sûr. Décidé, en tout cas.

Peu de ses proches le comprirent. Il occupait un poste à hautes responsabilités à la Direction générale de la gendarmerie, sa carrière risquait d'en prendre un coup. Sans compter qu'il manquait d'expérience du terrain.

Patricia, elle, resta désemparée. Pourquoi ? Que cherches-tu ? demanda-t-elle maintes fois. Ça ne te ramènera pas ton père de partir là-bas ! Fidèle à lui-même, il ne parvint pas à s'expliquer. Il ne tenta même pas de la convaincre de le suivre. Elle ne faisait pas partie de son projet ni de sa quête. Les mois passant, ils eurent de plus en plus de mal à communiquer.

Son point de chute fut finalement trouvé par le colonel Fontaine. Le poste de commandant de la Section de recherches devait se libérer. Un poste en police judiciaire donc, difficile, mais stratégique. Il n'y avait qu'un candidat déclaré, mais il était moins gradé. Si Anato le souhaitait, le colonel se dit prêt à soutenir sa candidature en mettant en avant son origine guyanaise, un atout de taille. La suite se déroula sans encombre et l'affectation fut vite acceptée.

Il quitta Paris neuf mois après ce samedi d'avril. Seul. Patricia resta sur place, garda son poste à la Direction générale. Il ne parvint même pas à officialiser leur rupture, qui s'imposa de manière implicite lorsque son avion décolla.

21

La journée passée chez les gendarmes, en plus d'avoir poussé Olivier à livrer ses secrets, avait fait ressurgir la situation administrative de Monique : elle ne possédait aucun papier d'identité. Ni français ni surinamiens. Une apatride.

Elle était née dans le village d'origine de sa mère, situé le long du fleuve Maroni, mais côté surinamien. Elle avait déjà raconté à Olivier, non sans insister sur le courage de sa mère, comment s'était passé l'accouchement dans la maison traditionnelle, sans aucune aide médicale. Sa vie fut sauvée de justesse. La naissance fut enregistrée par les autorités du Suriname à *Bamoekampoe – District Marowijne*, le district surinamien du Maroni.

Son père, lui, était né sur le même fleuve Maroni, côté français, mais la naissance n'avait à l'époque été reportée dans aucun registre. La reconnaissance de sa nationalité française avait donc demandé de longues procédures et un *jugement déclaratif de naissance*. Établi alors qu'il était déjà âgé de vingt-huit ans, cet acte reconnaissait qu'il était bien né en France. Il racontait parfois, en riant avec le recul, les dédales de couloirs, de bureaux qu'il avait dû fréquenter durant cette période.

Par son père, Monique avait donc tout pour être française et, de fait, ses frères aînés possédaient tous une carte d'identité. Elle vivait à Saint-Laurent depuis ses trois ans, était allée à l'école comme tous ses camarades et ne se sentait aucunement surinamienne. Mais n'ayant compris la nécessité d'avoir des papiers qu'après sa majorité, elle n'avait engagé les démarches que très tardivement, avec une persévérance limitée. Son dossier, incomplet, sommeillait quelque part dans les sous-sols de l'administration.

Après l'affaire du barrage d'Iracoubo, Monique insista sur les conséquences de sa situation. Si elle avait pu vivre jusqu'à présent sans problème majeur, les difficultés allaient s'accroître avec le temps. Il était exclu qu'elle puisse obtenir un contrat de travail en bonne et due forme, mais aussi qu'elle envisage de quitter le territoire guyanais. Elle demanda donc à Olivier de l'aider à reprendre en main son dossier dont elle n'avait aucune nouvelle depuis plusieurs mois.

La première tâche consistait à en retrouver la trace.

Un jour où le barrage d'Iracoubo avait été levé, ils prirent la route de Cayenne pour arpenter les dédales de la préfecture. Ils s'assirent sur les bancs où attendaient déjà des dizaines d'étrangers en situation irrégulière. Pour passer le temps, Monique s'entretint avec une jeune Surinamienne très maquillée. Olivier fut frappé par le style provocateur de la fille qui portait de nombreux bijoux, notamment un anneau d'or fixé dans un trou percé dans son ongle. Comment, avec une telle quincaillerie, pouvait-elle accomplir les gestes du quotidien ? se demanda-t-il.

Ils furent enfin reçus par un petit homme qui, tout comme le personnel de la sous-préfecture de Saint-Laurent, ne trouva aucun dossier au nom de Monique Hanke et les invita à chercher du côté du tribunal d'instance.

Après avoir obtenu des informations contradictoires de plusieurs interlocuteurs, le dossier fut enfin retrouvé, dans un petit local préfabriqué installé à l'arrière du bâtiment du palais de justice. Pour la quatrième fois de la journée, ils durent faire la queue avant de rencontrer la responsable, une jeune femme débordée. Les dossiers entassés envahissaient son bureau, la camouflaient presque entièrement. Le nom de Monique figurait sur l'une des longues listes que la jeune femme fit défiler sur son écran d'ordinateur. Elle se lança donc dans la recherche du dossier papier qui, selon elle, ne devait pas être loin. Elle passa plusieurs minutes à déplacer les montagnes d'une table à une autre, à ouvrir des placards coulissants et des tiroirs. Olivier et Monique se regardaient. Ils observaient les manœuvres, l'évolution des piles de papier.

La fonctionnaire poussa un cri de victoire en retrouvant tout en bas d'une étagère le dossier *Monique Hanke*, comme il était écrit à la main sur la chemise. Elle fit de la place sur son bureau, posa le dossier, chaussa ses lunettes pour en analyser le contenu. Elle feuilleta les pages, retourna les documents plusieurs fois. Elle finit par une conclusion sans appel : le dossier n'avait rien à faire chez elle. Le bureau en question s'occupait des aides juridictionnelles, c'est-à-dire du financement des avocats dans le cadre de procédures devant passer en jugement, tels que les jugements déclaratifs de naissance. Monique étant déjà déclarée née au Suriname, il n'y avait pas lieu de passer par une telle instruction. Olivier voulut comprendre comment le dossier de Monique avait pu être aiguillé dans ce bureau, mais renonça, pressé de quitter l'endroit.

Peu coutumiers des démarches administratives, ils mirent quelque temps avant de comprendre le circuit que le dossier devait suivre pour arriver à l'édition d'une carte d'identité. Ils passèrent de nombreux coups de téléphone, firent plusieurs trajets jusqu'à Cayenne pour déduire que la priorité était d'établir la nationalité de Monique par un certificat de nationalité.

La liste des pièces à fournir qui leur fut remise par le tribunal paraissait courte, mais la réunion de tous ces documents allait s'avérer un véritable casse-tête. La situation particulière de Monique rendait en effet chaque élément très complexe à obtenir. Ils durent se lancer dans une vraie chasse au trésor, avec l'aide du père de Monique. Pour certains documents, il fallut plusieurs allers-retours à la minuscule mairie de Grand-Santi, accessible uniquement après six heures de pirogue depuis Saint-Laurent. D'autres nécessitèrent un déplacement à Paramaribo du père Hanke pour recueillir les pièces conformes aux originaux, puis en reproduire une traduction française, elle-même certifiée conforme.

Chaque pièce rapportée fut vécue comme une nouvelle victoire.

Cette collecte dura en tout dix mois, et elle obséda Olivier et Monique. Le sujet revenait dans toutes leurs conversations, comme un poids sur leurs épaules qui les empêchait d'avancer. À chaque fois, Olivier lâchait des considérations haineuses sur l'administration française, sur la mission impossible dans laquelle ils avaient l'impression de s'être engagés.

Durant cette période, Monique garda Olivier sous surveillance. Jamais elle ne reparla de son passé, comme elle l'avait promis. Mais elle avait posé une condition : qu'il apprenne à se maîtriser. Il avait montré de quoi il était capable et elle ne supporterait pas le moindre écart. Il restait en sursis, et le savait.

Ils revirent quelques fois Thélia Apanga dont Monique était devenue proche. Ils eurent avec elle plusieurs discussions sur leurs problèmes de papiers, qu'ils relativisaient en constatant la vie difficile qu'elle menait sur le fleuve.

Leur enfer se termina enfin lorsqu'ils obtinrent la traduction de l'acte de naissance de Monique, accompagnée de l'apostille du Suriname. Ils accueillirent le papier comme le messie, burent à la santé du Président du Suriname. Olivier eut même l'autorisation de fumer un joint à l'intérieur de l'appartement. Ils passèrent une belle soirée à se remémorer leurs déboires, pensèrent au père de Monique également investi dans l'affaire.

Le dossier complet devait être envoyé au plus vite, car les actes de naissance à produire pour l'obtention du certificat de nationalité devaient dater de moins de trois mois. Ils vérifièrent une dernière fois chacun des documents, puis rédigèrent une lettre d'accompagnement avant de déposer le tout à l'accueil du tribunal d'instance un matin.

Ils se sentaient tous deux plus légers. Olivier était fier de lui : il avait aidé Monique. Il s'était racheté, d'une certaine manière, se persuada-t-il. Il lui conta à nouveau le Brésil, en prévision du voyage qu'il organisait dans sa tête.

22

Vacaresse fixait avec curiosité l'énorme tignasse de dreadlocks qu'il suivait. Attachées derrière la tête, les grosses tresses de cheveux entremêlés dépassaient en pointe, visant le ciel comme des plumes de coq. Il aurait presque voulu en toucher une pour sentir la texture. Il supposait qu'une telle coiffure avait pour le jeune homme une signification liée à la culture rasta, mais se savait ignorant en la matière, et à vrai dire peu intéressé.

Grégoire Nelson, en pause déjeuner, avait accepté de servir de guide au lieutenant dans les ruelles tortueuses d'Apatou. Il saluait ça et là quelques personnes, s'arrêtait parfois pour demander des nouvelles des familles. Il semblait déployer des efforts pour s'intégrer au mieux à la population du bourg. Le sol était accidenté, fendu par de grosses ravines creusées par les pluies. Dans certaines allées, un canal de béton avait été aménagé pour accompagner le ruissellement des eaux jusqu'au fleuve.

Les habitations étaient très hétéroclites. Beaucoup de maisons sommaires, peu différentes en fin de compte de celles de Wetisoula. D'autres, construites en dur. Certaines possédaient des terrasses en béton entourées de petites colonnes blanches. Sur des chaises en plastique, des femmes faisaient de la broderie.

Ils empruntèrent une piste en latérite et gagnèrent un quartier excentré aux maisons de bois colorées. Du linge séchait un peu partout, sur des fils tendus, mais également sur les rebords d'une antenne parabolique. L'instituteur s'approcha d'une maison peinte en bleu pastel. Assise sur un banc, une femme de type indien plongeait les yeux dans le vague. Le vent soulevait les rideaux tachés qui pendaient aux fenêtres. À l'intérieur, on devinait un lit recouvert d'un tissu rose bonbon. Grégoire Nelson demanda à voir la petite Anastasie. L'Indienne tendit le bras, marmonna quelques mots incompréhensibles.

Ils suivirent les indications floues et finirent par trouver la gamine. Vêtue d'une robe en jean, elle se tenait seule, accroupie au sol sur une place en terre. À côté d'elle se dressait une pompe à main où les habitants du quartier s'approvisionnaient en eau. Des gouttes tombaient à terre. La petite grattait de ses doigts le sol humide.

Ils s'accroupirent tous deux face à elle.

— Bonjour, Anastasie, commença Grégoire.

Elle ne répondit pas, plongée dans son mutisme, tête baissée.

— Tu ne me reconnais pas ? Anastasie ! Houhou ! essaya à nouveau l'instituteur en agitant sa main devant les yeux de la petite. Hé, il ne faut pas rester comme ça, hein, ma belle ! Tu te souviens de moi, non ? Ça fait plusieurs jours que je ne t'ai pas vue à l'école. Ça ne te ressemble pas, tu es la meilleure de la classe ! Tout le monde se fait du souci, tu sais.

Je croyais que tu voulais devenir infirmière. Il faut venir en cours, si tu veux y arriver, ce n'est pas en restant là, à regarder l'eau couler, que tu pourras travailler à l'hôpital, hein !

Elle attendit.

— J'irai plus à l'école, finit-elle par répondre. Je veux plus être infirmière.

Elle parlait d'une toute petite voix, les yeux braqués sur le sol, observant la limite floue entre la terre sèche et la zone mouillée par la fontaine.

— Hé, tu ne peux pas dire ça ! la gronda l'instituteur. Tu as toujours voulu faire des études, tu me l'as dit plusieurs fois. Toute ta famille compte sur toi, hein !

— À quoi ça sert d'être infirmière dans un hôpital si les gens meurent tout seuls chez eux ?

Ces paroles serrèrent le cœur de Vacaresse.

— Mais non, les gens ne meurent pas tous chez eux, tu ne peux pas dire ça, reprit le jeune homme. Pourquoi tu dis ça, c'est à cause de ton ami Justin ?

— C'était pas mon ami. C'était mon mari ! rétorqua-t-elle, sans lever la tête.

— D'accord, ton mari. Tu sais, les autres enfants de l'école racontent des choses bizarres sur toi et sur la mort de Justin. Je te connais, Anastasie, je suis sûr que ce sont des menteurs. Tu ne veux pas me dire ce que tu leur as dit ?

— Non, vous ne me connaissez pas. C'est vrai ce qu'ils ont dit. C'est de ma faute si Justin est mort. C'est comme si c'est moi qui l'ai tué. C'est pour ça que j'irai plus à l'école. Plus jamais.

— Anastasie. Regarde-moi, continua l'instituteur en lui relevant le menton. Tu es encore toute jeune.

Arrête de dire des bêtises. Tu ne veux pas me raconter ce qui s'est vraiment passé ?

Elle baissa à nouveau la tête, passa sa main au-dessus du sol en fermant un œil, pour regarder les choses sous un autre angle. Elle prit une voix grave :

— Justin, il savait qu'il allait mourir. Il me l'avait dit une fois. Et moi, je l'ai pas cru. Je l'ai dit à personne. Voilà, il est mort maintenant et c'est ma faute.

Vacaresse eut un regain d'intérêt. Il prit le relais de l'interrogatoire :

— Comment ça, il savait qu'il allait mourir ? Tu peux nous en dire plus, ma petite ?

— Oui, il le savait. Il savait pas quand, mais il savait que quelqu'un voulait le tuer.

— D'accord. Mais tu peux me répéter exactement ce qu'il t'a dit et quand il te l'a dit ?

— C'était à Noël. On était tous les deux. Il m'avait fait un super cadeau. Sa maman, elle l'avait laissé rester un peu à Apatou et comme c'est pas souvent, on est allés se promener. Il était toujours gentil avec moi, Justin, il était pas comme les autres garçons et quand on m'embêtait il me défendait toujours. Moi, je lui ai dit que je voulais rester mariée avec lui toute la vie et qu'on pourrait aller vivre à Saint-Laurent ensemble. Et lui, il a dit que c'était pas possible. Il a dit qu'il m'aimait et il m'a fait un bisou, mais il a dit qu'il pourrait pas être mon mari pour toute la vie.

— Il t'a expliqué pourquoi ?

— Oui. Il a dit qu'il allait bientôt disparaître. Il a dit qu'il serait plus là pour me protéger et qu'il fallait pas que je sois triste si un jour il était plus là. Il a dit que ce serait comme un tour de magie. Qu'un jour, comme ça, il serait plus là. Moi je croyais qu'il blaguait parce qu'il blaguait toujours. Mais en fait il disait ça pour être gentil. Il savait qu'il allait mourir.

— Et il ne t'a rien dit d'autre ?

— Non. Mais moi je sais qui c'est qui l'a tué.

— Qui donc ?

Elle hésita.

— C'est… C'est la sorcière.

— La sorcière ?

— Oui. La sorcière. Celle qui fait mourir les enfants.

Les deux hommes se regardèrent. Quoique difficile à interpréter, le récit était bouleversant. Mathilde, pensa Vacaresse. Elle n'aurait pas supporté un tel récit. Pas de la part d'une si jeune enfant.

Ils essayèrent de consoler la gamine qui s'était mise à pleurer, mais Vacaresse comprit que même son hypermobilité faciale resterait sans effet. Les larmes coulaient, disparaissaient dans la terre mouillée. Comme si elles n'avaient jamais existé. Comme si la mort de Justin Apanga n'était pas venue bouleverser la vie de la petite.

Lorsqu'il monta sur la terrasse, Vacaresse trouva Michel Dougez plongé dans la lecture de *France-Guyane*. Sa petite carcasse était camouflée derrière le journal grand ouvert dont ne dépassaient que ses deux jambes courtes et poilues. Le gros titre de la mort de Véronique Morhange sur la montagne du Rorota s'étalait en grandes lettres sur la première page.

— Michel ? demanda le lieutenant.

Le médecin sursauta, sortit la tête du papier.

— Pierre ! Excusez-moi, je ne vous avais pas entendu arriver.

— On avait bien dit ce midi ?

— Oui, oui, bien sûr. Rosie est en train de finir de préparer le repas. J'étais dans les nouvelles. Cette mort au Rorota, c'est fou. Il n'y a pas qu'ici que des gens meurent, en fait !

— Oui, une sale histoire.

La femme de Michel Dougez avait cuisiné un morceau de tapir en fricassée, accompagné d'une belle quantité de riz. Vacaresse s'installa à table et le repas fut apporté. Elle parlait peu, avec un accent du Guyana. Une *Anglaise*.

— Qu'est-ce qui vous a fait atterrir ici ? demanda-t-il au médecin pour engager la conversation.

— Hum… Un hasard, je pense. En tout cas, au départ. Je suis venu à Apatou pour la première fois en 1981. À l'époque, je débutais ma carrière et je n'avais pas en tête de quitter ma ville natale pour les tropiques. Un ami prof avait été muté ici pour quelques années. Il m'a proposé de venir lui rendre visite. Juste pour des vacances au départ, une quinzaine de jours. Je n'avais jamais quitté la métropole. Mais quand je suis arrivé ici, ça a été le coup de foudre. Je suis revenu plusieurs fois avant de me décider pour de bon et voilà. Ça fait vingt-deux ans maintenant. L'avantage d'être médecin, c'est que ça m'a permis de connaître rapidement les habitants.

— Et votre ami ?

— Il est reparti. Depuis longtemps.

— Et vous, vous n'avez jamais pensé à repartir ?

— Si, plusieurs fois. Mais plus maintenant. Plus depuis que j'ai rencontré Rosie.

Sur ces paroles, il fit glisser sa main sur la table pour serrer celle de sa femme. Ils échangèrent un sourire complice. Vacaresse se demanda si, lui aussi, dans d'autres circonstances, aurait pu prendre un poste de gendarme dans une commune du fleuve et ne plus jamais en repartir. À quoi aurait ressemblé sa vie ? Porterait-il une chemise sans forme lui donnant la même dégaine pitoyable que celle de Michel Dougez ? Connaîtrait-il aussi intimement la culture du fleuve, sa langue, ses traditions funéraires ?

Il repensa au témoignage de la petite Anastasie.

— Dites-moi, Michel. Que savez-vous de la sorcellerie chez les Noirs-Marrons ?

Le médecin regarda sa femme qui fronça les sourcils. Il lui fit un sourire. Elle empila les assiettes et se leva de table.

— Excusez-la, expliqua-t-il. Rosie n'aime pas entendre parler de sorcellerie, c'est un peu un sujet tabou. Que voulez-vous savoir ?

— Je ne sais pas. C'est quelque chose de répandu ?

— Oui et non. Les actes de sorcellerie en eux-mêmes sont moins fréquents qu'on peut l'imaginer en fait. Ce qui est répandu, par contre, je dirais même permanent, c'est la crainte de l'ensorcellement. Tous les Noirs-Marrons, ou en tout cas ceux qui vivent sur le fleuve, sont obsédés par la sorcellerie, même s'ils n'en parlent jamais. Au moindre problème, un homme malchanceux, une femme stérile, ils se demandent si la personne n'a pas été ensorcelée par quelqu'un qui lui veut du mal. C'est comme une menace omniprésente qui pèse sur tout le monde.

— Mais ça se pratique comment? Avec des sacrifices, des potions, des trucs de ce genre?

— Ça dépend. La sorcellerie peut prendre diverses formes. Dès qu'un homme cherche à causer du tort à un autre, il peut être soupçonné d'user de moyens surnaturels. Un sorcier peut utiliser des sortilèges qui rendent malade, mais parfois, dit-on, il peut même se transformer en vampire pour sucer le sang de ses victimes. Le pire, ce n'est pas la sorcellerie elle-même, mais ses conséquences sur la vie de tous les jours.

La femme du médecin passa de la cuisine au salon où elle se mit à plier du linge.

— J'ai toujours eu l'impression que cette peur qu'ils ont en permanence détruisait les relations entre les gens, poursuivit Michel Dougez. Tous les sentiments de colère ou de jalousie peuvent s'exprimer par la sorcellerie. Du coup, ils font attention à tout. Par exemple, dès que l'on commence à gagner de l'argent, on a peur d'attirer la jalousie des autres et qu'un sort soit jeté sur ses enfants. Il faut donc toujours paraître irréprochable aux yeux des voisins. C'est une pression sociale qui est vraiment difficile. Si vous faites attention dans le village, vous remarquerez que les enfants ont souvent une ficelle autour de la taille. C'est une protection contre les sorts.

Vacaresse médita un instant. Il cherchait un lien entre la sorcière évoquée par la petite fille et la mort de la famille Apanga.

Au moment du dessert, il se leva, sourit à la femme de Michel Dougez. Il porta quelques assiettes dans la cuisine. Le sol était en parquet. Il resta quelques secondes à regarder les lames de bois, commença à considérer cette option pour sa propre cuisine. Il n'avait pas envisagé cette possibilité, obsédé par les variations de couleurs de carrelage.

Le repas terminé, il téléphona à Mathilde qui ressassa ses angoisses. Quand allait-il rentrer ? Jérémy l'inquiétait, raconta-t-elle. Il sortait tard, traînait avec des jeunes peu fréquentables. Elle réussit également, avant de raccrocher, à se plaindre en expliquant qu'elle commençait à mal supporter le sol bétonné de la cuisine. Qu'il serait temps que Vacaresse se décide à installer ses nouveaux carreaux, quelle qu'en soit la couleur !

Il s'endormit dans la pirogue qui le ramenait à Wetisoula, coincé entre les planches. Il fut réveillé en sursaut par des coups de feu tirés en l'air.

Les festivités de la cérémonie se poursuivaient. La pirogue des tambours continuait ses allers-retours entre la forêt et le village. La musique traditionnelle avait été remplacée par des rythmes modernes qui sortaient d'une énorme enceinte apportée pour compléter le matériel. Le carbet funéraire était toujours encombré de hamacs. Les gens parlaient, pleuraient, buvaient, riaient. Fernand Liensoe venait juste de sortir la tête de l'amas de tissu dans lequel il était consigné. Il attrapa une bouteille qui semblait lui être réservée, l'air enfin apaisé.

Le lieutenant alla s'installer dans son propre hamac, tendu sous le carbet à l'écart de la fête. Il repensa à Mathilde, au désespoir qu'elle traînait depuis vingt ans, depuis la mort de sa fille. Il compara sa situation à celle de la famille Apanga, décimée dans la chambre à coucher exiguë. À Fernand Liensoe, condamné au deuil de sa femme et de ses deux fils. À la petite Anastasie, persuadée qu'elle était responsable de la mort du jeune Justin. Comme souvent lors de ses enquêtes, il fut contraint de relativiser l'ampleur du malheur qu'avait connu sa femme.

Vingt ans, c'était si loin. N'allait-elle jamais s'en remettre ? Se libérer du poids de la culpabilité ? Et en libérer par la même occasion son mari et son fils qu'elle avait élevé comme un prince, qu'elle n'avait pas accepté de voir grandir. Parfois, Vacaresse souhaitait que ce drame lui soit arrivé à lui. Pas à Mathilde. Elle n'était pas assez forte pour y faire face.

Il se remémora sa dernière discussion téléphonique avec Girbal dont il admirait l'optimisme inébranlable. Il se dit qu'en effet, malgré l'affaire malheureuse qui justifiait sa présence à Wetisoula, ce séjour hors de Cayenne lui faisait du bien.

23

La bouche rectiligne du climatiseur ronflait. Son souffle glacial faisait vibrer la porte métallique des placards. L'air s'immisçait par toutes les ouvertures de la chemise d'Anato qui regardait le corps allongé sous ses yeux. Le légiste tira le tissu pour montrer les points d'impact. La chair avait été entamée par endroits.

— Alors, que pouvez-vous me dire sur cette pauvre Véronique Morhange ? demanda Anato.

— Vous noterez que, devant la médiatisation outrancière dont cette affaire fait l'objet, j'ai mis en attente plusieurs corps pour pouvoir vous répondre aujourd'hui, observa le médecin.

Anato ne répondit pas. Il imagina les défunts, faisant la queue pour qu'on leur ouvre le ventre, un ticket à la main indiquant leur rang de passage.

— Le corps est en mauvais état, poursuivit le légiste, mais il est tout de même clair que la victime est couverte de contusions. La mort a été provoquée par un coup à la tête qui lui a fendu le crâne.

— Concluez-vous à l'accident ?

Le légiste passa la main sur sa cravate.

— Je suis incapable de vous dire ce qui l'a tuée précisément. Il y avait peut-être une trace de l'impact sur la roche, mais la pluie a tout lavé. En revanche, ce n'est pas un simple accident, ça, je peux l'affirmer.

Il marqua un temps. Anato commençait à lui reconnaître un certain professionnalisme. Mais il n'appréciait pas l'homme et était pressé de voir la discussion se clore.

— Venez-en à votre conclusion, s'il vous plaît.

— J'y viens, capitaine. Je vous déroule le processus. Ma conclusion, couchée dans le rapport que je vous remettrai bientôt, n'est pas seulement qu'elle a été poussée. Le corps a subi de nombreux impacts consécutifs à la chute, elle a dû rouler entre les racines en tombant. Mais il me paraît impossible que cela puisse tout expliquer. Cette femme a reçu des coups, portés avant la chute. Au ventre, mais aussi au visage. Deux dents sont enfoncées et je doute que ceci ait pu être causé par le choc.

— Vous voulez dire ?

— Je veux dire, capitaine Anato, que cette femme s'est peut-être tuée en fin de compte en tombant et en s'ouvrant le crâne sur un rocher, mais qu'avant de finir dans ce trou, elle s'est fait tabasser.

— Bref vous ne croyez pas à un accident ?

— Je ne crois à rien. Je conclus. Et, en l'occurrence, je conclus seulement qu'il y a eu violence avant l'accident. Ou avant la chute, si vous préférez.

Ces conclusions rangées dans un coin de sa tête, Anato quitta les lieux avec un certain soulagement.

Le fonctionnaire du tribunal d'instance parlait d'une voix caverneuse, la tête enfouie dans le gigantesque placard où il cherchait trace d'un dossier Apanga.

— Désolé. Comme je l'avais déjà dit à mon collègue de la préfecture, il n'y a aucun *hamac* à ce nom.

— Ce qui veut dire ?

— Ce qui veut dire que cette personne n'avait aucune demande de certificat de nationalité en cours dans nos services.

Anato comprit surtout que par le terme *hamac*, l'homme parlait de ces dossiers suspendus, alignés à la verticale dans le placard, qui devaient faire partie du quotidien de Véronique Morhange. Il ne connaissait pas l'expression, mais trouva la métaphore pertinente. Il imaginait tous ces étrangers, Surinamiens, Haïtiens, Brésiliens, Dominicains, suspendus dans leurs hamacs de carton, hibernant patiemment dans l'attente des papiers qui leur donneraient enfin une existence officielle sur le territoire français. Chacune de ces couchettes compressées contenait une vie, une histoire. Et l'espoir d'une régularisation. Le capitaine esquissa à cette pensée un froncement de sourcil que son interlocuteur, la tête enfin sortie du placard-dortoir, ne comprit pas.

— Je suis désolé, enchaîna l'homme rapidement, mais madame Morhange gérait ses dossiers elle-même. Je crois qu'elle les rangeait tous ici, mais il y a aussi cette pile qu'elle devait trier, ajouta-t-il en désignant quatre tas de chemises empilées sur le sol.

— Je vois. Pouvez-vous me dire quelles étaient les relations entre Véronique Morhange et le reste de l'équipe du tribunal ?

— Madame Morhange dirigeait le greffe depuis quinze ans, alors elle était très respectée. Pas facile tous les jours, mais elle connaissait les procédures mieux que personne.

— Pas de conflit avec les employés ? La secrétaire ? Vous-même ?

— Elle était très directive, mais personne ne se risquait à la contredire, alors les choses se passaient bien.

— Mais vous ne semblez pas très à l'aise dans ses dossiers ?

— Non, c'est vrai. Les dossiers de certificats de nationalité sont des dossiers sensibles et nous avions reçu des consignes très strictes qu'elle suivait de près. Alors c'est vrai que dès qu'elle était absente ou en congé, j'avais du mal à assurer l'intérim, car on n'avait pas l'historique de tous les dossiers.

Anato regarda le bureau. On pouvait sentir la présence de la greffière en chef, forte de ses quinze années passées en ce lieu, peser contre les murs. Un cendrier en bois conservait les traces des dernières cigarettes qu'elle avait dû fumer ici. Une odeur de tabac imprégnait le mobilier. Un petit cadre avec une photo du fils Morhange, plus souriant que lors de sa rencontre avec Anato, personnalisait la table en bois. Le grand placard occupait tout un pan de la pièce, fermé d'une clé qu'elle rangeait dans le tiroir de son bureau.

La vitre donnait sur la grille imposante qui marquait l'entrée du tribunal. Anato observa cet alignement de barreaux, délimitant l'emprise du palais de justice dans la ville de Cayenne. Emprisonnant en son sein les archives des affaires les plus sordides, les dossiers qui s'enlisaient. Une femme montait les marches en brique rouge pour entrer dans le bâtiment, le pas pressé, un enfant dans les bras.

— Savez-vous si elle avait des ennemis ? questionna-t-il. Est-ce que quelqu'un lui en voulait ?

— Je ne vois pas, répondit l'homme. Ou plutôt si : tout le monde. Comme à vous, je suppose. Ce n'est pas un métier facile et les gens ne sont pas toujours compréhensifs quand on veut appliquer les règles. Et comme elle appliquait les textes à la lettre, forcément il y avait des mécontents. Des gens qui pensent que les choses sont simples et que l'on peut délivrer la nationalité française en oubliant certaines pièces du dossier, ou en contournant certains articles du Code civil.

— Vous ne voyez pas une personne en particulier ? Quelqu'un qui serait venu dans les dernières semaines et qui se serait énervé contre elle par exemple ?

— Des pétitionnaires qui s'énervent, on en voit chaque jour. Elle fermait la porte de son bureau, mais ça ne nous empêchait pas d'entendre les cris. Plusieurs fois, elle a dû mettre dehors des gens qui allaient trop loin.

Anato leva les yeux vers le haut du placard.

— Je suis désolé de vous dire ça, mais il va falloir éplucher tous ces dossiers. Si vous ne les connaissez pas bien, ça va être le moment de rattraper le temps perdu. Mon adjoint va venir vous donner un coup de main.

Le passage en revue des dossiers de Véronique Morhange prit du temps. Il fallut remonter des boîtes des archives pour explorer l'intégralité des affaires traitées au cours des trois dernières années. Le bureau se retrouva vite submergé de cartons et de piles de papiers. Les dossiers avaient envahi le sol, la table, les chaises. Les feuilles volaient, déplaçant avec elles une couche de poussière dont l'odeur se mêlait à celle du tabac. Les fenêtres avaient été ouvertes en grand pour renouveler l'air. Dans le placard, les hamacs de carton étaient vides, comme si tous les dormeurs venaient de se lever ensemble.

Girbal, peu emballé par la mission, s'était finalement mis au travail à sa manière. Tandis que l'adjoint de Véronique Morhange étudiait chaque chemise avec méthode, lui ne tenait pas en place, s'éparpillait. Il soulevait les deux premières pages d'un dossier, passait à un autre en se déplaçant entre les tours de papier, revenait sur le premier. Ce travail de rat de bibliothèque lui convenait mal.

Les dossiers de certificat de nationalité, bien tenus, comportaient toutes les pièces qui retraçaient l'historique de chaque affaire. Ils se répartissaient entre dossiers en cours, pour lesquels la greffière attendait des compléments, et dossiers classés, ayant abouti à une délivrance ou, cas plus fréquent, à un échec. Dans les boîtes d'archives se trouvaient des dossiers en cours, mais en sommeil depuis plus d'un an. La plupart, victimes d'un abandon pur et simple du pétitionnaire.

La lecture des échanges de courriers qui composaient chaque dossier se révélait très instructive. On retrouvait des lettres d'administrés écrites à la main sur des feuilles arrachées à des cahiers d'écolier. L'orthographe y était souvent déplorable, le sens difficile à percevoir. Les réponses de l'administration affichaient quant à elles une grande précision dans les demandes de pièces complémentaires. Mais elles apparaissaient tout aussi insensées, vu leur complexité. On pouvait imaginer dans ces échanges toute l'incompréhension qui avait dû s'installer entre Véronique Morhange et ses interlocuteurs.

Anato avait quitté les lieux depuis plusieurs heures pour laisser la recherche avancer lorsque son portable sonna, son adjoint lui demandant de le rejoindre au tribunal. Il débarqua rapidement. Les cheveux en bataille, la chemise couverte de poussière, Girbal se secoua pour accueillir le capitaine. Il étala les documents sur le bureau.

— Je pense qu'on va s'arrêter là. On ne trouvera rien sur Thélia Apanga. Je sais que vous êtes convaincu du lien entre les deux affaires, mais ce n'est pas dans ces papiers qu'on le trouvera. En tout cas pas à son nom.

— Expliquez-vous.

— Il n'y a pas de dossier Apanga. Par contre, il y a un autre dossier qui peut nous intéresser.

— Dites.

— Hanke. Monique Hanke. Vous vous souvenez ? C'est la petite amie d'Olivier Degricourt.

— Merci, je vois très bien, répondit Anato.

— Le dossier n'était pas facile à trouver, car il avait été classé aux archives.

— Abouti ?

— Non, classé sans suite. La petite n'a jamais rien obtenu. Regardez le dossier, dit-il en ouvrant la chemise et en faisant défiler les pages. Le début de la demande date d'il y a deux ans. Il a fallu plus d'un an pour qu'ils finissent par envoyer toutes les pièces, mais ça n'a rien donné.

— Pourquoi ?

— Regardez ceci, dit Girbal en tendant la copie d'un courrier à Anato.

Le capitaine lut la lettre :

Mademoiselle,

Vous avez déposé une demande de certificat de nationalité française.

Afin de compléter votre dossier, je vous demande de faire rectifier par les autorités compétentes du Suriname l'acte de reconnaissance par votre père dressé le 05/07/1982 et la mention de cette reconnaissance dans votre acte de naissance.

En effet, il est indiqué que vous avez été reconnue par Monsieur HANKOE *alors que vous produisez un acte de naissance délivré par la mairie de Grand-Santi au nom de Monsieur* HANKE.

Lorsque vous aurez fait procéder à cette rectification, vous me produirez votre acte de naissance revêtu de l'apostille et accompagné de sa traduction.

Je vous prie d'agréer, Mademoiselle, mes salutations distinguées.

La signature épurée décorait le bas de la page, comme une ponctuation mettant fin à la procédure : *Le greffier en chef – Véronique* MORHANGE.

— Et il n'y a plus rien ensuite ? interrogea Anato.

— Plus rien. Aucune réponse de la fille. Dossier classé.

— Impasse administrative. Pour une lettre de trop, dit Anato comme à lui-même.

Il rassembla les pièces du dossier en un paquet compact qu'il tapa sur la table pour aligner les feuilles. Il resta un instant perdu dans ses pensées.

— Vacaresse doit appeler dans peu de temps, annonça-t-il enfin. Je propose une conférence téléphonique à trois.

— Je suis preneur, dit Girbal, satisfait que son capitaine prenne ainsi l'initiative d'un point collectif. Ensuite, il sera l'heure de mon appel sur le portable d'Amélie Voisin.

Anato ne répondit pas. La seule évocation de l'affaire Voisin lui rappelait la somme des autres enquêtes dans lesquelles il piétinait. Cette idée d'appel téléphonique dans l'espoir que le meurtrier soit assez idiot pour répondre au cellulaire qu'il avait volé l'exaspérait.

Ils quittèrent le tribunal d'instance, passant devant la petite foule de sans-papiers qui faisaient la queue dans le hall. Une foule où se déployait à nouveau toute la diversité des nationalités présentes en Guyane. Chaque visiteur attendait son tour. Chacun rêvait de voir son dossier enfin délivré du placard des endormis.

Anato et Girbal s'installèrent dans le bureau du capitaine qui actionna le haut-parleur du téléphone. La réunion commença par quelques échanges amicaux entre les deux lieutenants qui semblaient contents de se parler. À la satisfaction d'Anato, Vacaresse affichait une attitude plus positive que précédemment. Ses investigations, qu'il exposa rapidement, avançaient bien.

— Si je comprends bien, conclut le capitaine, Fernand Liensoe a un alibi qui tient la route et les accusations qu'avait soutenues la sœur du kapiten sont loin d'être partagées par le reste de la population.

— Je ne dirais pas qu'il n'a rien à se reprocher, mais on n'a rien de sérieux contre lui. Et vu sa situation actuelle, je garde facilement un œil sur ses agissements.

Anato, lui, expliqua ce qu'il savait des visites de Thélia Apanga à Cayenne, décrivit la cabane abandonnée d'où elle était sortie affolée. Il parla du chemin forestier qui menait au belvédère du Rorota où avait été découverte Véronique Morhange.

— Donc, pour vous, les deux dossiers sont liés, extrapola Vacaresse.

— Je pense, oui.

— Et vous avez une hypothèse ?

— Non.

Il aurait voulu pouvoir en dire plus, mais tout restait flou. Ils avaient une histoire de vente de cannabis, des problèmes de papiers, un meurtre par violence à Cayenne, un autre par asphyxie sur le fleuve, à des kilomètres de là. Un lien entre les deux, encore ténu. Mais rien pour assembler le tout.

— Pour moi, ce qui est le plus obscur, dit Vacaresse, ce sont les enfants. Pourquoi ? Qui aurait pu avoir intérêt à tuer deux gosses ?

Girbal et Anato savaient la sensibilité du sujet pour Vacaresse. Le drame vécu par sa femme était connu de toute la Section de recherches.

— Et puis il y a le témoignage de cette petite, reprit-il. Anastasie. D'après elle, Justin Apanga savait qu'il allait mourir. Elle a parlé d'une sorcière. Une sorcière qui tuait les enfants. Comme si c'était un meurtre prémédité, quelque chose qui se préparait depuis longtemps. Du côté de la famille Apanga, il y a encore toute une histoire qui nous échappe.

— Mais que peut-on chercher de plus, alors ? demanda Girbal.

— Un témoin, dit Anato. Vous avez eu des nouvelles de la compagnie de Saint-Laurent ? Ils savent où trouver Olivier Degricourt ?

— Toujours pas. Ils ont cherché, interrogé ses proches à nouveau. Il y a de grandes chances qu'il se soit réfugié au Suriname pour de bon.

— Alors il ne me reste plus qu'à convaincre ma nièce de nous en dire plus.

Girbal et Vacaresse restèrent muets. Ils découvraient le lien familial qui rapprochait leur capitaine de la jeune Monique Hanke, et comprenaient à quel point il se retrouvait impliqué dans cette enquête.

24

La réponse du tribunal arriva un mardi. Au garage, Olivier avait les mains enfoncées dans le châssis en décomposition d'une vieille Opel. Depuis son trou, il vit s'avancer les pieds reconnaissables du patron qui tapa sur la carrosserie. Il sortit de terre, essuya ses mains noires, épongea son front du poignet. Pas mécontent de faire une pause.

Il quitta la salle des machines et retrouva Monique à l'extérieur, venue à pied depuis le centre-ville. Elle avait pleuré. De larges auréoles de transpiration sous les aisselles, elle ne bougeait pas, regardait Olivier d'un visage désespéré. Elle tendit la lettre qu'elle avait entre les mains sans dire un mot.

Le tribunal d'instance refusait la délivrance du certificat de nationalité. Olivier relut plusieurs fois le courrier. Il reprit une à une les phrases impératives qui donnaient des ordres à Monique. Et la formule de politesse convenue, suintante d'hypocrisie. Tous leurs efforts se voyaient réduits à néant. L'énorme travail de recherche accompli au cours des derniers mois. Les multiples allers-retours en pirogue du père de Monique pour collecter chaque trésor. Le tribunal leur lançait un nouveau défi, pour un simple O introduit dans les papiers surinamiens.

Olivier jura. Il relut l'orthographe du nom du père de Monique. Dans la langue ndjuka, essentiellement orale, la présence ou l'absence d'un O avait peu de conséquences sur la prononciation du nom. Installé entre les autres lettres, ce O les narguait, bâillant de toute sa bouche.

Il prit Monique contre lui, démunie, comme vidée de ses forces. Il la serra de son avant-bras, poignet tordu pour ne pas la salir de ses mains couvertes de cambouis. Il se sentait responsable d'elle, totalement. Il devait la tirer d'affaire, lui prouver qu'il méritait sa confiance.

Le soir même, ils allèrent dîner chez les parents de Monique. La mère Hanke avait préparé un colombo dont l'odeur épicée emplissait la maison. Les enfants jouaient dans la ruelle de terre, deux des frères aînés de Monique étaient de passage. Le père Hanke partageait la détresse de sa fille. Assis en patriarche dans son canapé usé, il dirigea la discussion qui prit la tournure d'une véritable réunion de famille. Il s'agissait de définir collectivement les suites à donner aux déboires de sa fille.

Pour tous, la nationalité française de Monique était une évidence. L'obtention de sa carte d'identité, une simple formalité. De fait, tous les frères de Monique possédaient leurs papiers, obtenus avec les mêmes éléments de dossiers, sans doute traités par des fonctionnaires moins pointilleux. Ils évoquèrent les problèmes rencontrés par nombre de leurs proches. Certains avaient fini par renoncer à régulariser leur situation devant la complexité de leur dossier. Olivier surveillait son langage devant sa belle-famille, mais enrageait contre le système.

Le père Hanke exclut de laisser sa fille dans cette impasse. Il finit par conclure la réunion : il allait se charger lui-même de cette nouvelle épreuve. Le lundi suivant, il irait à nouveau à Paramaribo pour faire procéder à la rectification demandée par le tribunal d'instance et rapporterait la dernière pièce du puzzle. Olivier se proposa de l'accompagner, le père accepta.

Olivier et le père Hanke prirent la route pour le Suriname le dimanche midi. Sans passeport, Monique se retrouvait consignée en Guyane. Elle allait en profiter pour passer quelques jours à Wetisoula chez Thélia Apanga, histoire de se changer les idées. Avant de partir, Olivier l'embrassa, la serra contre lui. Il serait de retour dès le mardi avec l'acte de naissance rectifié, promit-il. Il ne resterait plus qu'à le faire traduire, faire certifier la traduction, puis renvoyer le dossier complet au plus vite. Si tout se passait comme prévu, Monique pouvait avoir son certificat de nationalité dans un mois. Il évoqua à nouveau le voyage au Brésil qu'ils pourraient alors organiser. Elle lui glissa quelques mots à l'oreille pour que son père n'entende pas, assurant qu'elle saurait le remercier à son retour.

Les deux hommes montèrent dans la pirogue pour traverser le fleuve. Le pilote, un parent du père Hanke, démarra le moteur dès qu'ils furent à bord et fila sur l'eau. Arrivés à Albina, ils se retrouvèrent assaillis par les cris des chauffeurs de bus qui se jetèrent sur Olivier. Chacun vantait d'une voix couvrant celle du voisin le prix attractif du trajet qu'il proposait jusqu'à Paramaribo. Le père Hanke prit les choses en main, négocia avec un des chauffeurs, un grand gaillard d'origine indienne.

Olivier était venu à plusieurs reprises à Albina, porte du Suriname, mais n'avait jamais poussé jusqu'à la capitale. Parbo, comme l'appelaient les habitués du voyage. Il s'installa dans le minibus, finement décoré de peintures, avec notamment sous le pare-brise un portrait de Michael Jackson.

Le car ne s'ébranla qu'une fois toutes les places occupées. Les enceintes cachées sous les sièges se mirent à cracher un titre de ragga. Olivier et le père Hanke se serraient sur la banquette du fond. Le bus s'engagea à grande vitesse sur la route défoncée, criblée de trous. Le paysage défilait, passait de zones de forêts et d'abattis à des petits villages dont les maisons ressemblaient à celles d'Apatou.

Durant le trajet, le père Hanke parla à Olivier du Suriname, des membres de sa famille qui y habitaient. Il lui raconta la guerre civile qui avait agité le pays, opposant le gouvernement au Jungle Commando* installé le long du Maroni. À l'époque, on pouvait voir fuser les tirs et entendre les coups de feu depuis la rive guyanaise. Les Ndjukas du Suriname avaient souffert, terriblement. Plusieurs de ses proches avaient péri dans des massacres. Beaucoup s'étaient réfugiés en Guyane, d'autres avaient émigré en Hollande. Olivier ignorait tout cela.

Ils roulèrent plusieurs heures, traversèrent des passerelles branlantes au-dessus de larges criques*.

La nuit avait commencé à tomber lorsqu'ils s'engagèrent sur le pont qui enjambait la Suriname River. Ses pieds de béton plongés dans le fleuve, il se dressait au-dessus de Paramaribo dont les lumières s'étalaient à perte de vue. Le bus s'engouffra dans les rues jusqu'au centre-ville. Le chauffeur se gara sur une grande place, au milieu d'autres taxis. Olivier s'extirpa hors du véhicule, content de déplier enfin ses jambes.

Le père Hanke ouvrit son téléphone portable, parla en ndjuka quelques instants. Les deux hommes restèrent ensuite debout un bon quart d'heure. La soirée avançant, ils observèrent les rues se vider, les familles disparaître de la ville pour laisser place à des individus à l'allure inquiétante.

Une voiture arriva enfin, s'arrêta à leur niveau. Le chauffeur, un autre cousin du père Hanke, leur fit signe de monter. Ils prirent place sur les sièges, la voiture quitta le centre-ville pour gagner un secteur éloigné à travers des ruelles de terre. Les lumières du centre laissèrent place à de rares lampadaires en état de marche qui offraient aux habitants une lueur vacillante. La couche de poussière soulevée par les véhicules chargeait l'air d'un voile diffus.

Le cousin se gara et les invita à descendre. Devant eux, un mur de tôle rouillée délimitait une petite parcelle. Il ouvrit un cadenas puis, tirant le métal sur le sol, présenta sa demeure dans laquelle Olivier et le père Hanke allaient passer la nuit. Une maison spartiate, avec de nombreuses vitres cassées. Un réservoir d'eau posé sur des échafaudages se dressait au-dessus des chambres.

Suivant les explications du père de Monique, Olivier alla remplir un grand seau à l'extérieur, le porta dans la pièce à eau, entama sa toilette. On lui désigna une chambre dans laquelle dormaient déjà deux enfants, et il s'étala aussitôt sur un lit.

Il trouva difficilement le sommeil. La moiteur nocturne le faisait suer. La mousse du matelas, sans revêtement, lui collait dans le dos.

Il pensa à Monique, à tout ce qu'ils avaient vécu ensemble. Jamais elle ne lui avait reparlé de cette soirée où il lui avait révélé son passé. En un instant, elle avait enterré l'affaire, tiré un trait sur son histoire, accepté de poursuivre leur relation comme si rien ne s'était passé. Si jeune, sous les airs de gamine qu'elle prenait parfois, elle disposait déjà d'une maturité qui forçait l'admiration d'Olivier. Les violences conjugales étaient-elles mieux acceptées chez les Ndjukas que chez les métropolitains ?

Monique l'aidait à se débarrasser de son fardeau. Mais il y avait encore du travail. Souvent, la vision d'horreur s'imposait à lui ou « remontait à la surface ». Le visage de Catherine, quelques jours après qu'il l'eût tabassée. Un visage déformé. Bleu, rouge, vert, il n'aurait pu dire. Il n'y a pas d'amour, disait-elle avant le drame, il n'y a que des preuves d'amour. D'où elle tirait ces petits proverbes qu'elle plaçait pour se rendre intelligente, il l'ignorait. Belle preuve d'amour qu'il lui avait donnée, en tout cas. Après sa sortie de prison, il l'avait revue, une fois, pour un échange bref et glacial. Il ne pouvait oublier les mots qu'elle prononça ce jour-là.

— Tu crois que tu as payé ta dette, mais pas moi. Je ne souhaite à aucune femme de croiser ton chemin ! Tu resteras seul, toute ta vie !

Longtemps il pensa que Catherine avait raison. Mais Monique lui avait offert une seconde chance.

Le secteur des ministères de Paramaribo occupait l'ancien quartier colonial. Toutes plus imposantes les unes que les autres, les bâtisses étaient regroupées dans plusieurs rues, dressant leurs murs d'un bois blanc immaculé. Les balcons, répartis sur deux ou trois étages, semblaient sortis d'un film d'époque.

Olivier et le père Hanke se présentèrent tôt au palais de justice, hébergé dans l'une de ces villas coloniales. Dans le hall d'entrée où un ventilateur peinait à tempérer la chaleur ambiante, une foule attendait son tour dans une queue déstructurée. Derrière un comptoir au fond de la pièce, une fonctionnaire accueillait les visiteurs un à un, puis les orientait vers un bureau. Les deux hommes s'assirent sur un banc, regardèrent autour d'eux. La diversité ethnique apparaissait plus grande encore que dans les administrations guyanaises. Plusieurs femmes semblaient d'origine indienne, vêtues de costumes d'inspiration hindouiste.

Olivier détestait patienter ainsi. Il observait le père de Monique, impassible comme un roc. Assis sur le banc dans son tee-shirt blanc et son pantalon repassé, il se tenait droit. Il fallait s'armer de patience, expliqua-t-il. Au bout d'une heure d'attente, il suggéra à Olivier d'aller faire un tour en ville. Ce dernier ne se fit pas prier, se précipita hors du bâtiment.

Il marcha un long moment dans les rues où se côtoyaient Noirs-Marrons, Européens, Indiens d'Amérique et d'Asie, Javanais et Chinois. Les villas de luxe jouxtaient de véritables taudis ou des parcelles abandonnées, transformées en abattis au cœur de la cité. Il gagna les rues commerçantes, le marché surpeuplé dans lequel les clients jouaient des coudes. Les cages à oiseaux s'entassaient, accrochées comme des cintres sur des fils tendus entre les stands. Il erra dans ces allées, pratiqua son ndjuka avec les marchands, acheta une belle robe rouge pour Monique.

À son retour dans le hall du palais de justice dont la température avait encore grimpé, il retrouva le père Hanke à la même place. Il semblait ne pas avoir bougé d'un millimètre. La queue avait à peine diminué. Olivier échangea quelques mots avec lui puis ressortit.

Il dénicha une terrasse ombragée bordant le fleuve où il s'assit pour boire une bière, une Parbo. Il resta attablé une heure, commandant pour finir un roti*, plat local composé d'une galette aux pois cassés et de poulet épicé.

Lorsqu'il revint dans la salle d'attente, il ne trouva plus le père Hanke, qui semblait avoir enfin été reçu. Il s'assit sur le banc, guetta son retour, attendit jusqu'à s'assoupir, la tête collée sur le mur humide.

Il fut réveillé par une pression sur l'épaule. Il ouvrit les yeux sur le père de Monique debout devant lui, le visage sans expression. Olivier s'enquit du résultat de ses démarches, mais le père lui dressa un tableau désastreux. Le bureau central des affaires civiles l'avait reçu, puis réorienté sans explication vers le bureau de la sécurité de droit social, qu'il avait dû chercher longtemps, car il se trouvait dans un autre bâtiment. Devant ce second bureau, également submergé de visiteurs, il avait attendu à nouveau avant de pouvoir rencontrer un officier d'état civil.

La rectification des registres de naissances nécessitait une procédure longue, bien plus complexe qu'ils ne l'avaient imaginée. Le père Hanke devait prendre rendez-vous, revenir pour détailler la situation de Monique, faire établir une requête écrite. Le dossier serait ensuite examiné, mais devait passer en audience au tribunal pour que soit jugé le bien-fondé de la demande. Selon le résultat du jugement pourrait alors être établi l'acte rectificatif. Le tribunal était engorgé, l'avait-on informé. L'ensemble de l'instruction pouvait prendre plus d'un an.

Un an. Les deux mots résonnaient dans la tête d'Olivier, nouveau sursis pendant lequel Monique allait demeurer sans papiers. Un an pour extraire un O superflu que personne n'avait jamais remarqué. L'affaire tournait au tragique. Il cessa de parler jusqu'au soir.

Ils reprirent le bus pour Saint-Laurent le lendemain matin après une nouvelle nuit dans la maison du cousin surinamien. Le trajet parut à Olivier encore plus long qu'à l'aller. Il cherchait les mots qui allaient lui permettre d'expliquer à Monique leur échec, mais n'en eut pas besoin. Dès qu'il poussa la porte de l'appartement où elle l'attendait, assise devant le téléviseur, elle comprit.

Avant de s'endormir, elle éclata en sanglots. Pourrait-elle un jour vivre comme tout le monde ? Il la serra contre lui. Elle n'avait pas à s'inquiéter, lui dit-il. Tout allait s'arranger. Il allait trouver une solution, quelle qu'elle soit.

25

Bordant la route qui contournait l'immense emprise du Centre spatial guyanais, la latérite rouge ensanglantait le paysage forestier. La forêt recolonisait timidement les talus de la tranchée asphaltée, cherchant à cicatriser une plaie ouverte longtemps auparavant. La voiture d'Anato passa près d'une masse de poils jaunâtres, restes d'un cadavre de fourmilier fauché par un chauffard. Il regarda la charogne et se rendit compte qu'il n'avait jamais vu de fourmilier ailleurs que gisant au bord de la route. Ces accidents malheureux constituaient pour lui les seules preuves de leur existence. Il se demanda s'il leur arrivait de se montrer vivants ou s'ils ne demeuraient pas dans un monde imaginaire pour n'en sortir que le jour où ils avaient décidé de mourir.

Il maintenait avec difficulté sa vitesse en dessous de la limite autorisée, se faisait sans cesse dépasser par des conducteurs moins respectueux. Le vent qui s'engouffrait par la fenêtre alternait bouffées brûlantes et air rafraîchi par son passage dans les sous-bois. Le vol sinueux de quelques toucans entre les deux morceaux de forêt venait parfois rompre la monotonie du trajet.

Le capitaine pensait à Thélia Apanga et Véronique Morhange. Deux femmes que rien ne semblait réunir. Leur âge, leur histoire, leur culture, leur mode de vie, tout les éloignait et les avait maintenues chacune dans une existence hermétique à celle de l'autre. Jusqu'à ce qu'elles subissent un sort commun. Une vie d'agricultrice laborieuse et une vie de fonctionnaire zélée, balayées ensemble.

Il se remémora la réunion récente avec Girbal et Vacaresse, repassa en revue les protagonistes de l'affaire. Liensoe, Morhange, Apanga, la petite Anastasie.

Et Olivier Degricourt. Casier judiciaire, délit de fuite, l'homme accumulait les motifs d'accusation. Anato gardait en mémoire le regard furtif qu'ils avaient échangé après la poursuite à Saint-Laurent. Plus que tous les éléments qu'il réunissait peu à peu, ce regard lui renvoyait une image familière. L'image d'un homme comme il en avait connu beaucoup dans les sordides immeubles de sa jeunesse en banlieue parisienne. Comme ce type dont il se souvenait avec précision, qui avait planté son père par simple jalousie. Il devinait un homme d'instinct, vivant dans le présent, mesurant peu les conséquences de ses actes. Un homme capable de violences impulsives, de fuir devant un gendarme.

Mais sûrement pas d'assassiner toute une famille avec un groupe électrogène. Le crime de Wetisoula était trop bien calibré pour un tel homme. Anato ne pouvait se le figurer en train d'attendre plusieurs heures à l'extérieur de la maison que les gaz du générateur aient terminé leur tâche.

Un volet entier de l'affaire lui échappait encore.

Paul Opoma passait beaucoup de temps à bricoler dans sa maison. Il l'avait acquise dans le cadre d'un programme social qui consistait à ne vendre que les murs extérieurs et à laisser le soin au nouveau propriétaire d'aménager l'intérieur. Il avait déjà abattu un travail impressionnant au rez-de-chaussée, élevé les murs de parpaings, posé les carreaux aux murs de la salle de bains, conçu à sa manière toute la plomberie de la cuisine. Il s'attaquait à présent à l'étage où il devait faire tenir les chambres de ses cinq enfants actuels et de ceux à venir. Sous la toiture, armé d'une visseuse électrique bruyante, il fixait les lames de plancher. Il cheminait comme un équilibriste sur les poutres qui composaient le squelette de la petite villa. Ses enfants jouaient à l'extérieur avec des fusils grossièrement taillés dans des chutes de bois. L'antenne parabolique était déjà installée.

Anato entra dans la maison sous les yeux intrigués des gamins qui se souvenaient de sa dernière venue. Tous avaient compris qu'il était gendarme, le voyaient comme l'animal étrange de la famille. Une race particulière de capitaine ndjuka. Il gravit les barreaux de l'échelle qui, dans l'attente d'un escalier, menait vers l'étage en cours de construction. Il arpenta les poutres avec prudence, alla s'asseoir à terre sur la bande étroite de plancher déjà posé. Son cousin coupa le moteur de la visseuse et s'assit également. Il avait une tête ronde entourée de cheveux ras, un seul sourcil qui lui barrait le front, un nez massif.

Il adressa au capitaine un grand sourire.

— André ! Enfin tu te décides à venir.

— Je manque de temps, tu sais.

— Eh oui. La gendarmerie, dit le cousin d'un ton qu'Anato ne sut pas interpréter.

— C'est bien ça.

Paul appela sa femme qui s'affairait au rez-de-chaussée. Elle se montra, salua Anato, lança à son mari une bouteille d'eau glacée qu'il attrapa au vol. Il but à grosses gorgées. Il portait une chemise ouverte qui absorbait sa sueur.

— Tu sais, tu peux passer quand tu veux, reprit-il. Tes parents, lorsqu'ils sont venus en Guyane, ils logeaient chez mon père.

— Je sais, Paul. C'est gentil, mais ça va. Ne t'inquiète pas.

Le cousin rangea quelques vis dans une boîte en plastique, puis releva la tête.

— Mais tu n'es pas venu ici pour raconter des histoires de famille ? Tu veux me parler de Monique, non ?

— C'est vrai.

— Je l'ai vue hier soir. Tu as poursuivi son mari. Tu es allé chez elle et elle est terrorisée. Ne lui fais pas de mal, André. C'est une gamine. Et quelque part, c'est aussi ta nièce.

— Je sais. C'est pour cela que je voulais te voir avant de retourner l'interroger. Je n'ai rien contre elle, et elle n'a sans doute rien à voir dans tout ça. Par contre, son mari, Olivier Degricourt, il n'est pas net. Comprends-moi, j'ai quatre morts sur les bras, trois sur le fleuve et un à Cayenne !

— Je comprends, André. Mais elle n'a rien fait, tu peux me croire. Pour son homme, je n'en sais rien. Il a toujours été très gentil avec elle.

— Je n'en doute pas. Mais si elle ne coopère pas, si elle ne me dit pas ce qu'elle sait, elle va finir par avoir des ennuis.

— Qu'est-ce que tu veux que je fasse ? s'énerva Paul. Que je lui parle, que je lui dise de témoigner contre son mari, c'est ça ? Tu es fou, elle ne fera jamais ça !

Le capitaine s'attendait à ce que son cousin s'emporte. Paul ne comprenait pas qu'un Ndjuka puisse ainsi torturer sa propre nièce. Mais Anato avait une enquête à mener et une procédure à suivre, il ne pouvait s'en défaire. Il refusait de donner raison à son supérieur suspicieux en réservant un traitement de faveur à ses proches. Sa carrière pourrait en pâtir sérieusement.

— Tu as raison, je ne peux pas te demander ça, Paul. Je vais aller lui parler moi-même. C'est mon boulot. Ne t'inquiète pas, Je prendrai soin d'elle.

— Vas-y, alors, elle doit être chez elle. C'est un sale boulot que tu fais, tu sais, conclut Paul.

— Peut-être. Mais c'est le mien. Je me suis battu pour en arriver là, et je n'ai jamais voulu être médecin.

— Tu aurais dû, si tu le pouvais. Moi, j'aimerais mieux que mon fils soit médecin que gendarme.

— Chacun ses rêves. Ne me juge pas, s'il te plaît.

Anato remercia son cousin. Il regrettait la tension qu'il avait senti monter. Cette affaire le condamnait-elle donc à renoncer à sa famille et à son désir d'intégration ? Resterait-il le négropolitain qu'il était, inapte à devenir un vrai Ndjuka ? Une pensée pour son père lui traversa l'esprit comme un courant d'air glacial. Il quitta la maison et entendit la visseuse reprendre son travail.

Monique lui ouvrit sa porte d'un air résigné, puis retourna s'asseoir sur son canapé. Elle coupa le son, mais garda le regard rivé sur les images du téléviseur. Le visage marqué, les yeux rouges, les joues mouillées de larmes. Anato prit place en face d'elle.

— Bonjour, Monique.

Elle ne répondit pas.

— Tu te souviens de moi ? reprit-il.

Elle le dévisagea en guise de réponse : elle ne pouvait l'avoir oublié.

— Je suis désolé de revenir, mais nous avons besoin de toi, Monique. Je ne suis pas ton ennemi. Je viens de voir Paul Opoma qui m'a parlé de toi. Je ne crois pas que tu aies fait quoi que ce soit de mal, mais si tu sais des choses, il faut me les dire. Il y a deux femmes et deux enfants qui sont morts, tu sais.

Elle demeurait silencieuse.

— Tu le sais, non ?

Elle garda le regard vers l'écran, mais le capitaine crut percevoir un *oui*, très bas.

— Monique, tu ne peux pas rester comme ça à ne rien dire. C'est très grave ce qui s'est passé. Je viens te voir gentiment, chez toi, mais ça ne durera pas. D'autres viendront t'interroger, et ça sera beaucoup plus dur. Tu as encore une chance de nous aider.

— Je ne sais rien, dit-elle enfin.

— Tu ne sais pas pourquoi Olivier s'est enfui en me voyant ?

— Non.

— Et tu ne sais pas où il est maintenant ?

— Non.

— Tu ne me facilites pas les choses, tu sais, conclut Anato. Si tu veux que je t'aide, il faut que tu coopères un peu plus. Crois-moi, tu vas finir par avoir de vrais ennuis, Monique.

Elle se tut à nouveau. Anato se leva, fit quelques pas dans la pièce, rangée avec soin. Il essaya encore une fois d'imaginer la vie commune de Monique Hanke et d'Olivier Degricourt, la manière dont elle devait régner sur l'organisation interne, la façon dont lui s'y pliait sans doute. Il regarda la jeune fille, sentit sa détresse. Il avait pitié d'elle, maudissait cet interrogatoire. Mais il devait continuer.

— Puisque tu ne veux pas me parler, reprit-il, je suis obligé de te dire ce que moi, je pense. Et tant que tu ne diras pas le contraire, je penserai que c'est la vérité. Je crois qu'Olivier a tué la greffière du tribunal, et aussi Thélia Apanga et ses deux enfants. Je ne sais pas encore comment, je ne sais pas si c'est pour une histoire d'herbe, de papiers ou de sorcellerie, mais je pense qu'il est responsable des quatre meurtres.

Il observa le corps frêle s'enfoncer dans le canapé, vidé de toute énergie.

— C'est bien cela ? Monique, réponds-moi. C'est lui ? C'est Olivier qui les a tués ?

Elle resta silencieuse encore quelques instants. Elle leva la tête doucement et Anato vit qu'elle pleurait à nouveau. Il crut qu'elle allait répondre à ses questions, mais lorsqu'elle ouvrit la bouche, ce fut pour détourner la conversation. Elle lui raconta une autre histoire, tout aussi vraie et terrible, de sa voix ponctuée de sanglots :

— Vous savez, j'ai vu mon oncle hier soir. Il m'a parlé de vous et j'ai compris qui vous êtes. J'ai compris que vous êtes le fils des gens que j'ai rencontrés. Le soir où vos parents ont eu leur accident, j'ai dîné avec eux chez Paul. Ils étaient vraiment gentils, vos parents. On a beaucoup parlé, toute la soirée, et ils ont amusé les enfants de Paul. Votre père, il m'a raconté plein de choses. Il m'a parlé de la métropole et il m'a même expliqué que si je voulais venir visiter Paris un jour, je pouvais venir habiter chez eux. Il m'a posé plein de questions sur moi, sur ce que je voulais faire comme métier. Il m'a dit que j'avais l'air d'être intelligente, que je devrais faire des études pour avoir un bon travail, ça m'a fait plaisir. Et après le dîner, avant de partir, ils m'ont raccompagnée chez moi en voiture. Quand j'ai appris le lendemain qu'ils étaient morts tous les deux, ça m'a fait beaucoup de peine. Je me suis dit que c'était des gens bien et je pense que je me souviendrai toujours des derniers mots qu'ils m'ont dits avant de partir. (Elle marqua une courte pause.) Votre mère, quand elle m'a déposée chez moi, elle a dit qu'elle aurait bien aimé avoir une fille comme moi.

Anato recevait la monnaie de sa pièce. Il adressait à présent un tout autre regard à la petite. Il prenait la mesure de ces derniers mots : Monique était sans doute la dernière personne à qui ses parents avaient parlé avant de mourir, la voiture encastrée dans un arbre. Ces paroles semblaient tout droit sorties de la bouche de sa défunte mère. Elles tombaient lourdement sur lui, soulevant l'épaisse couche de poussière de ses souvenirs d'enfance.

Un silence se fit, le temps resta suspendu. Monique continuait de plonger ses yeux dans les clips vidéo. Anato fixait un point à travers les carreaux. De lourds nuages s'amoncelaient dans le ciel.

Il sentit ses forces l'abandonner, se répandre à terre comme les entrailles du fourmilier écrasé. Une série d'images lui remplit l'esprit. Le regard apeuré de cette nièce ; la face contrariée de son cousin ; le visage bouleversant de Thélia Apanga ; ceux de ses enfants, apaisés ; celui de Véronique Morhange, défiguré. Et enfin, ses parents, si lointains. Son interrogatoire lui parut soudain hors de propos. Il finit par se lever pour laisser Monique seule.

— Essaye de réfléchir à ce que je t'ai dit, réussit-il seulement à dire.

Sur le chemin du retour vers Cayenne, Anato fit un détour pour s'arrêter devant l'arbre qu'il maudissait et évitait d'habitude avec soin. Il sortit de voiture, enjamba le fossé, s'accroupit entre les racines. La peau ligneuse se refermait sur les cicatrices causées par l'impact. Une gerbe de fleurs fanées gisait à terre, sans doute déposée par son oncle. Le cornet de plastique emprisonnait un petit volume d'eau de pluie dans lequel les tiges macéraient.

Il leva la tête, observa les nids de caciques* qui pendaient des branches comme de grosses gouttes végétales. Les oiseaux allaient et venaient dans une cacophonie lancinante. Les branches squelettiques découpaient le ciel nuageux en petites parcelles de grisaille.

Il regarda la route qui portait encore les traces de la gomme des pneus, affaissée sur le bas-côté, entaillée d'une fissure dans le bitume. Une dizaine de mètres plus loin, elle passait sur un pont de métal au-dessus d'une minuscule crique.

Pourquoi la voiture avait-elle quitté cette route ?

Un simple moment d'inattention, sans doute, qui avait suffi à les tuer, à plonger Anato dans une telle tristesse. Puis à le ramener vers la Guyane. Vers ses racines, ses origines. Avait-il trouvé ce qu'il cherchait, lorsqu'il avait pris la décision de quitter Paris ? Il commençait à en douter. Il n'avait pas renoué de liens réels avec sa famille, ne parlait pas mieux ndjuka qu'avant son départ. Il réussissait même à s'attirer la peur d'une nièce et la colère d'un cousin.

Et il n'avait aucune réponse à la question qu'il s'était posée toute la nuit, à la mort de ses parents. Pourquoi ? Pourquoi avaient-ils un jour pris la décision de s'exiler hors de Guyane ? Que cherchaient-ils à fuir ? Il avait tenté d'interroger son oncle à ce sujet, à son arrivée, mais n'avait pu en savoir plus. Et avec ce qui venait de se passer, il ne se sentait pas près d'obtenir des réponses.

26

— Hankoe, prononça distinctement le capitaine en enfonçant une punaise rouge au centre du O.

Sur le mur où il étalait les éléments de son enquête comme il organisait ses idées dans sa tête, parmi les mémos jaunes et les photographies aériennes, il avait placé le courrier de la greffière au milieu. Une pièce maîtresse, pensait-il. Posé sur le bureau, le sac de couac n'avait pas bougé. Les grains de manioc brillaient. Dehors, la pluie s'était remise à tomber sur le parking, inondant les pelouses. Les gendarmes se précipitaient en courant dans le bâtiment.

Il ne pouvait oublier sa discussion avec Monique. Sa visite à Saint-Laurent avait été un échec. Malgré le lien qui l'unissait à la jeune fille, Anato se savait loin d'obtenir des aveux. Et comme venait de le lui confirmer la compagnie de gendarmerie de Saint-Laurent, Olivier Degricourt restait introuvable.

Il pensa à Girbal, seul dans son bureau. Était-il réellement occupé sur un de ses dossiers ou, malgré le week-end pluvieux qui s'annonçait, se dispersait-il encore dans l'organisation d'une sortie en kayak ? Anato ne savait comment gérer son adjoint, partagé entre l'envie de le sermonner et le souhait de ne pas dégrader l'ambiance de l'équipe.

Son téléphone cellulaire se mit à vibrer en se déplaçant sur le bureau. Il décrocha et ne reconnut pas tout de suite la voix au bout du fil.

— Monsieur… Monsieur Anato ?

Une voix d'adolescent, chuchotante, paniquée.

— Oui.

— Il y a… Il y a quelqu'un dans la maison ! Je sais pas ce qu'il fait… J'entends des bruits… J'ai l'impression qu'il fouille partout. Venez… Venez vite !

— Pardon ?! Qui êtes-vous ? De quelle maison parlez-vous ?!

— C'est Antoine… Antoine Morhange !

Anato se rappela enfin le garçon qu'il avait interrogé avec difficulté après la découverte de sa mère dans le ravin du Rorota. Il avait l'air terrorisé. Une pluie battante résonnait dans le combiné.

— Antoine, explique-moi ce qui se passe. Calmement.

— Je vous dis qu'il y a quelqu'un qui est en train de retourner toute ma maison ! Venez, putain ! s'énerva le fils Morhange. Si ça se trouve, c'est le type qui a tué ma mère !

— O.K. Dis-moi où tu es.

— Dans le jardin. Je me suis caché derrière un buisson. Dépêchez-vous ! Je veux pas me faire buter, merde !

Il étouffa un sanglot de terreur.

— Écoute-moi bien, Antoine. On est là dans cinq minutes. Surtout, tu ne bouges pas ! Tu restes à ta place.

Anato raccrocha, attrapa son holster, se jeta hors du bureau. Il débaucha un adjudant penché sur la rédaction d'un procès-verbal.

— On décolle ! ordonna-t-il. Une urgence, avec risque d'agression ! Allez, allez !

Les deux gendarmes coururent vers la sortie, sautèrent dans un véhicule de service. Anato colla un gyrophare sur le toit et écrasa l'accélérateur en direction de la villa Morhange, la tête pleine de questions et d'inquiétudes. Ce cambriolage était-il le fruit du hasard ? L'homme pouvait-il être le meurtrier de Véronique Morhange ? Celui de la famille Apanga ? Était-ce Olivier Degricourt ? N'avait-il pas fait assez de victimes ? Il pria pour parvenir sur place à temps. Pour que rien n'arrive au jeune Morhange.

Quelques minutes plus tard, gyrophare coupé pour ne pas faire fuir le cambrioleur, ils se rangeaient devant la maison sur une pelouse détrempée. Le scooter de l'adolescent, garé sur le trottoir, se faisait laver par la pluie. Ils sortirent de voiture, se collèrent de part et d'autre de la porte d'entrée, à couvert. Automatiques en main dressés vers le plafond.

Respirations rapides, échanges de regard, signes des doigts. Puis l'adjudant poussa doucement la porte.

Ils pénétrèrent en silence, à pas feutrés, dans un salon dévasté. Livres et sculptures en bois renversés. Coussins du canapé gisant à terre. Tiroirs de la cuisine américaine jetés au sol, ustensiles répandus comme des armes après une bataille. Un vacarme parvenait d'une pièce au fond du couloir. L'homme était encore là. L'averse torrentielle qui se déchaînait sur le toit avait couvert le bruit du moteur. Ils n'avaient pas été repérés.

Anato montra du doigt le jardin, ordonna à l'adjudant de mettre Antoine Morhange en sécurité. Puis il s'avança seul dans le couloir, poussa chaque porte avec méthode, prêt à user de son arme. Des chambres mises à sac, des matelas soulevés, des draps arrachés. Mais que cherchait donc cet homme ? Que pouvait cacher de si précieux la maison Morhange ? Lorsqu'il ouvrit la porte de la salle de bains, un grincement aigu envahit l'ensemble de la villa. Il se figea sur place. Les bruits de fouille en provenance de la dernière chambre s'arrêtèrent net. La pluie battante devint le seul son perceptible.

Il serra son automatique entre les doigts, poursuivit son avancée, attentif au moindre signe. Il s'approcha de la pièce.

Mais il regretta vite son imprudence : la porte s'ouvrit d'un coup, percuta son visage, lui écrasa violemment le nez. Il tomba à terre, sonné, alors que le voleur courait hors de la chambre, l'enjambait et filait dans le couloir.

Anato se redressa aussitôt, les narines ruisselantes de sang, pointa son arme, cria :

— Ne bouge plus !

Du fond du couloir, l'homme se retourna, lui fit face, agité. Ce n'était pas Degricourt. Une grande silhouette fluette, typée brésilienne, chichement vêtue d'un pantalon en toile et d'une chemise usée. Inconnu du capitaine. Il piétina sur place, jeta un œil à sa droite, vers la porte de sortie grande ouverte, à seulement quelques mètres, puis se tourna à nouveau vers Anato. Il hésita.

Et il s'enfuit au-dehors avant que le capitaine n'ait pu réagir.

Lorsqu'Anato sortit à son tour, le voleur chevauchait déjà le scooter garé devant la maison. Il donna plusieurs coups secs sur le démarreur et le moteur se mit à vrombir. Il partit aussitôt en trombe. Le capitaine sauta dans sa voiture, jeta son arme sur le siège passager et le prit en chasse.

Le fuyard fonçait sur son engin, slalomait entre les autos. Il s'engagea sans prudence sur chacun des ronds-points qui jalonnaient sa course, obligeant les véhicules à piler. Coups de klaxon.

Le capitaine le suivait avec difficulté. Il gardait l'œil sur la petite carrosserie, sur le phare arrière visible à travers la pluie. Les essuie-glaces s'agitaient d'un côté et de l'autre du pare-brise comme des métronomes enragés. Il passait de temps en temps sa main sur ses lèvres pour essuyer le sang. Ils roulèrent ainsi un moment, s'éloignant du bourg de Rémire, enchaînant les ronds-points.

Puis le scooter quitta la route pour monter sur un talus en latérite et disparut derrière une façade en tôle. Anato prit l'embranchement, s'engagea sur la piste défoncée. L'eau de pluie se déversait à grands flots dans les ravines.

Il se retrouva devant un amas de baraquements précaires, signalés par une collection de boîtes aux lettres serrées les unes contre les autres. Il se gara à côté du deux-roues abandonné à terre, puis sortit de voiture sous l'averse. Face à lui, entre les murs de métal et de bois de récupération, une ruelle s'ouvrait.

Il hésita à poursuivre le fuyard. Sans doute n'était-ce qu'un simple cambrioleur. Une coïncidence. Mais peut-être que non. Peut-être ce Brésilien était-il le chaînon manquant entre les affaires Apanga et Morhange ? Peut-être Olivier Degricourt n'avait-il rien à voir dans tout ça ?

Il se décida, reprit son automatique en main et s'engouffra dans les boyaux de ce lotissement sauvage.

Les habitations s'entassaient dans une logique obscure, des escaliers montaient vers des étages en équilibre instable. L'eau coulait dans les allées, remplissait par endroits des bidons métalliques. Les résidents rasaient les murs pour s'abriter de la pluie.

Les ruelles formaient un labyrinthe complexe dans lequel Anato savait qu'il pouvait se perdre. Il n'avait pas vu la direction prise par le cambrioleur, mais se guidait aux cris qu'il entendait devant lui. Il chemina ainsi au cœur de la cité clandestine, entre restaurants de fortune, menuiseries et ateliers de mécanique. Il lançait des regards à l'intérieur des cabanes, déplaçant de la main les rideaux usés. L'eau lui couvrait le visage, se mêlait au sang qui avait commencé à sécher.

S'approchant d'une paroi en tôle, il perçut une conversation agitée provenant de l'intérieur d'une maison. Il souleva le métal qui reposait dans la terre humide et poussa la cloison. À l'intérieur de la pièce, son fugitif. Il n'avait pas repéré le capitaine, continuait sa dispute avec une femme, sans doute sa compagne. Elle criait, remuait les bras. Lui ripostait avec la même véhémence. Anato, qui ne parlait pas un mot de portugais, ne comprenait pas le sens de leur altercation.

Soudain, la femme attrapa son sac et se dirigea vers la porte qu'elle tira brusquement, découvrant le capitaine qui n'avait pas eu le temps de s'écarter. Elle sursauta, recula dans la pièce. Le voleur bondit vers l'arrière de la cabane, mais Anato ne se laissa pas distancer une seconde fois. Il se jeta sur lui, le plaqua à terre, agrippa son poignet et le lui colla dans le dos.

— Cette fois, je te conseille vraiment de te tenir tranquille !

Il jeta un bref coup d'œil sur les lieux. Un mélange de pauvreté et de technologie. Sur les murs en contreplaqué, quelques affiches à moitié déchirées de chanteuses brésiliennes. Faits de morceaux de bois de piètre qualité, des meubles sur lesquels Anato ne se serait pas risqué à poser d'objet lourd. Et, au milieu de cet aménagement sommaire, plusieurs trésors de modernité : un écran plat, un lecteur DVD et une chaîne hi-fi dont les enceintes sortaient des murs branlants. Dans un coin de la pièce, une pile de cartons emplis de matériel high-tech.

Terrifiée, la femme se tenait dans le fond de la pièce. La lutte entre les deux hommes avait attiré une petite foule d'enfants, debout dans l'embrasure de la porte d'entrée. Anato se sentait en terrain hostile. L'homme avait cessé de se débattre. Aucune chance face à la masse de muscles qui pesait sur lui et lui enfonçait un genou entre les omoplates.

— Que faisais-tu chez les Morhange ?! cria Anato. Que cherchais-tu ?

En guise de réponse, il n'obtint qu'un marmonnement en portugais, couvert par le vacarme de la pluie sur le toit. Il lui passa une paire de menottes, le redressa, et l'assit sur le lit. Le matelas s'affaissa.

— Tu as fouillé toute la maison et tu es reparti les mains vides. Que cherchais-tu ? Réponds-moi !

Anato avait du mal à se maîtriser. Il lui envoya une rafale de questions, mais comprit vite que, sans traducteur, il n'en tirerait rien. Il s'affala sur une chaise pour reprendre ses esprits. Le cambrioleur le regardait d'un air vaincu. Les gamins s'éloignèrent. Le bruit de la pluie se transformait en un bourdonnement presque agréable.

Cette courte accalmie fut soudain brisée par un cri strident d'oiseau. Anato et les deux Brésiliens sursautèrent de concert. Le capitaine se leva alors que le cri reprenait, semblant sortir tout droit de la forêt profonde. Il regarda autour de lui pour s'assurer qu'il était bien en ville, avant de comprendre qu'il s'agissait d'une sonnerie de téléphone. Posé sur un carton, le portable vibrait au rythme de son sifflement aigu.

Anato attrapa le téléphone, le porta à son oreille. Il attendit que l'interlocuteur se présente, mais n'entendit rien d'autre qu'une respiration lente.

— Allô ? lança-t-il.

Il n'eut pour réponse qu'un souffle dans le combiné.

— Allô ? répéta-t-il. Qui êtes-vous ?

Le silence se prolongea encore un peu avant qu'une voix masculine ne réponde :

— Et vous, qui êtes-vous ?

Anato hésita.

— Capitaine Anato. Gendarmerie, Section de recherches. L'homme que vous appelez est en état d'arrestation.

— Capitaine Anato ? demanda l'homme dont la voix parut tout à coup familière au capitaine.

— Oui. Qui est à l'appareil ?

— C'est moi. Lieutenant Girbal, mon capitaine !

— Girbal ? dit Anato, abasourdi de trouver son adjoint au bout du fil. Mais que faites-vous dans cette histoire ?

— C'est à vous que je devrais poser la question, mon capitaine ! Comment pouvez-vous répondre sur le portable d'Amélie Voisin ?

Anato consulta sa montre et se remémora soudain le rituel de Girbal : chaque jour, il appelait à la même heure sur le téléphone de la jeune Voisin en espérant que son meurtrier finisse par répondre. Il dévisagea l'homme qu'il venait d'attraper, enfoncé dans la mousse du matelas et qui lui renvoyait un regard interdit.

27

Samsung, Nokia, Motorola, Sony Ericsson. Anato sortait un à un les téléphones du carton éventré, les posait en une ligne ordonnée par marque. La table de la salle d'interrogatoire de la Section de recherches ressemblait au rayon mobiles d'une grande surface : écrans larges ou réduits, touches normales ou tactiles, appareil photo en option. À chaque fois qu'il déposait un portable, le capitaine jetait un regard à l'homme qui avait décliné son identité : Laurindo Nevez. Combien de temps ce trafiquant de téléphones et de matériel hi-fi allait-il pouvoir nier devant l'accumulation de preuves ?

Girbal se tenait aux côtés du capitaine. Marié à une Brésilienne, il parlait couramment portugais et assurait souvent des traductions. Il était donc chargé de diriger l'interrogatoire. Il ne se remettait pas de la coïncidence qui avait fait atterrir Anato au bout du téléphone de la petite Voisin. L'événement faisait remonter en flèche l'estime qu'il avait pour son supérieur.

Laurindo Nevez gardait la tête haute, mais n'en menait pas large. Son allure s'accordait avec l'aménagement du taudis dans lequel il vivait, ses vêtements en piteux état contrastant avec la montre en or qui brillait à son poignet. Il avait un visage émacié, des yeux pochés aux cornées injectées de sang, une mèche bouclée qui lui collait au front. Sur sa lèvre inférieure, une cicatrice repliait la peau vers l'intérieur.

Girbal traduisit à Anato chacune des questions qu'il posait et des réponses qu'il obtenait.

— Monsieur Nevez, commença-t-il, nous avons trouvé à votre domicile un carton entier de téléphones portables, mais aussi plusieurs lecteurs DVD et deux chaînes hi-fi. Nous avons également trouvé dans une boîte en métal une grosse somme d'argent liquide. Pouvez-vous nous dire d'où vient tout ce matériel ?

— Ce sont des cadeaux, répondit Nevez dans sa langue maternelle. On me les a donnés pour envoyer à ma famille, à Macapa.

— Votre famille a bien de la chance. Je me demande ce qu'elle va bien pouvoir faire de vingt téléphones !

— J'ai beaucoup d'enfants là-bas.

— C'est ça. Mais il y a plus grave que ce carton de portables, monsieur Nevez. Voyez-vous, le téléphone qui a sonné chez vous comme chaque jour n'est pas n'importe quel téléphone. Il appartenait à une jeune fille de seize ans du nom d'Amélie Voisin. Une jeune créole que toute la Guyane pleure, retrouvée morte il y a un peu plus d'une semaine. Tuée d'un coup de couteau. Et la seule chose qui lui manquait, c'était ce téléphone portable. Racontez-nous ce que vous voulez sur votre famille et la misère dans laquelle elle vit à Macapa, cela ne nous enlèvera pas de l'idée que c'est vous qui avez tué cette gamine.

Anato observait son adjoint mener l'interrogatoire. Outre sa pratique du portugais, il semblait à l'aise dans son rôle, bien plus professionnel que de coutume. Ses sourires habituels et sa bonne humeur s'étaient évaporés.

Nevez le regarda, prit une longue inspiration.

— Je… Je n'ai jamais voulu tuer cette fille, dit-il enfin. D'habitude, tout se passait toujours très bien. Ça fait plus d'un an que je vole des portables. Je prends un couteau avec moi pour faire peur, mais les filles me donnent toujours leur téléphone sans discuter. Celle-là, elle n'était pas comme les autres. Peut-être qu'elle faisait du karaté ou autre chose. Elle m'a donné un coup de pied et elle a voulu se battre. Le couteau est parti tout seul, et elle s'est mise à saigner. Il y avait du sang, du sang partout.

— Mais vous lui avez quand même pris son portable et vous vous êtes enfui en la laissant agoniser, compléta Girbal. Vous vous rendez compte qu'un meurtre, ce n'est pas un vol de téléphone, monsieur Nevez ? Et qu'avec ça, vous n'êtes pas prêt de revoir votre famille ?

Il n'obtint pour réponse qu'un silence buté. Les deux gendarmes se regardèrent.

— Morte pour un simple téléphone, c'est bien triste, conclut Anato. Je n'y croyais pas, mais votre méthode de recherche a marché, Girbal. C'est le commandant qui va être satisfait.

Anato toisa Nevez. L'homme détournait la tête. Il regardait les murs blancs de la salle exiguë dont la peinture s'écaillait. Il se frottait les bras, l'air froid du climatiseur lui soufflait dans le dos. Il ne semblait pas mesurer la gravité des actes qu'il venait d'avouer.

— Bon. Et pour la maison Morhange ? demanda le capitaine à Girbal. Qu'est-ce qu'il faisait là ? Que cherchait-il ? Il a retourné tous les placards et tiroirs sans rien emporter. Lecteur DVD, téléviseur récent, il avait pourtant le choix. C'est lui qui a tué Véronique Morhange, comme la petite Voisin ?

Le lieutenant interrogea à nouveau le meurtrier, orienté par les questions du capitaine :

— Que faisiez-vous chez madame Morhange, monsieur Nevez ?

— Je cherchais quelque chose, répondit-il simplement.

— Quelque chose qui a un rapport avec le meurtre d'Amélie Voisin ?

— Non.

— Monsieur Nevez, écoutez-moi bien. Madame Morhange est morte, elle aussi. Elle a été retrouvée dans un fossé. Je vous conseille de nous répondre avec précision, car vous êtes maintenant notre principal suspect. Vous saviez que madame Morhange était décédée, n'est-ce pas ? On en a parlé à la télé.

— Oui.

— C'est vous qui l'avez tuée ?

— Non.

— Mais ce n'est pas par hasard que vous êtes entré dans sa maison. Vous la connaissiez ?

— Oui, je connaissais madame Morhange.

— Parce que vous lui aviez demandé des papiers, c'est ça ?

Laurindo Nevez regarda Girbal et attendit, comme s'il retournait sa langue dans sa bouche pour s'assurer qu'il pouvait répondre à la question.

— Oui, annonça-t-il enfin. Je voulais des papiers français. Pour moi et ma femme. Nous avions préparé tous les documents.

— Mais elle vous les a refusés. Et comme cela vous a énervé, vous l'avez tuée.

— Non. Je n'ai pas tué madame Morhange. Je vous le jure, je ne l'ai pas tuée.

Anato se leva.

— Je ne sais pas ce que vous pouvez en tirer d'autre, mais continuez, Girbal. Essayez de trouver ce qui relie toutes ces affaires.

— Et vous, mon capitaine ?

— Je vais voir du côté du tribunal d'instance où en est son dossier. Ça nous fera peut-être gagner du temps.

Anato roula jusqu'au centre-ville de Cayenne, se gara le long de la place des Palmistes. La pluie avait cessé, laissant fumer le bitume des rues. Il traversa la pelouse qui servait de terrain de foot improvisé à une bande de gamins. Au fond de l'esplanade, des ouvriers installaient une tribune en vue d'une fête qui se préparait pour le week-end. Il gravit les marches du palais de justice.

Dans le bureau de Véronique Morhange, les tours de documents avaient disparu. Les effets personnels de la greffière avaient été retirés. Les dossiers replacés dans les hamacs, serrés les uns contre les autres dans le grand placard. L'odeur de cigarette qui imprégnait les lieux commençait à se dissiper. Le bureau ressemblait à n'importe quel autre, impersonnel et bien rangé.

Assis dans le fauteuil de sa défunte chef, l'adjoint de Véronique Morhange accueillit Anato avec un regard inquiet. Il priait sans doute pour ne pas avoir à vider les étagères une seconde fois.

— Capitaine Anato, dit-il.

— Bonjour, vous vous en êtes sorti ?

— À peu près. On a tout remis en place, mais j'en ai profité pour dresser un inventaire papier de tous les dossiers. Comme je suis chargé d'assurer l'intérim avant le remplacement de Véronique Morhange, il fallait que je me remette à jour.

— Je vois. Avez-vous du nouveau ? Quelque information qui vous serait revenue à l'esprit au sujet de Véronique Morhange ?

— Non, désolé. Comme je l'ai déjà dit, nous ne la connaissions que dans le cadre professionnel. Son décès a causé un grand choc dans toute l'équipe du tribunal et la secrétaire a organisé une quête pour déposer une gerbe sur sa tombe. Mais je ne sais rien de plus sur elle.

— À vrai dire, ce n'est pas pour cela que je suis revenu. Je suis à la recherche d'un autre dossier traité par Véronique Morhange.

Le greffier par intérim prit un air étonné :

— Un autre dossier ? Nous avions déjà cherché Apanga et…

— Hanke, lui rappela Anato.

— Hanke, oui. Vous balayez tous les demandeurs de certificats de nationalité qui auraient pu lui en vouloir, c'est ça ?

— Pas exactement. Je voudrais juste savoir quel est l'état d'avancement d'un de ses dossiers en cours.

— C'est le moment de savoir si mon nouvel inventaire est au point. Vous avez un nom ?

— Nevez.

Le fonctionnaire sortit du tiroir un grand classeur neuf qu'il ouvrit. Les pages mêlaient feuilles jaunies, probablement remplies par Véronique Morhange, et papier neuf, intercalé lors de l'inventaire récent. Il passa son doigt sur les listes, lut à voix haute :

— Attendez un instant. N… N… N. Nassindo… Nelson… Nengoe… Nevez ! Oui, elle avait trois dossiers à ce nom. Quel prénom ?

— Laurindo.

— Laurindo ? Ah, non. J'ai Serafim, Camila et Francis, mais pas de Laurindo.

— Vous êtes sûr ?

— Le classeur l'est, en tout cas… Écoutez, nous avons fait tout ça rapidement et il se peut que l'on ait oublié des dossiers, mais tout de même, ça m'étonnerait.

Le capitaine devint pensif. Quel intérêt Nevez aurait-il pu trouver à leur mentir ainsi, à inventer un dossier au tribunal d'instance ? Il n'insista pas, remercia l'homme et reprit la route de la gendarmerie.

Une fois sur place, il se dirigea vers la pièce où se poursuivait l'interrogatoire de Nevez. Dès qu'il mit le pied dans la salle, il comprit que quelque chose venait de se produire. L'homme avait les yeux baissés alors que Girbal se tenait la main sur le front. Anato entraîna son adjoint hors de la pièce.

— Qu'avez-vous, Girbal ?
— Vous revenez du tribunal, mon capitaine ?
— Oui.
— Et vous n'avez pas trouvé de dossier à son nom ?
— Aucun. Comment savez-vous cela ?
— Parce qu'on s'est trompés. On s'est bien trompés.
— Expliquez-vous.
— On dirait que Véronique Morhange n'était pas seulement une fonctionnaire zélée qui énervait les étrangers. Laurindo Nevez avait bien demandé à obtenir un certificat de nationalité. Mais pas au tribunal d'instance comme n'importe qui. Directement à madame Morhange. Contre une somme d'argent très importante. En gros, notre greffière fabriquait de faux certificats aux étrangers comme lui, qui n'avaient rien pour revendiquer la nationalité française aux yeux de la loi.

Anato sentit une porte s'ouvrir dans son esprit.
— C'est ce qu'il vous a raconté ?
— Oui. Il peut mentir, mais l'histoire se tient. D'après ses dires, il a connu Morhange il y a quelques mois et elle lui a proposé de l'aider à obtenir des papiers français contre une belle somme d'argent. Avec son trafic de matériel hi-fi, il avait de quoi payer. Il l'a revue plusieurs fois et lui a donné une grosse partie de ce qu'il gagnait.
— Voilà ce qu'il cherchait dans la maison.

Exactement. Il était presque au bout de la « procédure ». Morhange lui avait promis ses papiers pour la semaine prochaine. Mais quand il a appris sa mort dans la presse, il n'en est pas revenu. Alors il a fouillé partout chez elle pour retrouver son dossier et peut-être le certificat déjà signé.

— Et Amélie Voisin ?

— Rien de plus. A priori, aucun lien entre les deux affaires, sinon que la revente du portable devait servir à payer le solde de ce qu'il devait à Morhange.

— De faux papiers avec une vraie signature de greffière, conclut Anato. Un commerce sans doute lucratif.

— Je n'ose même pas imaginer.

Anato laissa le lieutenant avec Laurindo Nevez et reprit la direction de la maison Morhange pour interroger à nouveau le fils. Les informations fournies par le Brésilien renversaient totalement sa vision des choses. La pauvre fonctionnaire soumise aux pressions, victime d'agressions de la part d'étrangers peu compréhensifs se présentait sous un nouveau jour. Celle d'une femme corrompue, usant et abusant du pouvoir qu'elle détenait de par sa fonction. Une femme en contact avec un grand nombre de clandestins à la recherche d'une voie pour contourner la loi. Des hommes dont certains pouvaient s'avérer dangereux comme Nevez, capables sans doute de la tuer si les choses tournaient mal.

L'adolescent n'avait pas bougé de la maison, avachi dans le canapé, l'adjudant debout à ses côtés en guise de garde du corps. Il attendait, constatait l'ampleur des dégâts causés par le passage du voleur. Il regarda le capitaine entrer dans le salon avec une mine désespérée. Anato s'assit face à lui et observa un instant le grand ciel de case amérindien qui trônait sur le mur derrière lui, comme une icône protectrice. Le jeune homme avait ramassé une partie des animaux en bois tombés des étagères, les avait posés sur la table basse en un petit cheptel immobile.

— On a attrapé l'homme qui fouillait dans la maison, dit le capitaine.

— C'était qui ? Qu'est-ce qu'il voulait ?

— On ne sait pas encore très bien. Mais il ne reviendra pas, tu peux en être sûr. Il est derrière les barreaux et pas près d'en sortir.

— J'espère. Tout ça… ça veut dire que ma mère a été tuée, non ? C'est son meurtrier ?

— Je ne peux rien te dire de plus pour le moment. Laisse-nous mener notre enquête, d'accord ? Je pense que tu ne devrais pas revenir dans cette maison en ce moment.

— Tout le monde me dit ça. J'étais juste passé reprendre quelques affaires.

Le capitaine chercha ses mots.

— Antoine, je suis navré, mais… j'ai encore quelques questions à te poser.

— Encore ?

— Je sais que tu traverses un moment difficile, mais il y a quelques points que je dois vraiment éclaircir.

Le jeune homme soupira, tourna la tête sur le côté. Une façon de signifier qu'il attendait les questions.

— Je voudrais que tu réfléchisses bien et que tu me dises toutes les choses qui ont pu te paraître bizarres dans les derniers jours de ta mère.

— Comment ça, bizarres ? Elle n'avait rien de bizarre, ma mère. Elle préparait son départ pour la Lorraine.

— Elle devait aller voir son père, c'est ça ?

— Je vous ai déjà expliqué tout ça.

— Je sais. Mais sais-tu si, à cette période, elle a eu des contacts avec des personnes que tu ne connaissais pas ? Des étrangers, notamment ?

— Des étrangers ?

— Je ne sais pas, des Brésiliens, des Surinamiens, des Haïtiens…

— Les étrangers, c'était son travail. Elle passait ses journées à leur refuser des papiers. Alors, en dehors, non, elle n'avait pas d'amis brésiliens ou surinamiens. C'étaient plutôt ses ennemis, je pense. Après, je ne sais pas. Souvent, elle téléphonait dans sa chambre et elle fermait la porte, alors…

— Elle téléphonait dans sa chambre ?

— Oui.

— Avec des amies ? Sa famille en Lorraine ?

Antoine Morhange commença à s'énerver.

— Je n'en sais rien. Mais pourquoi vous voulez savoir tout ça ? Pourquoi vous continuez à m'emmerder ?

— Calme-toi, Antoine. Je veux juste savoir si tu as des informations qui pourraient nous être utiles.

Le jeune homme se jeta en arrière dans le canapé et leva la tête vers le ciel de case, comme pour lui demander de l'aide. Il saisit un tatou en bois violet sur la table basse, l'éleva en l'air en fermant un œil. Puis il refit face au capitaine.

— D'accord. Il y a un truc que je n'ai pas compris. Mais pas dans les derniers jours de ma mère, juste après. Le lendemain du jour où elle devait prendre l'avion. Ou le surlendemain.

— Je t'écoute.

— J'étais ici, tout seul. C'était le matin, je n'avais pas cours à la fac. Je pensais que ma mère était déjà en métropole et je lui avais laissé un message sur son portable, mais je ne m'inquiétais pas encore. Et là, le téléphone a sonné. C'était un homme que je ne connaissais pas. Je n'entendais pas très bien ce qu'il disait. Il a demandé à parler à ma mère, alors je lui ai dit qu'elle était partie en métropole, mais il a insisté. Il m'a demandé si j'en étais sûr, si elle n'était pas encore en Guyane.

— Et ça n'a pas suffi à t'inquiéter ?

— Non, pas à ce moment-là. Pour moi, elle était là-bas et puis c'est tout. Je pensais que le gars ne la connaissait pas bien et ne savait pas qu'elle était partie. Mais, après coup, quand j'y pense, je trouve ça bizarre. Comme s'il se doutait qu'il lui était arrivé un truc. Avant tout le monde.

— D'après toi, il appelait de Guyane ou de métropole ?

— De Guyane. J'entendais des bruits d'oiseaux derrière lui.

Anato pesa l'intérêt d'une telle information.

— Tu peux m'en dire plus sur cet homme ? A-t-il dit quelque chose de particulier qui nous permettrait de savoir de qui il s'agit ?

— Je vous dis, il y avait des bruits d'oiseaux derrière lui, alors il était peut-être dehors. Il ne parlait pas très fort.

— Rien d'autre ?

— Non. Juste, à un moment, il a parlé à quelqu'un. Et… Et je crois qu'il parlait en anglais.

28

Allongée de tout son long, Monique paraissait apaisée. Le drap épousait les formes de ses fesses, de son ventre, de ses seins qui se soulevaient au rythme de sa respiration. Sa peau moite mouillait le tissu. L'oreiller écrasé contre sa joue avait décoiffé sa chevelure qui pointait dans toutes les directions en une sculpture abstraite. Le soleil s'immisçait entre les jalousies, zébrait les parties découvertes de son corps endormi.

Olivier resta un long moment à la regarder. Il revécut la journée de la veille, sa visite furtive à Paramaribo et les méandres de son administration. Il mesurait combien Monique était devenue importante pour lui et, en contraste, à quel point elle était insignifiante pour l'État français qui érigeait devant eux une montagne infranchissable.

Il repensa à leur relation, que ces événements ne faisaient que consolider. Elle lui avait accordé sa confiance, malgré tout. Il lui devait déjà tellement. Les difficultés qu'elle rencontrait affectaient son propre moral. Il ne fallait pas renoncer. Il allait trouver une porte de sortie, se promit-il. Peut-être était-ce pour cela qu'elle s'attachait à lui ? Pas pour son physique, son argent ou sa belle voiture que d'autres jeunes filles auraient recherché chez un métro. Simplement parce qu'elle savait qu'il ne l'abandonnerait pas en cours de route.

Il finit par se lever, se prépara, quitta l'appartement sans bruit.

Sa journée au garage était chargée de réparations en retard. Il fit un point avec son patron pour planifier son travail, puis se jeta dans les entrailles d'un moteur de Peugeot 106 préhistorique, qui ne fonctionnait encore que par miracle. Il passa ainsi un long moment à restaurer l'antique machine, sans sortir la tête de son ouvrage ni adresser la parole à ses collègues. Il ruminait ses tracas dans l'atmosphère torride de l'atelier. Une suie noire encrassait ses pensées, pareille à celle qui s'accumulait sur ses mains.

Il rentra le plus tôt possible à l'appartement. Monique avait préparé un repas comme elle savait le faire pour les grandes occasions. Ils mangèrent en évitant le sujet des papiers. Monique parla de son dernier week-end à Wetisoula. Elle avait trouvé Thélia très triste. Elle ne s'entendait pas avec les habitants du village, ne semblait heureuse que lorsqu'elle avait de la visite. Peut-être n'avait-elle qu'eux comme amis ?

Le samedi suivant, ils passèrent la journée à la Charbonnière dans la famille de Monique. Le père Hanke avait entamé la réfection de sa salle de bains et Olivier lui avait proposé son aide. Les deux hommes se serrèrent dans la petite pièce. Ils enfoncèrent dans le mur de ciment frais des carreaux cassés pour composer une mosaïque déstructurée. Monique, elle, tenait compagnie à sa mère qui pressait le manioc pour en extraire le jus dans une couleuvre* tressée.

Les épreuves de Paramaribo n'avaient pas ébranlé le père de Monique. Sur la table basse du salon reposait une chemise en plastique rouge dans laquelle il avait réassemblé les pièces du dossier. Il n'y avait qu'une option envisageable, expliqua-t-il : suivre les instructions de l'officier d'état civil surinamien. La procédure prendrait le temps qu'il faudrait. Un an, deux ans si nécessaire. Mais Monique finirait par obtenir ses papiers.

Olivier admirait la patience du père Hanke. Mais il n'avait pas le même tempérament, vivait les événements de manière plus intense. Il refusait d'attendre si longtemps. Il ne passerait pas une journée de plus sur les bancs du palais de justice ou dans les rues de Paramaribo. Sa décision était prise, et il l'annonça à la famille : le couple se rendrait à Cayenne la semaine suivante pour s'adresser directement aux fonctionnaires du tribunal d'instance. Il ne pouvait croire que personne ne soit capable de comprendre l'impasse dans laquelle Monique se trouvait. Monique accepta l'idée, mais lui fit promettre de garder son calme devant les personnes qu'ils allaient rencontrer. Inutile de s'énerver sur eux, insista-t-elle, cela ne ferait qu'aggraver son cas.

Ils gravirent les marches du palais de justice le mercredi matin tôt et s'assirent sur les bancs du hall d'attente. Ils avaient pris rendez-vous par téléphone, mais comprirent vite que l'heure convenue allait glisser. Monique joua des yeux avec un enfant, compressé contre le dos de sa mère par un tissu africain.

Leur nom fut enfin appelé. L'hôtesse d'accueil, cachée derrière son pupitre, les invita à monter à l'étage. Ils s'exécutèrent puis poussèrent la porte du bureau. Une petite pancarte annonçait en lettres gravées : *Véronique Morhange – greffière en chef.*

La pièce empestait le tabac, un climatiseur brassait la fumée pour qu'elle emplisse tous les recoins. La greffière se tenait assise derrière sa table de travail, étonnamment vide. Un immense placard couvrait la totalité d'un mur.

La femme ne leva pas la tête. Elle leur indiqua deux chaises, attendit qu'ils soient à sa hauteur pour les regarder en face. Elle portait un tailleur gris, strict. Sous son maquillage soigné, elle paraissait âgée d'une cinquantaine d'années : quelques rides autour des lèvres et des yeux, des racines blanches à la naissance de ses cheveux teints. Son nez droit se terminait par un bout carré, ses pommettes osseuses pointaient sous la peau. Elle fumait sans discontinuer, remplaçait chaque mégot par une nouvelle cigarette, comme un sixième doigt greffé entre l'index et le majeur. Sur la table, un cendrier débordait.

Elle sortit d'un tiroir une chemise verte portant le nom de famille de Monique écrit en grandes lettres manuscrites. Elle l'ouvrit, reprit connaissance des derniers documents, puis se mit à parler.

Une voix rauque, lourde de la fumée qu'elle soulevait à chaque parole.

— Mademoiselle Hanke… ou Hankoe, c'est ça ?

— Hanke, précisa Olivier qui parlait pour Monique.

La greffière tourna la tête vers lui.

— Une situation compliquée. Avez-vous fait rectifier le nom de votre père dans les registres du Suriname ?

— Non, on n'a pas pu.

— Comment ça, pas pu ?

— On est allés là-bas la semaine dernière, mais c'est impossible. Ils ne peuvent pas changer les noms dans leurs listes, mentit Olivier. Alors on a voulu venir en parler avec vous.

— Bien sûr que si, c'est possible, répondit-elle d'un air hautain. Il s'agit d'une procédure classique, vous savez. Beaucoup d'autres sont dans la même situation que vous et réussissent à réunir les pièces.

— C'est peut-être possible, mais ça va prendre des années !

— Que voulez-vous que j'y fasse ? Ça prend toujours du temps.

— Madame, dit Olivier en essayant de garder son calme, ça fait deux ans qu'on essaye d'obtenir ce certificat de nationalité. Ma femme est française. Son père est français, ses frères sont français et elle a toujours vécu à Saint-Laurent !

— Je suis désolée, je ne peux rien faire pour vous sans un dossier complet.

— Mais vous voyez bien que c'est une erreur, cette lettre en trop, non ?

— Non. Je vois juste que les pièces que vous me fournissez sont incohérentes entre elles. Sur un document, il est dit que le père est monsieur Hanke, sur l'autre Hankoe. Et avec une telle différence, je ne suis pas en mesure de vous délivrer de certificat de nationalité.

— Et comment vous expliquez que ses frères aient pu avoir leurs papiers, il y a plusieurs années, avec les mêmes documents ?

— Par le passé, certains dossiers ont pu être traités sans la rigueur nécessaire et en s'asseyant sur les textes en vigueur, mais pas avec moi.

— Mais, c'est pas possible ! lança Olivier sans prêter attention au regard réprobateur de Monique. C'est juste une lettre ! Juste un O, merde ! Vous pouvez pas faire un effort ? Ça coûte quoi pour vous ?

La greffière, visiblement habituée à ce genre de situation, resta impassible.

— Monsieur, je pense que vous devriez vous calmer. Ça ne sert à rien de vous énerver comme ça. Ce n'est pas moi qui rédige les textes ni qui ai fait cette erreur.

— Mais comment on pourrait se calmer ? continua Olivier. Vous croyez quoi ? Qu'on a triché, qu'on a fait des faux documents ? C'est quand même évident que c'est bien son père et qu'il est français, non ?

La greffière ne parlait plus. En bureaucrate aguerrie, elle savait que son interlocuteur ne se calmerait pas, qu'il fallait le laisser s'épancher. Olivier poursuivit de plus belle :

— Vous pensez que vous faites bien votre boulot en laissant les gens dans la merde comme ça ? Ma femme se fait arrêter par les gendarmes, elle peut pas travailler, elle peut pas aller en métropole ! Vous vous rendez compte de tout ça ?

Il regarda le cadre qui décorait le bureau.

— C'est votre fils ? Il est français, lui ! Vous feriez quoi si c'était lui qui était dans cette situation ? Vous trouveriez une solution, non ?

— Monsieur, ce n'est pas votre dossier que l'on traite, répondit la greffière avec fermeté et mépris. Aussi, comme vous ne parvenez pas à garder votre calme, je vous demande de sortir de ce bureau immédiatement. Je vais continuer avec votre amie qui est la seule concernée.

— Quoi ?

— Vous m'avez très bien entendue. Sortez de ce bureau ou je vais devoir appeler la sécurité pour vous mettre dehors.

Olivier regarda Monique d'un air interrogateur, dévisagea la greffière en la fusillant des yeux et finit par se lever pour quitter la salle, sans un mot de plus. Il reprit place dans la salle d'attente, aux côtés des étrangers, inquiet. Quelle tournure allait prendre la conversation ? se demandait-il. Comment Monique allait-elle s'en sortir ?

Un quart d'heure après, elle redescendit les marches, le visage impassible. Elle lui adressa un léger sourire et l'entraîna à l'extérieur du palais de justice.

— Ce n'était pas la peine de s'énerver, dit-elle. On a discuté tranquillement, elle a été plus gentille avec moi. Je lui ai encore expliqué tout ce qu'on avait fait, je crois qu'elle a compris. Ce n'est pas sa faute, elle fait juste son travail. Alors elle m'a dit qu'il fallait qu'on retourne au Suriname.

— Elle t'a bien embrouillée, quoi ! On est toujours bloqués. Je sais que j'aurais pas dû lui dire tout ça, mais je te jure, elle m'a trop énervé avec ses histoires. Et elle a rien dit d'autre, elle peut rien faire pour t'aider ?

— Je ne sais pas.

— Comment ça, tu sais pas ?

— Elle n'a rien dit, mais elle a posé quelques questions à la fin. Elle m'a demandé si je travaillais, et ce que tu faisais comme travail. Si tu gagnais bien ta vie.

— Qu'est-ce que ça peut lui foutre ?

— Je ne sais pas. Et puis elle m'a aussi demandé mon numéro de portable.

— Et tu lui as donné ?

— Ben oui.

29

Michel Dougez s'approcha de la rambarde, posa ses deux mains à côté de celles de Vacaresse, le regard plongé vers le paysage pluvieux.

— Vous avez l'air grave, dit le médecin. C'est votre enquête qui se complique ? Cayenne commence à vous manquer ?

— Pas vraiment, je tiens le coup. C'est mon patron.

— Le capitaine… Anato, c'est ça ?

— C'est ça.

— Vous avez des problèmes avec lui ? Il m'a plutôt fait une bonne impression.

— Je ne sais pas trop quoi penser de lui. On a toujours du mal à deviner ce qu'il a dans la tête. Souvent, il prend des décisions sans qu'on comprenne pourquoi. Mais c'est un futé. Il m'impressionne pas mal, en fait.

— Et c'est ça qui vous préoccupe autant ?

— Non. C'est ce qu'il vient de m'apprendre.

Les deux hommes scrutaient le flou de l'horizon. Sur la rive surinamienne, la forêt amazonienne s'étalait jusqu'à s'effacer dans le gris des nuages. Elle était d'un vert sombre, inquiétant. Un rideau de pluie coulait du toit devant leurs yeux.

— L'enquête sur la mort de la famille Apanga se complique, comme vous dites, reprit Vacaresse. Il y a un paquet de choses qui se sont passées à Cayenne et qui ont un lien avec cette histoire. Notamment la mort de cette fonctionnaire, sur la montagne du Rorota. Et mon capitaine avance bien de ce côté. Il commence à recueillir des témoignages intéressants qui se recoupent.

— C'est plutôt une bonne nouvelle, non ?

— Peut-être, oui. Mon chef pense avoir trouvé un nouveau suspect pour le meurtre de la famille Apanga. Il n'a pas grand-chose, mais j'avoue qu'il m'a plutôt convaincu. Le problème…

Vacaresse se passa la main derrière la nuque.

— Le problème, c'est que ce suspect, c'est vous.

Vacaresse espérait une réaction à cette accusation, mais le médecin ne tourna pas la tête. Il la leva au contraire vers le ciel.

— Je pense que vous devriez me raconter réellement tout ce que vous savez, Michel, insista le lieutenant, d'une voix devenue distante.

Michel Dougez s'assit sans un mot. Vacaresse essaya de lui délier la langue :

— La femme qui est morte, cette Véronique Morhange, n'était pas une simple fonctionnaire. Elle se livrait à un trafic de papiers. Elle vendait au prix fort sa signature de greffière pour fabriquer de faux certificats de nationalité. Sa mort n'est peut-être pas un accident comme le croit encore la presse, elle a pu être tuée par un client mécontent. Jusque-là, ça ne vous dit rien ?

Le médecin resta silencieux.

— Je continue : d'après nous, le jour où Morhange a été tuée, Thélia Apanga se trouvait à Cayenne. Pour y vendre son cannabis, peut-être. Après ça, elle est rentrée à Wetisoula et la nuit d'après, c'est elle qui est morte, avec ses deux enfants. On a mis quelques jours à apprendre la disparition de Morhange. Tout le monde la croyait en métropole, dans sa famille, même son fils. Le truc, c'est qu'apparemment, quelqu'un s'est inquiété avant nous, puisqu'il a appelé le fils Morhange pour demander des nouvelles. Un coup de fil passé juste quelques heures après la découverte de la mort de la famille Apanga. Drôle de coïncidence, non? Le type n'a pas donné son nom, mais mon capitaine est persuadé que cet inconnu, c'est vous. Désolé de vous dire ça, Michel : votre façon de parler, comme si vous chuchotiez tout le temps, c'est ce qu'on appelle un signe distinctif. Et par-dessus le marché, vous vous êtes interrompu pour parler à votre femme. En anglais… Le matin où nous sommes arrivés à Wetisoula, vous aviez déjà découvert la mort de la famille Apanga, puis vous êtes reparti à Apatou avant de revenir à nouveau. Selon vous, c'était pour prévenir votre femme. Mais c'était pour appeler chez Véronique Morhange, non?

Vacaresse baissa un peu la tête pour voir celle de Michel Dougez, qui pressait son poing contre ses lèvres, pensif.

— Si vous voulez savoir le fond de la pensée du capitaine Anato, je vous dis tout, continua le lieutenant. C'est vous qui avez trouvé la mort de la famille Apanga suspecte et qui avez fait venir la Section de recherches pour enquêter, ce qui devrait vous disculper a priori. Mais, d'un autre côté, mon capitaine a de bonnes raisons de penser que vous étiez au courant du trafic de Véronique Morhange, voire que vous y participiez. Également que vous connaissiez le lien entre elle et la famille Apanga et que si Thélia Apanga s'était mis dans la tête de révéler l'affaire, ça vous faisait une bonne raison pour l'éliminer. Mais surtout, il pense que vous avez le profil parfait pour tuer avec un groupe électrogène. Une méthode douce et réfléchie qu'un médecin peut tout à fait avoir imaginée alors que tous nos autres suspects sont de grosses brutes. Bref, plusieurs liens qui vous mettent en mauvaise position… J'espère vraiment que vous allez vous décider à me raconter ce qui s'est vraiment passé, Michel !

Vacaresse s'arrêta de parler. La pluie bombardait le toit. Michel Dougez se leva, alla se servir un verre de bière dans la cuisine et reprit sa place.

— Vous avez raison, je ne vous ai pas tout dit, lâcha-t-il enfin. C'est vrai, je connaissais Véronique Morhange, mieux que je ne vous l'ai dit. Mais je ne suis pour rien dans ces meurtres. J'ignore ce qui s'est passé.

— On va voir ça, je vous écoute.

Le médecin but une grande gorgée de bière, reposa le verre sur la table, regarda les minuscules bulles de gaz monter en file indienne vers la surface de la boisson.

— J'ai rencontré ma femme il y a sept ans, commença-t-il. Au Guyana. Ça faisait un moment que je vivais à Apatou et je connaissais un peu le Suriname, mais je n'étais jamais allé jusque là-bas. Alors une fois, j'ai profité d'une occasion. Un de mes patients voulait que j'examine sa sœur à Georgetown pour une maladie bénigne. C'est là que j'ai fait la connaissance de Rosie. Les choses sont allées très vite, elle est venue vivre ici avec moi. On a voulu se marier assez rapidement pour qu'elle obtienne la nationalité française, mais presque aussitôt, on s'est retrouvés empêtrés dans les démarches administratives. En Guyane, c'est difficile, mais au Suriname ou au Guyana c'est un véritable enfer pour obtenir le moindre acte de naissance. C'est à ce moment-là qu'on a rencontré Véronique Morhange pour la première fois.

— Vous voulez dire qu'il y a sept ans de ça, elle avait déjà commencé son trafic ?

— Pas tout à fait. Après avoir tenté des démarches en préfecture, on est allés la voir au tribunal. Elle nous a reçus et s'est montrée assez compréhensive. Je ne peux pas dire qu'elle avait un abord facile, c'était une caricature de fonctionnaire, mais elle nous a écoutés. Après, on l'a revue plusieurs fois et on s'est démenés pour compléter le dossier. Je vous passe les détails, mais ça a pris un temps et des trajets vers Georgetown assez fous. Un jour, alors qu'on se croyait presque sortis du tunnel, on a croisé Véronique ici, à Apatou. Elle participait à une descente du fleuve avec une délégation de fonctionnaires. Je lui ai proposé de venir boire un verre chez nous, sans arrière-pensée. Je ne dirais pas qu'on a sympathisé, parce qu'elle n'était pas du genre aimable, mais la discussion a été intéressante. À sa manière, elle était obsédée par les questions de nationalité. Elle voulait tout savoir sur nous, à la limite du voyeurisme. Elle nous a expliqué que l'État s'attaquait à l'immigration sauvage en Guyane et qu'elle recevait des consignes de plus en plus strictes. Et que donc le dossier de Rosie allait être complexe.

— Donc elle vous a délivré un faux document.

— Rosie avait déjà une carte de séjour, on allait se marier. Disons qu'elle a fermé les yeux sur certains détails du dossier.

— Vous avez payé pour ça ?

— Non. À l'époque, elle n'en était pas là. Elle avait juste décidé de nous filer un coup de main.

— Une vraie humaniste, quoi !

— Véronique Morhange n'avait rien d'une femme généreuse. Elle était même plutôt méprisante avec les étrangers quand il n'y avait pas un métro « bien éduqué » derrière eux. Mais, avec tous ses dossiers, elle avait réalisé que pour beaucoup, obtenir un certificat de nationalité dans les règles était devenu presque impossible. Alors elle a construit son propre système. Sa propre administration.

— Qui lui rapportait un sacré complément de salaire, je suppose !

— Sans doute. Oui, c'est vrai, elle se faisait payer.

Le médecin restait concentré sur l'ascension des bulles dans son verre.

— En gros, vous avez été ses premiers clients.

— Peut-être.

— Et Thélia Apanga ?

— Peu d'habitants du fleuve ont profité des services que proposait Véronique. Il n'y avait que quelques profils qui pouvaient coller : pas de papiers, une situation administrative inextricable, mais aussi de la volonté et de l'argent pour payer, chose beaucoup plus rare. Thélia Apanga était venue me voir pour le petit Tobie, à cause de ses crises de diarrhée. C'était une femme impressionnante. Elle avait toujours un air triste, et en même temps, on la sentait fière, décidée.

— Le profil parfait, donc…

— Si vous voulez. Disons qu'elle était à la recherche d'un moyen d'obtenir la nationalité française. Et elle était prête à payer pour ça, sa production agricole lui rapportait pas mal.

— Ainsi que son cannabis qu'elle vendait aux piroguiers ! Et vous, en bon Samaritain, vous avez pensé bien faire.

— Je ne partageais pas la vision de Véronique, mais en effet, je pensais que c'était un moyen d'aider cette femme qui avait l'air d'en avoir besoin.

— Sauf que Thélia Apanga a cherché à révéler l'affaire et que vous avez été obligé de la tuer. À moins que vous n'ayez aussi tué Morhange qui ne vous a jamais versé le moindre salaire pour votre aide.

— Comment pouvez-vous inventer ça ? s'énerva le médecin en levant enfin les yeux. Je vous l'ai dit, je n'y suis pour rien. Je les ai mises en contact et je me suis tenu informé de la suite. C'est tout. J'ignore qui a tué Véronique. Sans doute un client énervé. Et pour la famille Apanga, j'en sais encore moins. Oui, c'est moi qui ai appelé chez les Morhange…

Il hésita.

— Nous y voilà, dit Vacaresse.

— C'était le jour de la découverte des décès de Wetisoula. Je savais que Véronique avait rendez-vous à Cayenne avec Thélia Apanga. Elle devait la rencontrer pour obtenir les documents et le dernier paiement, puis prendre l'avion pour Paris. C'est là-bas qu'elle faisait imprimer les papiers. Mais quand j'ai appris la mort de Thélia Apanga, juste le lendemain, je me suis demandé s'il y avait eu un problème à Cayenne. C'est pour ça que j'ai appelé. Je suis tombé sur son fils qui m'a rassuré. En tout cas jusqu'à ce qu'on la retrouve…

La pluie continuait de tomber sur Apatou. Vacaresse se pencha au-dessus de la balustrade. Deux femmes passèrent en vitesse sous la terrasse, serrées sous un parapluie. Les rigoles de l'allée se chargeaient d'une eau boueuse qui dévalait la pente.

— Je ne sais pas si ce que vous me dites est vrai, dit le lieutenant. Au minimum, vous êtes impliqué dans un trafic de faux papiers et vous nous avez caché des informations capitales dans une affaire de meurtre. Vous savez, j'ai beaucoup repensé à notre conversation sur la mort chez les Noirs-Marrons, quand vous m'avez parlé des bons morts qui avaient le droit de devenir des ancêtres et des mauvais morts qui n'avaient pas cette chance. Ça m'a travaillé longtemps. Je ne vais pas vous raconter ma vie, mais disons que la mort et le deuil, je sais ce que c'est. Et maintenant, je me demande comment Thélia Apanga serait jugée si tout ce que suppose mon capitaine était vrai. Vous en pensez quoi, vous ? Si elle était morte à cause d'un médecin qui l'avait embarquée dans un trafic de faux papiers et qui l'avait tuée avec son propre groupe électrogène pour l'empêcher de tout révéler, aurait-elle le droit de devenir une ancêtre ? Aurait-elle droit à un bel enterrement ou laisserait-on son corps pourrir en forêt ?

30

Anato fit à nouveau le tour de la baraque, totalement livrée à la nature qui l'entourait. Plusieurs volets traînaient à terre, le bois pourrissant dans des flaques d'eau. La végétation rongeait la parcelle par tous les côtés. Elle semblait lui accorder un dernier répit avant de l'engloutir définitivement. Que resterait-il alors de l'habitation ? Peut-être quelques vestiges métalliques, lorsque les insectes auraient digéré toute la matière ligneuse.

En revisitant la maison de la rue des Maripas, le capitaine espérait dénicher une des pièces manquantes pour assurer la stabilité de son assemblage. Le drame, bien que prenant racine dans des sols plus lointains, avait débuté en ce lieu, pensait-il. Il balaya mentalement les personnes qui avaient pu venir dans cette bâtisse délabrée pour y échanger cannabis ou faux papiers, y déchaîner insultes ou violence : Thélia Apanga, Véronique Morhange, Monique Hanke, Olivier Degricourt, Laurindo Nevez, Michel Dougez peut-être.

Dans la pièce principale, il s'accroupit devant le trou béant dans le parquet gondolé. Il y enfonça son bras, mais ne trouva rien. Un choc se produisit soudain au-dessus de sa tête, le fit sursauter. Il se releva d'un bond avant de comprendre qu'il ne s'agissait que d'une mangue tombée sur le toit. La tôle vibra une seconde, puis avala le son.

Il sortit de la baraque, parcourut une dernière fois le site du regard sans découvrir le moindre élément significatif. L'odeur des fruits en décomposition chargeait l'air moite. Il traversa le terrain, referma le portail en tirant le métal dans la terre et reprit sa voiture.

À la gendarmerie, Girbal reconstituait le meurtre d'Amélie Voisin, fier du succès de ses recherches téléphoniques. Lorsqu'Anato pénétra dans les couloirs, il lui annonça aussitôt :

— Mon capitaine, vous êtes attendu.

— Par ?

— Une jeune fille. Noire-Marron, je suppose. Elle est arrivée il y a une heure, elle a juste dit qu'elle voulait vous parler. Je l'ai installée dans votre bureau.

— Je vois. Je ne vais pas la faire attendre plus longtemps, alors.

Il poussa la porte de son bureau et reconnut tout de suite les nattes vertes sur le dos noir de Monique. Assise sur le fauteuil visiteur, elle se tenait droite, contemplait les pièces de l'enquête étalées au mur, organisées autour de la lettre de la greffière. Anato la contourna, et s'assit à son tour.

— Bonjour, Monique.

— Bonjour.

Elle paraissait plus assurée que lors de leur dernière rencontre. Elle maintenait ses épaules en arrière, pointait ses seins vers lui, soutenait son regard. Le cœur du capitaine se serra. Que voulait-elle ? Allait-il encore devoir la menacer pour obtenir son témoignage ? Il imagina les bruits qui devaient déjà se répandre dans les couloirs de la Section de recherches. Voilà que la famille du capitaine débarque dans les locaux pour obtenir des passe-droits…

— Tu as réfléchi à ce que je t'ai dit ? commença-t-il.

— Oui, répondit-elle simplement.

— Tu vas me raconter enfin ce qui s'est passé ?

— Oui. Je vais le faire. Mon oncle, Paul, il m'a dit que je pouvais vous faire confiance. Et mon père, aussi.

Anato eut envie de sourire. Il repensa à son cousin, à leur dernier échange tendu, à sa colère. Après cet accrochage et avec la pression qu'il avait mise à Monique, il croyait ne plus avoir de nouvelles, mais c'était finalement Paul lui-même qui avait convaincu la jeune nièce. Ses relations avec sa famille ndjuka n'étaient donc pas condamnées.

— On peut commencer, alors. Je t'écoute.

— Pas maintenant. Vous voulez savoir où est Olivier ?

— Oui. Je veux surtout savoir ce qu'il sait. Et ce qu'il a à voir avec tout ça.

Monique prit une inspiration qui gonfla sa poitrine.

— Je vais vous dire où il est, déclara-t-elle. Mais à une condition.

Anato fronça les sourcils.

— Je t'écoute.

— Je veux qu'on aille le chercher ensemble. Maintenant et juste tous les deux.

— Pourquoi ? Tu as peur de lui ? Tu as peur qu'il se venge sur toi ?

— Non. J'ai peur *pour* lui. Je ne veux pas que ce soit quelqu'un d'autre que vous qui le trouve.

Anato regarda la jeune fille décidée qu'il avait en face de lui. Elle semblait avoir mûri de plusieurs années. Mais ce qu'elle proposait allait à l'encontre des règles de sécurité les plus basiques. Olivier Degricourt était suspecté de quatre meurtres, dont un avec violence. Son interpellation requérait l'intervention d'une équipe d'au moins dix agents entraînés, potentiellement avec phase d'approche, sécurisation de la zone, assaut et neutralisation dans les formes.

— C'est impossible, Monique, je ne peux pas y aller seul. Et encore moins avec toi. Olivier est considéré comme dangereux.

— C'est faux, objecta-t-elle. J'ai vécu trois ans avec lui. Je sais qu'il ne fera plus de mal à personne. Et encore moins à moi.

— Dis-moi où il se cache. Je te promets que je serai le premier à lui parler.

— Non. On y va tous les deux. (Elle redressa la tête.) C'est ça ou rien.

Le capitaine passa la main sur son crâne, soupira. Elle ne céderait pas, à l'évidence.

Il évalua la situation. Deux options se présentaient : la conduire en interrogatoire pour la pousser à parler, avec le risque de ne rien obtenir ; ou accepter son marché avec les dangers qu'il comportait. Et en s'asseyant sur les procédures en vigueur, ce qui n'était pas dans les habitudes d'Anato. Il fit alors ce qu'il s'était toujours interdit : envisager ces mêmes options d'un point de vue personnel. S'il choisissait la première, il pouvait dire adieu à sa famille. La seconde en revanche lui faisait gagner la confiance de sa nièce et donnait raison à son cousin. Un pas vers l'intégration ndjuka.

Il hésita. L'espace d'un instant, il se demanda si Monique ne pouvait pas le manipuler, lui tendre un piège organisé avec son homme. Mais il rejeta l'idée. Dans les yeux de sa nièce brillait une sincérité trop flagrante.

Tant pis, pensa-t-il. Elle avait gagné.

— D'accord. On y va. C'est loin ?

— Vers Saint-Laurent.

— Comment es-tu venue à Cayenne ?

— En bus. Et puis un ami m'a déposée ici en engin.

— Bien. Allons-y alors, intima le capitaine en rassemblant ses affaires.

Le trajet vers l'Ouest guyanais se déroula silencieusement. Monique fixait la route qui s'ouvrait devant eux sans tourner la tête. Anato respectait les conditions qu'elle avait imposées : il ne l'interrogerait pas sur ce qui s'était passé. Le jour touchait à sa fin, se retirait doucement. Le sifflement aigu des tinamous* commençait à sourdre de la forêt qu'ils longeaient.

Elle ne commença à parler que lorsqu'ils arrivèrent à proximité de l'arbre qu'Anato maudissait.

— Vous avez dû être triste quand vos parents sont morts, non ?

Elle avait le don pour poser avec naïveté les questions qui le dérangeaient, mais il ne pouvait se défiler sans compromettre le pacte de confiance qu'il venait d'accepter.

— Terriblement, dit-il.

— C'est pour ça que vous êtes venu travailler en Guyane après ?

— Un peu, oui.

— Pourquoi vous n'êtes jamais venu avant ?

— Je suis venu quand j'étais enfant. Mais ensuite, il y a eu des histoires de famille et mes parents n'ont plus voulu mettre les pieds ici.

— Quoi comme histoires ?

— Je ne sais pas. Mon père ne m'a jamais expliqué. Des problèmes avec son frère, je crois.

— Ah bon… Et comment ça se fait que vous ne parliez pas ndjuka ? Vos parents, ils ne le parlaient pas ?

— Si, entre eux. Enfin… un peu. Mais, avec moi, ils ont toujours voulu qu'on parle français, alors je n'ai jamais vraiment appris.

— C'est bizarre, un Ndjuka qui ne parle pas ndjuka. En tout cas, moi je trouve ça bizarre. C'est comme vos yeux, aucun Ndjuka n'a les yeux de cette couleur.

Les paroles de Monique retournaient le couteau dans la plaie. Lui aussi se rendait compte de la singularité de sa situation.

Phares allumés, la voiture s'engagea dans les rues de Saint-Laurent. Monique indiqua le chemin à prendre en tendant le bras vers la gauche. Anato s'exécuta, puis se laissa guider. Ils roulèrent en direction de Saint-Jean. Des deux-roues sillonnaient le bitume, sans lumière. Ils empruntèrent la route du plateau des Mines, rénovée depuis peu pour préparer la future liaison vers Apatou.

Suivant les indications, Anato tourna sur une minuscule piste à la limite du praticable. Bosses et trous se succédaient comme sur un champ de bataille. Le capitaine faisait de grands écarts pour éviter les obstacles, mais le châssis de la voiture râpait le sol. Déviées par ces manœuvres, les lumières des phares se promenaient dans le paysage, éclairaient les abords où semblaient s'étaler de vastes parcelles agricoles. Quelques lueurs provenaient de baraques dispersées sur les terrains.

Monique se tenait à la poignée, suivait de son corps les mouvements du véhicule. Mais elle gardait le regard sur la route. Elle finit par indiquer un chemin qui montait sur la gauche.

— C'est par là, dit-elle.

— Tu es sûre ? demanda la capitaine, un œil sur la côte qui s'enfonçait dans la nuit.

— Sûre.

— On ne va pas pouvoir passer en voiture. Il vaut mieux que l'on monte à pied.

Ils descendirent du véhicule. Il faisait frais. Autour d'eux, la nature clamait son récital nocturne. On pouvait distinguer la Voie lactée qui traversait de part en part le ciel constellé d'étoiles. Le moteur d'un groupe électrogène ronronnait au loin. Ils gravirent la pente sur une centaine de mètres. En haut de la colline apparut un feu de bois qui brillait à côté d'un petit carbet. Anato marqua un arrêt.

— C'est lui, là-haut ?

— Oui.

— Ça va aller pour toi ? s'inquiéta-t-il.

— Ça va aller. Mais laissez-moi d'abord lui parler. Restez derrière.

Il acquiesça, la suivit de près. Il avait confiance en elle, pas en Olivier Degricourt qui avait déjà réussi une fois à le semer.

À mesure qu'ils avançaient vers le carbet se précisait la silhouette imposante assise sur un banc, éclairée par le feu qui dansait et révélait les lieux. Olivier fumait un long joint dont l'extrémité incandescente dessinait des ronds dans le noir. Alors que Monique s'approchait des flammes, Anato resta dans l'ombre, invisible. Il balaya du regard la cachette où le fugitif se terrait en ermite. Un hamac criblé de déchirures. Une paire de bottes crottées. Posés sur la terre sèche, une touque, une glacière, et deux cartons de provisions. Un emballage en plastique se tordait dans le petit brasier.

Olivier se leva brusquement, plissa les yeux.

— Qui c'est ? C'est toi, Monique ?

— Oui, c'est moi.

— Merde, tu m'as fait peur ! soupira-t-il avant de s'approcher d'elle et de prendre une voix douce. Comment tu vas, ma belle ? Tu tiens le coup ?

Elle ne répondit pas. Il leva une main, tenta une caresse sur sa joue, mais elle détourna la tête. Il fronça les sourcils.

— Quoi ? Qu'est-ce qu'il y a, Monique ?

Elle prit une inspiration, le fixa de ses yeux noirs.

— C'est fini, Olivier, dit-elle d'une voix froide.

— Comment ça, c'est fini ?

— On arrête tout. Toi, moi. Nous. La mort de cette femme, de Thélia, de Justin, de Tobie. C'est terminé. Je suis désolée.

— Non, Monique, t'as pas à être désolée. Rien n'est terminé ! Je vais rester là encore quelques jours et tout va s'arranger. T'inquiète pas : ils me trouveront pas.

Le capitaine observait la scène, caché dans l'obscurité. Il ressentit soudain une forme d'empathie pour Olivier qui semblait croire encore à une sortie par le haut. Un espoir naïf. Il y avait eu une vraie complicité entre lui et Monique, Anato en détectait les traces dans cet échange difficile. Mais elle gardait le cap.

— Tu ne comprends pas, Olivier. Ils t'ont déjà trouvé.

— Quoi ? Mais… Mais non ! Personne ne connaît cet endroit.

— Si… Moi.

Il recula d'un pas, les yeux chargés d'incompréhension.

— Que… ?

— Je… (Elle gonfla la poitrine pour se donner du courage.) Je ne suis pas seule, Olivier.

Il fouilla le carbet du regard, soudain agité.

— T'es avec qui ? Ton père ?

— Avec moi, dit enfin Anato en se présentant dans la lumière, face à la carrure épaisse d'Olivier qui se colla le dos contre un poteau. Capitaine André Anato. Section de recherches.

— Putain, Monique, tu connais ce gars ?

— Oui. C'est mon oncle.

— Non. C'est un flic ! riposta-t-il en haussant la voix.

— Il est ndjuka, Olivier.

— Quoi, il est ndjuka ? Non… Il est flic, bordel ! C'est tout ce qu'il est !

— J'ai confiance en lui.

— Qu'est-ce qu'il t'a raconté, hein ? Ne crois rien de ce qu'il a pu te raconter, Monique. Il t'a juste embrouillée.

— Il m'a promis que tout se passerait bien.

— Se passerait bien ? Que… Que tout se passerait bien ? ! Il va me foutre en taule, Monique, c'est tout ! Il voudra pas comprendre ce qui s'est vraiment passé !

— Calme-toi, Olivier. Suis-le. Suis-le, s'il te plaît.

— Tu veux que je me rende ?

— Oui. C'est la seule chose à faire. Sinon, ça sera encore pire.

— Mais… Mais non ! Mais pourquoi t'as fait ça ? cria-t-il enfin, une main tremblante plongée dans sa tignasse. Pourquoi ? Ça allait bien finir, j'allais tout gérer, moi ! On était ensemble, solidaires ! Tout ça c'est pour toi que je l'ai fait !

— Arrête…

L'expression de Monique se resserra, ses yeux s'assombrirent. Elle luttait contre une envie de renoncer.

— Je t'aime, putain ! assura-t-il, plaintif. *Mi lobi yu* !

— Arrête, je te dis ! le pressa-t-elle.

— Tu sais ce que c'est que d'aller en prison ? De jamais voir autre chose que des putains de murs de béton ?

— Tais-toi, Olivier, je t'en supplie.

— … De tourner en rond dans une cour comme un clébard ?

— Tais-toi !

— … De dormir tous les soirs dans la même cellule, sans mettre un pied dehors ? De se traîner tous les jours avec des types tous plus tarés les uns que les autres ? C'est là que tu veux que…

— MAIS TAIS-TOI !!! hurla-t-elle enfin, le visage déformé, surprenant Olivier comme Anato.

Le capitaine la regarda, sous le choc. Sur ses joues noires coulaient deux grosses larmes rectilignes dans lesquelles se reflétaient les flammes. Elle ferma les yeux, serra ses paupières l'une contre l'autre avec force, les rouvrit, espérant peut-être s'éveiller. Mais le cauchemar était toujours là. Bien réel.

Elle s'essuya de la main, renifla. Puis baissa la tête en répétant doucement :

— Tais-toi…

Elle fit un pas en arrière, glissa dans l'ombre. Laissant la place à son oncle. Au capitaine de gendarmerie.

Anato mit un court instant à comprendre le message.

— Je vais vous demander de me suivre, Olivier, annonça-t-il sans menace, la main posée sur son automatique. On va faire ça dans le calme, O.K. ?

— C'est ça. Dans le calme…

Les deux hommes se regardèrent, face à face. Olivier dépassait Anato de quelques centimètres. Ses sourcils tremblaient de fureur. Il cherchait une issue. Il jeta un œil vers le bas du talus.

— N'y pensez même pas, lui conseilla Anato.

Mais le conseil arriva trop tard. Olivier le poussa en arrière d'un violent coup de pied pour prendre la fuite vers la forêt dans un élan désespéré. Anato se releva aussitôt, le pourchassa sur une courte distance avant de le percuter de l'épaule. Olivier roula dans la pente, Anato le pressa contre le sol, tordit son poignet, saisit sa paire de menottes. Mais Olivier se débattait, tentait de se retourner.

— Salopard ! lança-t-il au capitaine, face contre terre. Vous lui avez dit quoi, hein ?

— Calmez-vous. Ça ne sert plus à rien, Olivier.

— Vous savez rien ! Vous savez rien du tout !

D'un geste sec, il chercha à dégager son bras de l'emprise. Anato lui remit fermement en place. Il émit un grognement de rage.

— Mais lâchez-moi !!

Et bascula sur le côté. Anato dut se montrer plus offensif.

— On se calme, maintenant ! ordonna-t-il.

Et il tira brutalement sur le poignet pour l'amener vers l'autre, passer les bracelets de métal, les serrer à fond.

Mettant fin au duel.

Il se releva. Olivier força sur la chaîne, hurla une dernière fois.

— Putaiiiin !

Puis il capitula, enfin maîtrisé. Aux pieds du capitaine, il resta quelques instants allongé sur le sol humide, la respiration haletante. Anato s'essuya le front, leva les yeux vers le haut de la côte. Illuminée par les flammes, Monique avait suivi la scène.

La main sur le front, elle regardait son homme avec une intense tristesse.

Le capitaine redressa Olivier, le mena vers la voiture, le poussa sur le siège arrière. Monique les rejoignit et s'installa à l'avant. Lorsqu'Anato mit le contact, Olivier s'adressa à Monique :

— Comment t'as pu me faire ça ?

Avant de se taire pour de bon.

Personne n'ouvrit la bouche pendant le trajet du retour. La voiture absorbait une à une les bandes blanches de la route qui se déroulait entre ses roues. Les phares dévoilaient l'orée de la forêt endormie. Dans le rétroviseur, Anato croisait de temps à autre le regard d'Olivier qui se perdait dans le vague. Avachi sur le siège arrière, immobile et las comme un guerrier vaincu.

31

Après son entretien avec le médecin, Vacaresse reprit la pirogue vers Wetisoula. La pluie tombait sans discontinuer. Il tenait de son poing une bâche sous laquelle il s'abritait. À travers une ouverture, il disposait d'une vue étroite sur le piroguier dont il admirait l'impassibilité. L'homme faisait face à l'averse qui le fouettait, le tee-shirt imbibé comme une éponge. Il plissait les yeux pour suivre sa route entre les gouttes, essuyait régulièrement son visage. Tout autour du bateau, la surface du fleuve avalait l'ondée en un millier d'anneaux.

Le lieutenant accosta. Il regagna le centre du village en évitant les flaques d'eau. Sous le carbet funéraire, les festivités de la cérémonie se poursuivaient. Les participants se massaient maintenant sous le toit en une foule compacte. La tôle assaillie par l'averse résonnait, couvrait la musique que les enceintes continuaient d'expulser. Plus personne ne dansait. Les chaises en plastique et les bancs de bois disposés autour du lieu gisaient à terre. La pluie remplissait tous les volumes disponibles.

Fernand Liensoe reposait encore dans l'amas de tissu de son hamac, chrysalide de laquelle on pouvait se demander s'il allait finir par se libérer. Par moments, il sortait une main pour attraper un peu de nourriture dans les provisions sommaires qui lui étaient réservées.

Vacaresse se dirigea vers le kapiten de Wetisoula assis sur un banc dans un coin du carbet et lui signifia son souhait d'interroger à nouveau le veuf. Il eut droit à une moue réprobatrice, comme si le vieil homme avait oublié qu'une enquête était en cours. Il dut insister, mais obtint finalement d'extraire Fernand Liensoe de son cocon pour un nouvel entretien.

L'orpailleur en deuil avait une mine fatiguée sous sa tête rasée. Son visage noir émergeait des draps blancs. Il ressemblait de plus en plus à un spectre irréel.

— Monsieur Liensoe, commença Vacaresse, je suis désolé d'interrompre à nouveau votre cérémonie, mais je dois encore vous poser quelques questions.

— Vous savez qui a tué ma femme et mes enfants ? interrogea tout de suite le fantôme d'un ton douloureux. C'est bien le garagiste, non ?

— Je ne sais pas. Mais j'ai appris des choses sur votre femme.

— Quoi ? Vous voulez encore me parler de ses plantations ? Arrêtez avec ça !

— Vous saviez que votre femme avait donné beaucoup d'argent pour avoir des papiers français ? Des faux papiers, je veux dire !

Fernand Liensoe regarda le gendarme d'un air étonné.

— Quoi ? Comment ça, des faux papiers ?

— On est à peu près sûrs de ça. Elle traitait avec une fonctionnaire corrompue qui vendait des certificats de nationalité. Ça faisait déjà un moment qu'elle était engagée là-dedans, et elle était sur le point d'aboutir.

L'orpailleur parut apprendre quelque chose de nouveau.

— Je savais pas, dit-il avec calme. Enfin si, je savais qu'elle faisait ses papiers. Mais pas qu'elle payait pour ça, quoi.

— Monsieur Liensoe. On est dans le même camp, dit Vacaresse pour gagner sa confiance. Nous cherchons juste à découvrir qui a tué votre famille. Vous ne pensez pas qu'il est temps de nous dire vraiment tout ce que vous savez ?

Fernand Liensoe soupira. Il tira sur son drap pour le rabattre sur son épaule, se protéger des gouttes que le vent poussait sous le carbet.

— Vous savez rien sur ma femme. Vous savez rien sur nous. Thélia était pas comme les autres femmes. Elle était très forte. Quand elle voulait un truc, elle le faisait et elle en parlait pas beaucoup. Ça fait longtemps qu'elle voulait avoir des papiers français.

— Pour toucher les allocations familiales ? Le RMI ?

— Non. Pour... Pour pouvoir partir d'ici.

Il se racla la gorge.

— Thélia, c'était une Ndjuka, continua-t-il. Elle est née dans un village du Tapanahoni. C'est là le pays ndjuka. On s'est connus il y a longtemps. Elle faisait déjà des cultures et elle vendait son couac à Maripasoula. Et moi, comme je travaillais l'or, j'étais souvent là-bas aussi. Après, on s'est rencontrés plusieurs fois et j'ai commencé à venir la voir dans son village. Je prenais la pirogue et je remontais jusqu'en haut du Tapanahoni. Mais, là-bas, il y a pas beaucoup d'Alukus qui y vont. Alors, sa famille, les gens de son village, ils m'ont jamais aimé. Ils voulaient pas qu'elle se marie avec un Aluku. En plus, comme je travaillais dans l'or, ils aimaient pas ça. Ils disaient que j'allais leur apporter un *Bakuu**.

— Un quoi ?

— Un *Bakuu*. C'est comme… comme un démon. Ça ressemble à un nain. On dit que c'est un sorcier qui peut faire du mal aux gens. Et on dit qu'il vient avec les gens qui gagnent trop d'argent. Comme les orpailleurs. C'est pour ça qu'ils m'aimaient pas. Alors moi, je voyais Thélia à Maripasoula, mais j'ai arrêté d'aller dans son village. Mais elle, elle vivait encore là-bas et elle a commencé à avoir des problèmes. Les gens lui parlaient plus, ils l'insultaient même des fois. Ils disaient qu'elle allait leur porter malheur. C'est à cette époque qu'on a eu Justin et Tobie, quand elle vivait encore là-haut. C'était très dur pour elle. Surtout après, quand il y a eu cette histoire avec sa cousine. Sa cousine, elle faisait jamais rien. Elle était fainéante et elle était jalouse de Thélia à cause de ses plantations. Et un jour, elle a eu un enfant. Une petite fille. Mais quand elle a eu juste un an, la petite est tombée malade. Elle avait beaucoup de fièvre. Sa mère a pas voulu l'emmener à l'hôpital, mais elle a commencé à accuser Thélia.

— À l'accuser de quoi ? D'avoir rendu sa fille malade ?

— Oui. Elle a dit que c'était de sa faute. Que Thélia avait attiré le malheur sur le village, que c'était une sorcière. Des fois, le soir, elle venait devant la maison de Thélia et elle criait sur elle pendant une heure pour que tout le monde entende. Et personne a défendu Thélia. Il y avait que son père qui s'occupait encore un peu d'elle.

— Et le bébé a fini par mourir… devina Vacaresse en repensant à ce qu'avait dit la petite Anastasie.

— Oui. L'enfant est restée malade longtemps, peut-être deux mois, et elle est morte. Comme ça. Je suis monté au village à ce moment-là. C'était horrible, tout le monde pleurait. Le bébé était dans un tout petit cercueil et on l'a emmené au cimetière des enfants. Thélia a voulu aller à la cérémonie pour pleurer l'enfant aussi, mais tout le monde l'a insultée. Tout le village disait que c'était elle qui l'avait tuée. Avec cette mort, même son père pouvait plus rien dire. C'est à ce moment-là qu'on est partis. Elle pouvait pas rester dans le village, elle était complètement rejetée, bannie. Je l'ai emmenée avec moi et on est venus ici, dans mon village. À Wetisoula. Les enfants commençaient à grandir et c'est plus près de Saint-Laurent, alors je pensais que ça allait être plus facile. J'avais une maison et j'ai ouvert un abattis pour que Thélia continue ses cultures. Mais… Mais ça a pas marché non plus. Les gens du village ont pas accepté Thélia. Elle était ndjuka, et en plus, ils savaient qu'elle avait déjà été accusée de sorcellerie, chez elle. Alors tout le monde se méfiait d'elle, personne voulait l'intégrer. Il y avait que cette vieille femme, la sœur du kapiten qui a été gentille avec elle. Moi, elle m'a jamais aimé, mais elle a essayé un peu d'aider Thélia et les enfants. Je crois que c'est parce qu'elle aussi, quand elle était jeune, elle avait eu des problèmes de sorcellerie.

— Et vous, vous n'avez rien pu faire ?

— Non. Je travaillais trop. Moi j'aimais Thélia, vous savez. Vous, vous pensez juste que je la battais, mais je l'ai toujours aimée. Mais j'étais pas souvent là. Alors elle était toute seule ici. Elle connaissait personne et les gens avaient peur d'elle. Ils l'évitaient. Et dès qu'il y avait un enfant malade, ils disaient que c'était de sa faute. Un jour, pendant une cérémonie, une femme a fait une offrande de rhum aux ancêtres et elle a commencé à dire quelque chose. Elle a dit que ça faisait plusieurs nuits qu'elle entendait un vampire qui volait autour de sa maison et qui voulait boire le sang de ses enfants. Et après, elle a accusé Thélia. Elle a dit que c'était elle qui avait fait venir ce vampire dans Wetisoula. Alors voilà, c'était comme si Thélia était devenue une sorcière pour toute sa vie. Moi, j'ai essayé de parler à ma famille, de dire que Thélia était une femme bien. Mais c'était trop tard. Et comme elle avait un bel abattis et qu'elle gagnait de l'argent, c'était encore pire.

Fernand Liensoe regarda le toit du carbet qui tremblait. Des gouttes d'eau tombaient d'un trou ouvert par la rouille dans le métal.

— C'est à ce moment-là qu'elle a commencé à vouloir avoir des papiers ? relança Vacaresse. Pour partir ?

— Oui. Thélia pouvait plus vivre ici. Elle avait fui son village, et maintenant elle devait partir du mien.

Après cette accusation de sorcellerie, c'était impossible de rester. Vous savez, mon frère il habitait au Suriname, mais ça fait longtemps qu'il est parti. Pendant la guerre civile, il est parti. Maintenant, il vit en Hollande. À Tilburg. C'est à côté de la Belgique. Moi, je suis allé plusieurs fois là-bas, c'est vraiment bien. Alors voilà, quoi, on pensait aller vivre là-bas, avec la famille. Comme ça, les enfants auraient pu aller à l'école et faire des études. Et puis en Hollande, les gens savent pas qu'on la traite de sorcière ici. C'est pour ça qu'elle a travaillé encore plus dur sur son abattis et qu'elle a fait tous les marchés. Pour gagner de l'argent. Et c'est pour ça qu'il fallait qu'elle arrive à avoir des papiers. Elle me disait qu'elle voulait s'en occuper toute seule alors moi, je la laissais faire. Mais je savais pas qu'elle faisait des faux papiers. Et je savais pas qu'elle allait s'engager dans une histoire comme ça et qu'elle allait se faire tuer.

— Et les gens d'ici, ils le savent que vous vouliez partir ?

— Non, on le disait pas. Vous savez, ça parle beaucoup ici. On peut rien faire sans que tout le monde parle. C'est pas bien vu de partir en Europe. Il faut rester toute sa vie sur le fleuve et que les enfants travaillent à l'abattis, quoi.

Les deux hommes s'observèrent d'un regard différent de celui, abrupt, qui avait dominé leur premier contact. Vacaresse devina une tristesse intense dans l'attitude de l'orpailleur. Les gouttes de pluie maculaient l'étoffe blanche qui l'habillait. Sous le tissu dépassait un pied nu que Vacaresse détailla rapidement : long, droit, solide. Une trace de boue remontait vers la cheville. Les sons les plus graves de la musique leur parvenaient, étouffés par les vibrations du toit.

Le veuf regarda vers le carbet mortuaire.

— Il y a toute sa famille ici, reprit-il, plein d'émotion. Pour la cérémonie, ils sont tous venus du Tapanahoni. Ils font semblant d'être tristes, mais si elle a été tuée, c'est aussi à cause d'eux. Vous savez, le soir, avant qu'ils meurent, c'était un hasard que je sois là. Elle aurait dû revenir deux jours plus tard. C'est juste parce que je suis passé en pirogue devant le village et que j'ai vu qu'elle était déjà rentrée. Alors je me suis arrêté. Elle m'avait dit qu'elle était partie pour faire les derniers trucs et que quand elle reviendrait, elle aurait ses papiers. Ça faisait plusieurs fois qu'elle disait ça et qu'elle revenait sans rien alors c'est vrai, je me suis énervé. On s'est disputé assez fort. Je pense pas que je l'ai frappée, mais peut-être. Je voulais qu'elle arrive à avoir ses papiers et qu'on prépare notre départ. Moi, dans un mois, mon entreprise ferme et j'ai pas encore trouvé d'autre patron. Alors il fallait qu'on parte maintenant.

— Et vos enfants, ils n'étaient pas là ?

— Non. Ils dormaient chez la vieille. Tobie et Justin, ils l'aiment pas cette vieille. Enfin… Ils l'aimaient pas. Dès qu'ils pouvaient, ils partaient de chez elle.

— Mais elle ne vous a rien dit de particulier ? Vous êtes parti normalement après cette dispute ?

— Non, pas normalement. Elle était pas normale. Elle était très énervée, comme si elle avait peur de quelque chose. Et elle inventait plein de trucs pour m'expliquer pourquoi elle avait pas ses papiers avec elle. Mais c'était pas clair. C'est pour ça qu'on s'est disputés, elle racontait n'importe quoi et moi je croyais qu'elle inventait. Je savais pas qu'elle allait mourir pendant la nuit ! Elle a parlé du garagiste, comme je vous ai dit.

Le récit de Fernand Liensoe, peut-être plus en confiance avec le lieutenant que précédemment, sonnait vrai.

— Elle disait quoi sur lui ? demanda le lieutenant.

— Je sais plus, j'ai pas compris. Elle disait juste son nom, Olivier. Et comme elle parlait pas bien français, elle arrivait pas à le dire normalement. Mais elle avait peur de lui, je vous ai déjà dit. C'est pour ça que je suis sûr que c'est lui qui les a tués.

Il regarda Vacaresse.

— C'est lui, hein ! Faut l'attraper. Faut faire votre boulot. Faut le mettre en prison, sinon c'est moi qui vais m'en occuper.

Pauvre homme, se dit Vacaresse en le regardant se traîner vers son hamac. Liensoe avait tout perdu en une nuit. Une femme, deux enfants. Et un projet, la perspective de jours meilleurs dans un autre pays. Il se demanda si ce projet était réaliste. Cette famille habituée à la vie du fleuve serait-elle parvenue à s'adapter à une nouvelle existence en Hollande ?

S'adapter. Une notion qui avait toujours mis le lieutenant en difficulté. Les écarts culturels lui semblaient tellement profonds. Il avait si souvent ressenti cette impression d'être un étranger, de ne pas être à sa place dès qu'il perdait ses repères. Hors de sa famille, de ses proches. Il n'osait pas se l'avouer, mais il lui arrivait de penser que Mathilde était responsable de tout ça. Le cocon familial qu'elle avait construit, si fermé, si resserré autour de leur fils, dans une crainte permanente, avait sans doute contribué à les isoler du monde.

Jamais il n'était resté aussi longtemps dans un village du Maroni. Il mesura tout ce qu'il avait compris sur ces gens dont il ignorait tout, il y a quelques jours de cela. Sorcellerie, rituels funéraires, culte des ancêtres. Une société complexe. Il pensa à la petite Anastasie, à Fernand Liensoe dont il partagea soudain la détresse.

À son échelle, peut-être était-ce cela, s'adapter ?

32

Après l'échec de l'entretien avec la greffière, Olivier et Monique retournèrent à Saint-Laurent en silence. Olivier se sentait honteux de son attitude devant la fonctionnaire qui l'avait expulsé de son bureau. Mais, d'un autre côté, sa haine pour cette femme grandissait. Elle incarnait à elle seule toute la machine administrative qui s'opposait à eux.

Monique parlait peu, mais affichait une mine moins désespérée qu'auparavant. Sa discussion en tête à tête avec la greffière semblait lui avoir redonné courage. Peut-être le seul fait d'avoir mis un visage humain derrière tous ses problèmes lui avait-il fait du bien ? Elle réfléchissait, plus qu'Olivier ne l'avait jamais vue le faire.

De retour dans leur appartement, alors qu'elle ouvrait les fenêtres pour aérer la pièce surchauffée, elle déclara :

— Elle a raison, cette dame.

— De quoi ? De pas vouloir te signer ton certificat ?

— Non, continua Monique en allumant la télévision. Elle a raison de nous dire de continuer. Je vais demander à mon père de retourner au Suriname et on va faire rectifier mon acte de naissance.

— Si tu veux. Mais ça va prendre au moins un an.

— Peut-être pas. Peut-être ça ira plus vite. C'est ça qu'il faut faire, je n'ai pas le choix.

— Je ne sais pas. Ça devient de pire en pire, on dirait qu'on n'en sortira jamais.

— Olivier, ne dis pas ça. C'est mes affaires, alors je vais y arriver.

Olivier s'étonna du ton décidé qu'elle adoptait. Jusqu'à présent, il avait été l'élément moteur dans leurs recherches. Les rôles s'inversaient : elle prenait les choses en main alors que lui s'épuisait dans la course. Il sortit sur le balcon, se roula un joint. Une ribambelle de voitures défilait sous le balcon en klaxonnant.

Quelques minutes plus tard, Monique se leva et composa un numéro sur son portable. Elle se mit à parler en ndjuka. Olivier devina qu'elle racontait à son père leur dernière aventure. Durant toute la conversation, elle arpenta la pièce en tous sens.

— Il dit quoi, ton père ? demanda Olivier une fois qu'elle eut raccroché.

— Il va y aller mardi prochain.

— Tout seul ?

— Oui, tout seul. Il connaît bien.

Olivier se remémora le déplacement à Paramaribo avec le père Hanke. Sa présence n'avait pas été d'une grande utilité, il devait se l'avouer.

Ils évitèrent d'aborder le sujet durant le reste de la soirée et regardèrent un programme de téléréalité. Une bande d'hommes et de femmes qui cherchaient à survivre sur une île déserte, traversaient des mares de boue. Olivier passa son temps à critiquer l'émission. Tout est truqué ! expliqua-t-il. Les participants n'étaient que des bourgeois citadins jamais sortis de leur petit confort. Monique le laissa parler.

Ils se couchèrent sans faire l'amour. Monique s'endormit vite, Olivier la regarda longuement.

Le lendemain, Monique demanda à Olivier de la déposer chez son père et elle y passa la journée, de même que les deux jours suivants. Olivier s'en étonna, ce n'était pas dans ses habitudes.

— J'ai envie d'être un peu dans ma famille, répondit-elle simplement. Il faut que je parle avec mon père pour mes papiers.

Après avoir déployé tant d'efforts dans les recherches, il se sentait mis à l'écart. Monique lui faisait comprendre qu'elle avait la situation sous contrôle. Que son aide n'était plus nécessaire. Il ne répliqua pas.

Le mardi suivant, le père de Monique se rendit effectivement au Suriname et en revint le lendemain. Le couple passa la soirée dans la famille Hanke. Le père raconta sa journée à Paramaribo. On lui avait confirmé ce qu'il avait appris lors de leur première visite au palais de justice. Il avait pris un rendez-vous avec l'officier d'état civil quinze jours plus tard afin de faire établir sa requête de modification des registres de naissance. Une fois cette demande enregistrée, la procédure serait engagée. Elle durerait environ un an compte tenu de l'engorgement du tribunal.

Après ce récit, la famille resta un moment silencieuse.

— Un an, ce n'est pas si long, conclut finalement Monique. On ira au Brésil l'année prochaine, d'accord, Olivier ? Et puis, je peux quand même travailler un peu en attendant. Pas avec un vrai contrat, mais comme ça, quoi.

Olivier ne répondit pas.

Ils quittèrent la maison, firent un tour dans les rues du quartier. Ils passèrent devant la place où ils s'étaient parlé pour la première fois, lors de cette élection de Miss Charbonnière. Olivier acheta une bière dans une échoppe et ils s'assirent au bord du Maroni. Ils regardèrent trembler le reflet des lumières d'Albina. Olivier glissa son bras autour des épaules étroites de Monique, la serra contre lui.

Le portable de Monique sonna le samedi autour de dix heures. Elle était déjà debout, balayait le sol alors qu'Olivier dormait encore profondément. La sonnerie du téléphone le sortit de son sommeil et, d'une oreille engourdie, il l'entendit discuter en français. Il passa un caleçon et vint s'affaler sur le canapé.

Monique ne leva pas la tête, plongée dans sa conversation. Elle parlait de ses papiers. Puis, elle coinça le téléphone contre son épaule pour griffonner des indications sur une feuille blanche. Elle ponctuait le monologue de son interlocuteur de mots d'approbation. Olivier la regardait s'affairer alors qu'il émergeait de sa torpeur. Il enfonça ses doigts dans sa tignasse.

— C'était qui ? demanda-t-il dès qu'elle eût raccroché.

Elle ne répondit pas tout de suite.

— Monique, allez ! C'était qui ? insista-t-il.

— C'était… la dame du tribunal.

— Quoi, la greffière ? Qu'est-ce qu'elle te veut ? Un samedi matin ?

— Mais attends ! dit Monique.

Elle se repencha sur ses notes un instant.

— C'est bizarre, reprit-elle. Elle a dit qu'elle pouvait m'aider pour mes papiers.

— Comment ça t'aider ? Elle a changé d'avis ?

— Je ne sais pas.

— Mais explique ! Elle a dit quoi exactement ?

— Elle a dit que ce n'était pas sa faute. Le chef du tribunal surveille tout et elle ne peut pas me donner mon certificat normalement.

— Ça, c'est pas nouveau.

— Mais après, elle a dit qu'elle, elle pouvait peut-être m'aider. Parfois, quand les gens sont dans des situations compliquées, elle trouve des solutions. Elle a dit que peut-être elle pourrait me faire mon certificat.

— Ça veut dire quoi, peut-être elle pourrait ? Elle peut ou elle peut pas ?

— Elle peut. Mais… Mais elle veut qu'on lui donne de l'argent.

Olivier se sentit cette fois totalement réveillé.

— Attends, dit-il. Elle veut qu'on paye pour avoir tes papiers ?

— C'est ça.

— Elle délire ! Elle se fout de toi, Monique !

— Non, elle ne se fout pas de moi. Elle m'a juste proposé, quoi.

— Et elle a dit combien elle voulait pour ça ?

— Pas pour tout. Il faut que je la rencontre pour en parler et on peut payer en plusieurs fois si on n'a pas tout tout de suite. Mais pour la première fois, elle demande cinq cents euros.

— Cinq cents euros ? Elle est folle ! Elle peut toujours rêver !

Monique ne renchérit pas. Après un instant, elle fixa Olivier des yeux.

— Olivier. Tu sais, ce n'est pas sûr que mon père réussisse à rectifier son nom au Suriname. L'autre jour, je pensais que c'était ça qu'il fallait faire, mais là, je ne sais plus.

— Quoi, tu veux qu'on rentre dans son jeu ?

— Je ne sais pas. Mais si ça peut régler tout rapidement, ça serait bien quand même.

— Oui, ça serait bien. Mais, merde, c'est pas normal !

— Et tu crois que c'est normal que ça fasse si longtemps que j'essaye d'avoir mes papiers alors que toute ma famille les a !

Monique perdait la confiance qu'elle semblait avoir gagnée ces derniers jours. Olivier se rapprocha d'elle et la prit dans ses bras.

— Et elle a dit quoi d'autre ? demanda-t-il plus calmement.

— Elle m'a donné rendez-vous si j'étais intéressée. Mardi prochain. À Rémire, à côté de Cayenne. Elle a dit que ça pouvait être réglé très vite.

— Et tu veux y aller ?

— C'est une bonne solution. Enfin, si tu peux me donner l'argent.

Olivier réfléchit un instant.

Écoute, tu sais ce qu'on va faire ? dit-il. On attend demain soir. Toi, tu réfléchis à ce que tu veux faire et moi, je vois si je peux trouver cinq cents euros.

— Mais, tu ne les as pas ?

— Non. Mais je peux chercher une solution.

Chacun de leur côté, durant tout le week-end, ils repensèrent à la proposition de Véronique Morhange. Pour Olivier, la fonctionnaire se présentait sous un jour nouveau. L'offre était malhonnête, mais elle rendait la greffière presque humaine.

Le samedi, il aida le frère de Monique à installer un néon bleu sous le châssis de sa voiture tunée. Monique, elle, resta toute la journée à l'appartement. Elle poursuivit son ménage, continua son tressage. Elle ne voulut pas rendre visite à son père. Il lui aurait interdit de s'engager dans cette voie, elle le savait par avance. Il n'aurait accordé aucune confiance à une telle femme.

Le lendemain soir, ils reprirent leur discussion. Olivier avait trouvé l'argent en réclamant une avance à son patron. Monique n'avait pas changé d'avis. Malgré leur méfiance, ils décidèrent de se présenter au rendez-vous fixé par la greffière.

Ils firent l'amour avec un plaisir qu'Olivier avait craint d'avoir perdu. Monique s'offrit à lui tout entière.

Avant de dormir, il demanda une dernière fois :

— Tu es sûre que tu veux rentrer là-dedans ?

— Oui, j'en suis sûre.

Ils prirent la route de Cayenne le mardi matin, assez tôt pour arriver à temps au rendez-vous fixé à dix heures trente. Ils suivirent les indications notées par Monique, et gagnèrent Rémire. De belles villas s'alignaient le long de la voie qu'ils empruntèrent. Olivier ne venait jamais dans ces zones résidentielles de la banlieue de Cayenne. Ces quartiers où s'entassaient les fonctionnaires des administrations, enrichis par les salaires que l'État majorait pour les attirer dans ce département à la mauvaise réputation.

Ils tournèrent dans la rue des Maripas, roulèrent un moment, se perdirent sur une piste en terre. Olivier se demanda comment la femme avait pu dénicher cet endroit. Les maisons se faisaient rares, une végétation envahissante dévorait tous les éléments. Ils se garèrent devant un portail parcouru de tiges grimpantes.

— C'est là, tu crois ? demanda Olivier.

— Oui. Elle a dit un portail rouge.

— O.K., on y va alors. On est juste à l'heure.

Olivier ouvrit la portière, mais Monique le retint d'une main sur son bras. Il ne comprit pas immédiatement :

— Quoi ?

Elle ne répondit pas tout de suite.

— Quoi ? insista-t-il.

— Faut que tu restes là. Je dois y aller toute seule, elle a dit.

— Toute seule ? Ça va pas, non ! Écoute, Monique, je suis venu avec toi. On est ensemble dans cette histoire, alors je viens avec toi. J'ai pas du tout confiance en elle.

— Non, Olivier. Je lui ai dit d'accord. Je vais y aller toute seule.

— Mais pourquoi tu ne me l'as pas dit avant ?

— Je n'osais pas. Je pensais que tu n'accepterais pas.

— C'est à cause de l'autre jour ? Parce que je me suis énervé sur elle ?

— Oui.

— Putain !

— Ça va aller. Ne t'inquiète pas, le rassura Monique. Tu m'attends dans la voiture et je reviens.

Elle l'embrassa. Il finit par lui tendre les billets et elle sortit seule du véhicule. Il la vit forcer sur le portail métallique pour le déplacer, puis s'introduire de l'autre côté. Elle se retourna, lui adressa un dernier sourire avant de disparaître sur le terrain abandonné.

33

À la lumière froide du néon, Anato put enfin détailler le physique de son suspect. Olivier Degricourt ne parlait plus. Il se tenait mollement sur la chaise, les bras posés sur la table, le dos en arrière. Sous les cheveux ébouriffés qui lui collaient au front, son visage semblait avoir été sculpté dans un bloc de cire qui aurait commencé à fondre à la chaleur : les yeux glissaient de chaque côté, de larges poches tombaient sous ses paupières. Son corps massif occupait une grande partie de la pièce. Ses mains épaisses se terminaient par des ongles noirs d'une suie définitivement incrustée. Il portait un tee-shirt usé, élimé autour du col, flanqué du logo d'une marque de machines agricoles.

Anato chercha à nouveau ce que sa jeune nièce avait pu lui trouver. Car ils s'étaient aimés, il n'en doutait pas. Les larmes que Monique avait versées, la détresse évidente dans la figure d'Olivier en témoignaient. Livrer son compagnon aux gendarmes avait dû demander un effort considérable à Monique. Cet homme à l'allure de brute et sans fortune lui avait sans doute apporté un amour, une fidélité sans limites. Peut-être était-ce cette sécurité qui avait séduit la jeune fille ? Une telle relation semblait très éloignée de tout ce qu'Anato avait toujours connu.

Il prenait rarement une déposition à une heure si tardive. Au fond du couloir de la Section de recherches, la pièce ne comportait aucune fenêtre. Une petite cellule humide aux murs blancs, glacée par un climatiseur bruyant.

Anato se tourna vers Monique, droite comme un i, les yeux plantés dans les siens pour éviter le regard d'Olivier.

— Tu es sûre que ça va ?

— Ça va, confirma-t-elle dans une longue expiration. Mais je voudrais qu'on en finisse vite.

— O.K. Je t'écoute.

Elle avala sa salive.

— Je commence par quoi ?

— Par le début. Le tout début. Prends le temps qu'il faut.

— D'accord. Alors… Je pense que tout a commencé quand j'ai voulu avoir mes papiers d'identité. Je… Au début je croyais que ça allait être facile parce que toute ma famille a ses papiers. Mais ça a été la galère tout de suite… C'est comme ça que tout a commencé en fait.

Elle eut du mal à se lancer, perturbée par la présence d'Olivier à ses côtés. Les mots sortaient difficilement. De nouvelles larmes vinrent lui mouiller les joues, elle les essuya de la main, puis du mouchoir qu'Anato finit par lui proposer. Il mesurait combien ce témoignage coûtait à Monique. Il imaginait les heures qu'elle avait dû passer, seule dans son appartement, à chercher une issue pour soulager sa conscience tout en préservant Olivier. Les nuits d'insomnie, hantées par les images du drame. Mais il lui découvrait des ressources insoupçonnées. Maintenant qu'elle avait pris sa décision, elle tenait bon.

Une fois passées les premières minutes, elle trouva son rythme et poursuivit, calme, la tête haute, telle une actrice débitant son texte. Son récit fait de mots simples et de phrases courtes se révéla d'une étonnante clarté, de sorte qu'aucun gendarme n'aurait pu mettre en doute sa sincérité. Sa voix posée coulait avec constance, emplissait la pièce comme l'eau d'une source. Le climatiseur l'accompagnait d'une mélodie monotone. La lumière du néon vacillait par moments, ponctuant l'histoire.

Olivier l'écoutait sans bouger, glissant sur sa chaise, la face décomposée. De temps à autre, il prenait sa figure dans une de ses grandes mains, serrait les paupières.

Anato, lui, se taisait, soucieux de ne pas interrompre Monique.

Lorsqu'elle eut terminé, un long silence se fit. Un silence lourd, chargé du fardeau dont elle venait de se libérer. Le capitaine resta muet un bon moment, bouleversé par la simplicité et la puissance du récit. L'enquête touchait à son terme, les pièces s'assemblaient enfin en un édifice complet. Monique passa à nouveau le mouchoir sur ses joues, renifla. Une profonde fatigue se lisait dans ses yeux rouges.

Olivier leva la tête.

— Monique, dit-il d'une voix qui se voulait calme.

Elle ne bougea pas, banda le dos, replaça son regard dans celui d'Anato.

— Monique. Regarde-moi... Regarde-moi, s'il te plaît.

Aucun mouvement.

— Pourquoi, Monique ?.... Pourquoi ?

— C'est terminé, Olivier, lui dit-elle enfin sans lui accorder un coup d'œil.

— C'est pour toi que j'ai fait tout ça, tu sais ?

— Je sais, acquiesça-t-elle sèchement. Mais je ne te l'avais pas demandé.

— Tu sais bien, c'est de sa faute à elle. À cette fonctionnaire de merde !

Elle serra les dents.

— Je ne pouvais plus garder tout ça. C'est tout. C'est terminé, répéta-t-elle, accrochée à la formule comme à une ancre, pour ne pas se laisser dériver.

— Mais, je suis là, Monique. On allait gérer ça ensemble, tous les deux... ! Mais, regarde-moi, putain !

Une dernière larme coula sur le visage de marbre de la jeune fille.

— Tu te souviens, dit-elle doucement, le jour où tu m'as raconté pourquoi tu étais allé en prison ? Comment tu avais frappé ta femme ? Je ne t'en ai jamais reparlé. Parce que tu m'avais promis de ne pas recommencer et que je te faisais confiance. Maintenant, je crois que tu n'arriveras jamais à arrêter. Tu es un homme violent, point barre. C'est terminé.

Puis elle se leva d'un coup, demanda d'un ton pressant à Anato.

— Je peux sortir maintenant ?

Le capitaine ne répondit pas, mais lui ouvrit la porte sur le couloir sombre. Avant de l'accompagner au-dehors, il mena Olivier Degricourt en cellule, lui jeta un dernier coup d'œil. Le garagiste semblait terrassé. Il regardait le sol, retenait ses larmes.

En silence, Anato et Monique marchèrent entre les bureaux déserts de la Section de recherches. Il la conduisit en voiture chez un parent qui l'hébergeait à la Rénovation, un quartier de Cayenne qui n'avait de rénové que l'appellation. Ils parcoururent les rues du centre-ville où seuls traînaient encore quelques toxicomanes hagards, trébuchant sur les trottoirs accidentés ou cherchant le sommeil sur les marches de quelque maison coloniale délabrée. Sur la place des Palmistes devenue une vaste savane obscure, les feuilles des palmiers royaux crissaient au vent. Les premiers nuages s'avançaient dans le ciel, préparaient avec méthode une nouvelle averse pour l'aurore. Le véhicule s'arrêta au pied d'une cité aux murs gris.

Monique détacha sa ceinture, déclara d'une voix usée :

— Merci pour ce que vous avez fait. *Gaan tangi fi i ye.*

Puis elle sortit. Anato suivit des yeux sa petite silhouette, fine et fière, puis la vit disparaître dans l'ombre d'une cage d'escalier, sous le gros numéro noir du bâtiment. Quelle fille courageuse ! pensa-t-il. Malgré les larmes, malgré les supplications d'Olivier, Monique était allée jusqu'au bout, impressionnante de détermination. Sous ses airs d'adolescente, elle venait de donner au capitaine un bel exemple de l'idée qu'il s'était faite, durant toute sa jeunesse, de la dignité du peuple ndjuka.

Bercé par le chant des grenouilles, Anato s'installa sur sa terrasse, retourna maintes fois le témoignage de Monique dans sa tête. Olivier n'avait contesté aucune des paroles de Monique. L'affaire allait pouvoir être vite classée.

Il regarda l'heure, hésita, puis s'empara de son cellulaire pour appeler son cousin qui décrocha rapidement.

— Allô ! Paul ?

— André ? C'est toi ? Il est tard !

— Désolé. Je voulais te parler.

Il entendit au bout du fil des bruits de draps froissés. Son cousin se levait du lit pour poursuivre la conversation.

— Je t'écoute, reprit-il. Que se passe-t-il ?

— J'ai vu Monique. Elle vient juste de partir.

— Monique ? Elle est déjà venue te voir ?

— Oui. Elle a été très courageuse, vraiment. Elle m'a mené à son mari. À Olivier Degricourt. Et elle a témoigné. D'un bout à l'autre de l'histoire.

— Je sais. Enfin, je savais qu'elle l'avait décidé.

— Je… Je voulais te remercier. Elle m'a dit que c'était toi qui l'avais persuadée de témoigner devant moi.

— C'est plus compliqué. C'est vrai, elle est venue me voir et je lui ai parlé de toi. C'est sûr que si tu n'avais pas été de la famille, elle n'aurait peut-être pas fait ça. Mais elle n'a pas pris la décision toute seule. Hier soir, il y a eu une grande réunion de famille avec son père, sa mère, ses grands frères. J'étais là aussi. On a parlé longtemps, assez tard, avant de décider de tout raconter à la police.

— Et pourquoi hier spécialement ?

— Parce que, quoi ! Tu… Tu ne sais pas ?

— Je ne sais pas quoi ?

— Elle ne t'a pas dit ? Elle n'a rien dit à Olivier ?

— Dit quoi ?

Anato perçut le bruit d'un coussin qui s'enfonçait sous le poids de son cousin.

— Monique est enceinte, lui annonça Paul.

— Enceinte ?

— Oui. Elle l'a appris hier. Alors tu comprends, ça l'a fait réfléchir. Elle s'est dit qu'elle ne pouvait plus garder tout ça pour elle. Elle a eu peur de se retrouver en prison avec un enfant.

— Je ne savais pas. C'est Olivier Degricourt le père ?

— Sûrement. On ne lui a pas posé de questions. Elle était déjà très triste. En tout cas, elle a dit qu'elle voulait s'en occuper seule, qu'elle ne voulait pas que le père soit un assassin.

— Ça explique pas mal de choses. Elle ne lui a rien dit. Peut-être valait-il mieux qu'il ne sache pas. Il était déjà en très mauvais état.

— Peut-être. Elle a préféré ne pas le lui dire.

Anato chercha à conclure rapidement pour laisser son cousin se recoucher auprès de sa femme.

— Bon, je te laisse dormir, Paul. En tout cas, je te remercie.

Il hésita puis ajouta :

— Et… dis-moi ?

— Oui.

— Tu es à Saint-Laurent ce week-end ?

— Tu veux passer à la maison ?

— Peut-être. Peut-être que ça me ferait du bien.

Il raccrocha. Ce cousin était un type bien, jugea-t-il. Contre toute attente, il réalisa que l'enquête l'avait rapproché de Paul. Et de Monique également. Il eut l'impression qu'un lien venait de se tisser entre eux. Un lien de confiance, solide, construit par l'épreuve qu'ils avaient traversée ensemble. Bien plus profond et authentique que toutes les relations établies auparavant avec ses oncles et cousins, lors de ces déjeuners où il cherchait sa place. Le déclic qu'il avait espéré pour enfin renouer avec cette famille venait-il de se produire ?

Il gonfla le torse avec une fierté qui lui avait manquée. Pour la première fois depuis son arrivée en Guyane, il se sentit ndjuka.

34

La pirogue des funérailles semblait avoir terminé ses allers-retours incessants entre le village et la forêt. Elle accosta au dégrad de Wetisoula. Les hommes descendirent à nouveau, investirent l'espace, se dirigèrent vers le carbet mortuaire. Ils avançaient avec fierté, l'air fatigué par le travail accompli. Couverts de traces de terre, de végétaux, leurs torses luisaient de transpiration. Ils s'approchèrent du kapiten, lui parlèrent quelques instants. L'homme se leva, les remercia un à un, serrant leurs mains solides dans les siennes ridées.

En retrait, Vacaresse se tenait debout. Il digérait les révélations qu'Anato lui avait rapportées. La mission à Wetisoula touchait à sa fin. Mais il désirait suivre le déroulement des derniers actes de la cérémonie.

Sous un manguier, huit femmes se regroupèrent. Elles apportèrent plusieurs sacs de riz et de graines d'arachide, en versèrent une belle quantité dans de gros mortiers, et se mirent à piler le grain. Agrippant le pilon, leurs bras se levaient, puis s'abattaient en rythme. Dans une marmite installée sur les braises, d'autres femmes cuisinaient la chair d'un coq sacrifié pour l'occasion.

Du côté du carbet, les hommes soulevèrent les trois cercueils, les sortirent sur la place pour les aligner sur le sol. Armé d'une machette, un homme racla la terre sur laquelle ils avaient reposé, la recueillit dans une grande calebasse. Puis il versa sur ce même sol un liquide fait d'alcool et de plantes, comme pour nettoyer toute trace de la mort qui avait séjourné ici.

Durant tous ces rituels, hommes et femmes échangeaient des regards, hochements de têtes et paroles. Chaque action paraissait convenue, recueillait l'approbation des participants. Le kapiten occupait une place particulière, supervisait l'ensemble des opérations. Les enfants du village observaient de loin. Ils suivaient peut-être une des premières cérémonies funéraires de leur vie.

Un homme au physique filiforme, aux grands yeux globuleux et au menton proéminent s'approcha du cercueil de Thélia Apanga. Il tenait en main une longue tige végétale aux extrémités colorées : l'une en blanc, l'autre en noir, avec du charbon de bois. Noué au centre du bâton, un brin d'herbe verte marquait la séparation entre les deux couleurs. Il posa la branche à terre, contre l'avant du sarcophage.

Puis plusieurs femmes vinrent lui remettre une calebasse de riz. À chaque fois, l'homme en prenait une poignée qu'il répandait sur la bière. Vacaresse observa les grains rouler sur le bois, s'éparpiller sur la terre sombre.

Ce n'est qu'à ce moment-là que Fernand Liensoe fut invité à s'approcher. Le lieutenant le regarda marcher vers le cercueil de son épouse et poursuivre ses lamentations, habité par un désespoir évident. Il se dressa devant la sépulture, les yeux braqués vers le sol. L'homme élancé prit une baguette et frappa plusieurs coups secs sur le bois. Puis il leva le bâton en direction du veuf, lui toucha l'épaule en prononçant une courte prière. Son monologue achevé, il reprit possession de la tige et en tendit l'extrémité claire à Liensoe qui l'agrippa fermement. Les deux hommes firent un geste brusque qui brisa la branche en deux. Liensoe conserva en main la seule partie blanche. Cette cassure symbolisait sans doute la séparation entre lui et Thélia.

Une nouvelle calebasse, pleine de rhum, fut alors levée au-dessus de la bière, puis versée sur le bois qui absorba le liquide en de grandes taches orangées. Deux hommes musclés se placèrent de chaque côté du cercueil. Ils installèrent sur leur crâne un coussin de végétaux, se firent aider pour poser dessus la lourde couche funéraire. Les deux petits cercueils furent quant à eux soulevés avec moins de difficultés.

Les porteurs se mirent en marche, firent le tour de Wetisoula. Les yeux sur le sarcophage de bois, les villageois adressèrent une dernière parole à la famille Apanga. Les plaintes chantantes s'élevèrent.

Les trois défunts furent alors menés vers la pirogue qui avait fait tant de va-et-vient sur le fleuve Maroni, et déposés par plusieurs hommes sur le fond de l'embarcation que le pilote maintenait, les pieds dans l'eau. Tous les passagers reprirent place aux côtés des cercueils. Les joueurs de tambour se remirent à frapper des mains sur les peaux tendues.

Un nouveau rythme se forma, lent, envoûtant, envahissant le hameau et le fleuve. À terre, trois hommes tirèrent des coups de fusil vers le ciel.

Le bateau glissa à la surface de l'eau et s'éloigna du village, emportant avec lui les corps des trois membres décédés de la famille Apanga. Les habitants restés à terre, au premier rang desquels Fernand Liensoe, observèrent une dernière fois les cercueils filer vers la forêt. Puis ils se retournèrent un à un. Le carbet funéraire paraissait vide sans les défunts qui l'avaient habité.

Vacaresse se retira également pour rejoindre son propre carbet. Il s'assit sur sa touque, regarda autour de lui. De tous côtés, l'abri était couvert d'objets lui appartenant : chaussettes sur un fil, sac à dos suspendu à un clou, tee-shirt gris roulé en boule sur une planche. Il n'avait passé que quelques jours à Wetisoula, mais avait investi les lieux jusqu'à se sentir presque chez lui. Sa barbe avait poussé, il se demanda quelle tête il avait. Son allure de gendarme s'était émoussée. Il repensa au récit d'Anato, à la manière dont ce dernier avait conclu l'affaire. Le capitaine, malgré tous les reproches qu'il pouvait lui faire, avait fait preuve d'une intuition que ni lui ni Girbal n'auraient pu revendiquer.

Il imagina ce qu'il allait faire une fois rentré à Cayenne. Le choix du carrelage pour sa cuisine n'était toujours pas fait, se rendit-il compte. Son passage à Wetisoula avait même remis en cause toutes ses analyses sur le sujet. Les préférences qu'il avait à son arrivée ne lui paraissaient plus du tout d'actualité.

Plus rien ne le retenait sur le fleuve. Il entama son paquetage. Il détacha le hamac, ramassa ses effets, remplit sa touque.

Il ne lui restait qu'une chose à faire avant de partir. Après un moment d'hésitation, il s'approcha de Fernand Liensoe et lui pressa l'épaule.

— Monsieur Liensoe ?

— Oui ? demanda le veuf en se retournant.

— C'est terminé, monsieur Liensoe.

— Quoi, c'est terminé ? Je sais que c'est terminé. On vient juste de les emmener au cimetière.

— Non, je ne parlais pas des funérailles. L'enquête.

— Ça y est ? Vous avez attrapé le garagiste ?

Vacaresse réfléchit.

— Oui. Vous aviez raison. Il a tout avoué. Le meurtre à Cayenne et celui de votre femme et de vos enfants.

Fernand Liensoe regarda Vacaresse avec intensité, poussa un soupir de soulagement.

— Il était où ?

— Il attendait que le temps passe. Peut-être qu'on l'oublie. Sous un carbet, vers Saint-Laurent.

— Et il est en prison maintenant ?

— Il doit être jugé. Mais avec ses aveux, l'affaire sera vite réglée.

— *À bun.* C'est bien, conclut simplement Fernand Liensoe.

— Oui, répéta Vacaresse. C'est bien.

— Je vous avais dit que c'était lui. Thélia avait peur de lui. Et moi, je l'ai jamais aimé. Vous allez repartir chez vous, alors ?

— Oui, je vais rentrer, je n'ai plus rien à faire ici. Mais avant de partir, je voudrais juste vous poser une question.

— C'est quoi votre question ?

— Votre femme, elle est partie vers le cimetière, c'est ça ?

— Oui.

Vacaresse ne savait pas comment formuler sa demande.

— On m'a un peu expliqué comment fonctionnent vos cérémonies funéraires, avec ce jugement en bon mort et mauvais mort. Alors je voudrais savoir, pour Thélia Apanga. Son enterrement, ça va être un bel enterrement ? Je veux dire, elle pourra devenir une ancêtre ?

Fernand Liensoe sourit. Il révéla une incisive en or que le lieutenant n'avait pas remarquée jusqu'ici. Une lettre était gravée sur le métal jaune. Un A.

— Vous avez appris des choses, on dirait.

— Quelques-unes, oui, mais il en reste encore beaucoup que je ne comprends pas.

— On a fait l'interrogatoire. C'était à un moment où vous étiez parti. Ça s'est bien passé. Ici, les gens savent pas qu'elle a été tuée par un Blanc. Mais ils ont compris que la mort de Thélia a été provoquée par les ancêtres. C'est une bonne mort. Moi, je le sais depuis longtemps, mais eux, maintenant ils savent que c'était pas une sorcière. Que toutes leurs accusations étaient fausses. Que pendant toute sa vie, ils se sont trompés. (Il leva les yeux vers le ciel.) Elle est devenue… une *Yooka*.

— Je suis content de l'apprendre. Elle le méritait. Merci.

— Merci à vous. *Gaan tangi fi i ye*, c'est comme ça qu'on dit en aluku. Et ne le laissez pas s'échapper, cet homme. Allez, rentrez chez vous.

Sur ces paroles, il tendit une main au lieutenant qui la serra. Vacaresse attrapa sa touque, se dirigea vers le fleuve. Sur le côté, il aperçut le petit Barnabé qui le fixait des yeux. Il lui offrit sa plus belle grimace, déploya au maximum ses capacités d'hypermobilité en faisant remonter ses lèvres vers les yeux. L'enfant rit. Il lui adressa un signe de la main et embarqua dans une pirogue pour redescendre le Maroni vers la côte.

En chemin, il fit une halte à Apatou et monta jusqu'à la maison de Michel Dougez. Le médecin l'attendait, une bière posée sur la table. Il semblait n'avoir pas bougé d'un millimètre depuis leur dernier entretien, pétrifié sous le poids des accusations formulées à son égard.

— Vous êtes innocenté, Michel, le rassura aussitôt Vacaresse. En tout cas pour le meurtre parce qu'il faudra que l'on reparle du trafic de papiers de Véronique Morhange dans lequel vous n'êtes pas tout blanc.

— Comment ça s'est passé ?

— Nous avons des aveux. En bonne et due forme.

— Du garagiste de Saint-Laurent ?

— Oui.

— C'est lui qui a tué Véronique ? Et la famille Apanga ?

— Pas exactement.

— Vous pouvez m'en dire plus ?

— Oui. Mais avant ça, j'ai besoin que vous m'expliquiez autre chose.

— Autre chose sur quoi ?

— Sur les traditions funéraires des Noirs-Marrons. Il y a un point dont vous ne m'aviez pas parlé et qui aurait peut-être pu nous aider à avancer.

— De quoi parlez-vous ?

— Je peux m'asseoir un instant ?

— Bien sûr.

Vacaresse s'installa une dernière fois à la table du médecin. En contrebas se poursuivait le trafic incessant des pirogues qui sillonnaient le Maroni.

35

Olivier resta seul dans sa cellule, assis sur la couchette de béton, visité à intervalles réguliers par le gardien de nuit. Il serra les dents, leva la tête vers le plafond, agrippa sa tignasse emmêlée de ses doigts calleux.

Tout était terminé, comme Monique l'avait répété maintes fois, de cette voix ferme jamais révélée pendant leurs trois années de vie commune. Durant son témoignage bouleversant, il n'avait pas reconnu la jeune fille qu'il avait tant aimée. Belle, attentionnée, prévenante, souriante en toutes circonstances. Pourquoi ? s'obstinait-il. Comment avait-elle pu ainsi le trahir, après tout ce qu'il avait fait pour elle ? Il s'était donné à Monique, entièrement, sans réserve. De même qu'il l'avait fait pour Catherine, son ex-femme, quelques années plus tôt à Dunkerque. Et dans les deux cas, il avait fini entre les quatre murs d'une cellule.

À la différence près que cette fois, il allait plonger pour meurtre.

Monique avait tout dit, tout déballé en un raccourci qui le terrifiait. Il se souvint des premiers mots de son récit : tout a commencé quand j'ai voulu avoir mes papiers d'identité, avait-elle expliqué. Lui ne voyait pas les choses ainsi, plus maintenant en tout cas. Il remontait plus loin. Jusqu'au jour de sa rencontre avec Monique, lors de cette soirée dans la salle de fête de la Charbonnière. Tout cela serait-il arrivé si elle avait été élue Miss ? Elle aurait sans doute passé la nuit avec un autre homme que lui, et tout aurait été différent.

Cette première nuit d'amour avec Monique, dans son petit appartement de Saint-Laurent, lui sembla soudain le point d'origine de tous ses malheurs.

Il s'allongea sur le lit, dur et froid, ferma les paupières, plongea dans ses souvenirs. Et se remémora enfin comment tout s'était terminé. Dans cette maison abandonnée de Rémire, puis à Wetisoula.

Monique était entrée seule pour retrouver la greffière au point de rendez-vous qu'elle lui avait fixé. Plus encore que sur les bancs du tribunal d'instance ou de la préfecture, Olivier trépignait d'impatience dans sa voiture. La savoir livrée à elle-même face à cette fonctionnaire corrompue le mettait hors de lui. Il sortit du véhicule, fit les cent pas. D'épais nuages chargeaient le ciel, lourd et bas comme avant chaque averse. Un long moment passa. Interminable.

Il alluma un joint préparé à l'avance, qu'il avait prévu de fumer sur la plage de Montjoly après la rencontre avec la greffière. L'effet de l'herbe anesthésia un peu l'inquiétude qui le rongeait, mais rendit aussi ses pensées plus confuses. Avait-il réellement promis à Monique de l'attendre ? Le portail rouge, entrouvert, se présentait maintenant à lui comme un obstacle facilement franchissable. Il lui suffisait d'entrer pour la rejoindre et calmer son angoisse.

Il se retint de longues minutes, espérant à chaque instant la voir arriver, mais finit par perdre patience. Il claqua la portière de la voiture, écrasa son mégot, pénétra sur le terrain.

Le site semblait abandonné. Un énorme manguier répandait ses fruits à terre où ils pourrissaient. Un tapis de feuilles mortes couvrait le sol boueux.

Il approcha de la maison en bois, en aussi mauvais état que la parcelle. Il percevait la voix douce de Monique. Sans bruit, il se plaça derrière un mur, en un point où il pouvait suivre la conversation sans être repéré. Entre deux jalousies en ruine, il jeta un œil discret à l'intérieur de la pièce. Elle ne comportait en son centre qu'une table et deux chaises face à face sur lesquelles les deux femmes étaient assises.

Véronique Morhange portait un survêtement blanc, couvert de boue au bas des jambes. Elle avait le visage rouge d'une coureuse interrompue dans son effort, ce qui ne l'empêchait pas de fumer la cigarette qu'elle tenait entre ses doigts. Un petit sac à dos de sport traînait à terre, d'où elle avait sorti les documents étalés sur la table. Une affaire parfaitement organisée : elle accédait à son lieu d'échange durant sa séance de jogging en passant par la forêt, ni vue ni connue.

Olivier tendit l'oreille. Monique détaillait à la greffière chaque étape de leur recherche de papiers. Elle racontait les choses à sa manière, lente, mais détendue. Véronique Morhange ne l'interrompait pas.

— Et au Suriname, tu n'as pas pu faire rectifier le nom de ton père ? demanda-t-elle enfin de sa voix rauque.

Elle tutoyait Monique sans vergogne.

— Non. Mon père y est allé deux fois. Il a pris un rendez-vous, mais on lui a dit que ça allait durer au moins un an encore. Vous savez, ça fait déjà deux ans que je suis embarquée dans cette histoire.

— Je sais. Mais dis-moi, pourquoi tiens-tu tant que ça à avoir des papiers si vite ? Tu ne travailles pas, tu ne voyages pas. En quoi est-ce si important pour toi ?

— Madame, je vous ai déjà tout expliqué. Vous ne pouvez pas me dire juste comment vous pouvez m'aider ? Ce que vous pouvez faire, quoi !

— Je t'ai dit que je pouvais t'aider, si tu as les moyens. Pour le moment, je vais voir ce que je peux faire avec les papiers et l'argent que tu m'as donnés, mais je ne peux rien te promettre encore. Je prends l'avion pour Paris cet après-midi. Je vais voir les gens qui travaillent pour moi là-bas et je te rappelle quand je rentre. D'accord ?

— D'accord.

— Mais si tu veux que je t'aide, j'ai besoin d'un maximum de détails. Je dois savoir très précisément quelle est ta situation, tu comprends ?

— Un peu.

— Alors on continue. Peux-tu m'expliquer pourquoi tu veux vraiment obtenir tes papiers ? Pourquoi tu es prête à payer pour ça ?

Olivier ne comprenait pas à quel jeu jouait Véronique Morhange, sortie de son rôle de fonctionnaire modèle. Pourquoi un tel acharnement à déchiffrer la motivation de Monique ? Pourquoi ce voyeurisme répugnant ? Elle ressemblait à une journaliste fouillant avec entêtement dans les malheurs de la jeune fille.

— Eh bien, pour le moment je ne travaille pas, mais un jour, je vais travailler. Et puis on a un projet. On voudrait faire un voyage au Brésil.

— *On*, c'est toi et ton ami ? Celui que j'ai vu ? Celui qui m'a insultée dans mon bureau ?

— Il ne vous a pas insultée. Il est juste énervé, comme moi.

— Peux-tu me dire son âge ?

— Pourquoi ? Pourquoi vous voulez savoir ça ?

Depuis sa cachette, Olivier se fit la même réflexion. La greffière s'aventurait sur un terrain dangereux.

— Juste pour savoir. Il a quoi ? Quarante ans ? Quarante-cinq ?

— Quarante-deux.

Véronique Morhange tira une longue bouffée de fumée qu'elle recracha dans un soupir.

— Quarante-deux ans. Ça fait vingt ans de plus que toi, tu te rends compte ? Pourquoi n'es-tu pas avec un jeune de ton âge ? Tu crois vraiment qu'un homme comme ça va te rendre heureuse ? Quand tu auras quarante ans, il en aura soixante, tu y penses ?

En prononçant ces paroles, elle franchit une limite. Olivier resta quelques secondes, le cœur battant, à attendre la réponse de Monique. Mais celle-ci ne vint pas. Elle hésitait. Et plus elle hésitait, moins Olivier avait envie de savoir ce qu'elle allait dire. À sa haine pour la greffière se mêla soudain une peur d'entendre une vérité qu'il préférait ne pas connaître.

Il sortit de sa cachette, s'avança vers la greffière.

— Qu'est ce que ça peut vous foutre ? cria-t-il. Vous pouvez l'aider ou pas ? Vous savez rien. Vous savez rien de notre histoire !

Surprise, Morhange se leva brusquement, déstabilisée par cette intrusion dans son repaire.

— Qu'est-ce qu'il fait là ? dit-elle à Monique. Je t'avais dit de venir seule.

— Mais je suis venue seule, répondit Monique. Je ne savais pas qu'il était là.

Olivier s'approcha de la greffière. Il contourna la table et lui fit face. Sa tête la surplombait de trente centimètres.

— C'est quoi, toutes ces questions ? Vous voulez quoi ? Vous voulez qu'elle vous dise qu'elle est la plus malheureuse du monde ? Qu'elle vous supplie ? Eh bien, non, elle le fera pas. Elle est heureuse, ça vous étonne, hein ! Et la seule chose qui lui manque, c'est votre putain de certificat !

— Vous avez intérêt à vous calmer, rétorqua Morhange en tentant de réendosser son costume de greffière. Ce n'est pas en vous énervant que vous allez l'aider. Si vous voulez mon soutien, je vous demande encore une fois de sortir d'ici et de laisser votre amie se débrouiller seule. Elle s'en sort très bien.

— Mais qu'est-ce que vous racontez ? Vous êtes sa sauveuse, c'est ça ? Sans vous, elle restera clandestine toute sa vie ? Si vous étiez pas là, si on était tombé sur quelqu'un de moins con que vous, tout serait déjà réglé depuis longtemps.

Il avançait par petits pas, obligeait la femme à reculer. Monique ne bougeait plus. Muette sur sa chaise, elle suivait la scène avec inquiétude.

Au cinquième pas en arrière, le pied de Véronique Morhange s'enfonça dans un trou creusé dans le parquet. Elle trébucha, tomba à terre, la cheville coincée entre les lames de bois. Olivier la regarda. Ainsi étalée sur le sol, levant vers lui deux yeux apeurés, elle n'avait plus rien de la femme hautaine qui les avait reçus dans son bureau. Elle venait d'entrer sur un nouveau terrain. Un terrain sur lequel Olivier était bien plus à l'aise. Cette vision lui ôta toute barrière.

Il leva la jambe et asséna à la greffière un violent coup dans l'estomac. Elle se tordit de douleur alors qu'il recommençait de plus belle. Il frappa plusieurs fois, se baissa, usa de ses poings. Il ne contrôlait plus sa colère. Monique se jeta sur lui, tenta de le stopper, mais il la repoussa sans même s'en rendre compte. La greffière gisait à terre, elle encaissait les coups sans répit. Sans pouvoir riposter ni même prononcer un mot. Olivier la violenta sans relâche durant trois bonnes minutes.

Puis il cessa.

Il lâcha le jogging qu'il avait agrippé, se propulsa en arrière, dos au mur. Les poings couverts de sang. Un silence terrifiant envahit la pièce. Plus un son, plus un cri. Olivier et Monique n'osaient pas tourner les yeux vers le carnage.

Ce qui restait de Véronique Morhange ne bougeait presque plus. Elle respirait difficilement, manquait de s'étrangler dans son sang à chaque inspiration. Un filet rouge coulait de sa bouche, de son arcade sourcilière ouverte au-dessus d'un œil tuméfié.

Un moment passa ainsi avant que Monique ne se décide à parler.

— Olivier. Tu… Tu es fou… Tu es fou. Pourquoi as-tu fait ça ?

Après un silence, il répondit, se persuadant lui-même :

— T'inquiète pas, Monique… T'inquiète pas… Je vais m'occuper de tout. Je vais tout arranger.

C'est à cet instant qu'ils entendirent la voix gémissante de la greffière s'élever :

— Aidez-moi. Par pitié, aidez-moi. Ils sont fous !

Elle levait le bras, implorait un soutien. Olivier et Monique tournèrent la tête.

Debout dans l'embrasure de la porte, la main pressée sur sa bouche pour s'empêcher de crier, se tenait un témoin qui avait suivi toute la scène. Thélia Apanga. Elle jetait sur les trois personnes deux yeux horrifiés. Olivier mit un instant à la reconnaître, il ne l'avait pas vue depuis plusieurs semaines. La situation paraissait irréelle, l'agricultrice semblait tombée du ciel. Elle avait l'air de partager la même sensation à leur égard. Tous s'interrogeaient du regard, mi-étonnés, mi-terrifiés.

Avant qu'ils n'aient pu échanger un mot, Thélia Apanga ôta la main de sa bouche, poussa un hurlement qui embrasa la maison. Elle fit plusieurs pas en arrière, trébucha sur une marche, s'étala à terre, se releva aussitôt et se précipita vers l'extérieur.

Monique et Olivier se levèrent en même temps, coururent pour la rattraper. Monique la saisit par le bras, lui adressa quelques phrases, mais elle ne voulut rien entendre. Elle se retourna, les regarda, leur lança en ndjuka des paroles que même Olivier pouvait comprendre :

— Qu'est-ce que vous faites là ? Vous l'avez tuée ! Vous êtes fous ! Vous êtes complètement fous !

— Mais attends, lui dit Monique. Attends. Tu vas aller où ?

— Vous êtes fous. Je rentre chez moi. Je retourne sur le fleuve.

Puis elle poussa Monique en arrière et reprit sa course vers le portail derrière lequel elle disparut. Le couple renonça à la poursuivre.

Ils regagnèrent la maison. Véronique Morhange ne faisait plus le moindre bruit. Elle ne respirait plus. Olivier souleva sa tête, constata que ses cheveux étaient collés entre eux, rouges de sang. Le crâne ouvert. Il regarda Monique.

— Elle est morte.

Ils attendirent longtemps dans la pièce. Monique ne parlait pas. Une pluie fine commença à tomber, puis se transforma en averse. L'eau rentrait dans la baraque par les fenêtres disloquées. Olivier réfléchissait, cherchait comment arranger la situation. Il ne pensait plus à Thélia Apanga, sa venue n'avait été qu'un mauvais rêve. Il construisait tant bien que mal une stratégie pour effacer son crime.

Il sortit de la maison, trouva au-dehors un seau qu'il remplit dans les flaques formées par l'ondée. Il revint dans la pièce, jeta l'eau sur le plancher, puis frotta de ses mains pour diluer le sang. Il souleva le corps de la greffière et le porta à l'extérieur avant de revenir s'asseoir au sol.

Plusieurs heures passèrent. Chaque minute s'écoulait comme une éternité. Il regardait régulièrement Monique, immobile, muette.

Il ne se releva que lorsque la nuit tomba. Il ordonna à Monique de ne pas bouger, de l'attendre, expliqua qu'il ne serait pas long. Il sortit, chargea le corps sur son épaule, et s'engagea sur le chemin que Véronique Morhange avait emprunté pour gagner la cabane. Dans la forêt sombre, les sifflements des tinamous fusaient de tous côtés, mêlés aux chants des grenouilles. Il suivait avec difficulté le layon, ployant sous son fardeau sans vie. La nuit tombée, le sentier du Rorota était désert. Il marcha ainsi près d'une demi-heure avant d'atteindre le point qu'il cherchait.

Il n'était venu qu'une fois dans ce petit massif forestier, plusieurs années auparavant. Mais il avait gardé le souvenir de ce belvédère qui offrait une vue sur les îlets de Rémire. Il se rappelait s'être penché, s'être dit que la pierre devait y être glissante par temps de pluie. Qu'une chute pouvait vite arriver.

Il posa sa victime sur le sol trempé, couvert de feuilles de bambous, puis la poussa du pied. Il vit le corps basculer, s'enfoncer dans la végétation, et enfin disparaître. Il l'entendit s'effondrer lourdement en contrebas. Il faisait sombre. Il ne put savoir si le jogging était visible. Avec de la chance, se dit-il, on pourrait la croire tombée dans le ravin par accident.

Lorsqu'il revint à la maison, il trouva Monique recroquevillée sur elle-même, seule dans l'obscurité macabre de la pièce. Elle sanglotait, incapable de s'arrêter. Il passa son bras autour d'elle, lui glissa quelques paroles réconfortantes, la ramena vers la voiture.

Durant le trajet du retour, dans la nuit déjà bien avancée, elle garda la tête tournée vers la forêt dont les arbres défilaient. Elle ne dit pas un mot. Olivier était quant à lui torturé par le visage ensanglanté de Véronique Morhange qui se rappelait sans cesse à son souvenir. Il compta machinalement le nombre de cadavres d'animaux écrasés le long de la route, fut horrifié du résultat. Il souhaita à plusieurs reprises se réveiller enfin. S'extraire du cauchemar dans lequel il s'était plongé.

Arrivé à Saint-Laurent, il se gara. Il mena Monique jusqu'à l'appartement et l'assit dans le canapé. Elle ne réagissait presque plus, se laissait guider, les yeux gonflés. Il aurait voulu lui dire que tout était fini, qu'elle n'avait plus à s'inquiéter de rien. Que ses problèmes de papiers s'étaient évaporés avec la mort de la greffière. Que personne ne connaîtrait jamais la vérité. Mais il savait que c'était faux. Parce qu'il y avait eu un témoin. Un témoin dont il ne comprenait toujours pas la présence à cet endroit, à ce moment précis.

— Monique, dit-il après un moment.

Elle ne répondit pas.

— Monique, insista-t-il.

— Oui, dit-elle enfin, presque aphone.

— Thélia.

— Quoi, Thélia ?

— Qu'est-ce qu'elle faisait là ?

Monique parlait avec difficulté, faisait une pause avant de répondre à chaque question. La discussion se déroulait au ralenti.

— Je ne sais pas. Je ne sais pas…

— C'est ton amie, non ? Elle t'avait déjà parlé de la greffière ?

— Oui, c'est mon amie… Mais… je ne sais pas ce qu'elle faisait là. Elle ne m'a jamais parlé d'elle.

La nuit avançait, le quartier baignait dans le silence. Quelques moteurs de Mobylette rugissaient plus loin.

— Elle a tout vu, Monique.

— Oui… Elle a tout vu.

— Il faut faire quelque chose. Elle va tout raconter à la police.

— Non, elle ne dira rien… C'est mon amie, répéta Monique.

— C'est ton amie, mais elle va avoir peur. Peur qu'on l'accuse, elle. Alors elle va vouloir tout raconter.

— Je ne sais pas. Peut-être. Mais… Mais on ne peut rien faire.

Olivier ne répondit pas tout de suite. Monique releva la tête.

— Hein, Olivier, on ne peut rien y faire ?

— Eh bien… Si. Je crois que si.

— Non, Olivier ! Il faut la laisser tranquille maintenant. Elle a dû rentrer s'occuper des enfants, c'est tout.

— Je crois qu'il faut être sûr qu'elle ne dira jamais rien.

— Tu veux faire quoi ? interrogea Monique, de plus en plus inquiète.

— Je veux qu'on aille à Wetisoula.

— Quoi, maintenant ?

— Oui, maintenant. Avant que ce soit trop tard.

— Pour faire quoi ?

— Je ne sais pas encore. Peut-être juste parler avec elle. Lui expliquer, quoi !

Monique réagit au quart de tour.

— Mais expliquer quoi ? cria-t-elle de sa voix cassée. Il n'y a rien à expliquer. Tu l'as tuée, point barre. Et si Thélia veut parler, elle le fera. Peut-être qu'elle l'a déjà fait. Ce n'est pas la peine, c'est fini… C'est fini.

L'idée d'aller sur-le-champ à Wetisoula avait germé dans l'esprit d'Olivier, y prenait racine comme une obsession. Rien n'empêchait, bien sûr, de reporter le projet au lendemain, d'attendre que les choses se tassent. D'espérer que Thélia Apanga se terre chez elle et décide de garder la vérité pour elle. Mais il craignait qu'elle ne se précipite à la gendarmerie dès l'aurore, si ce n'était pas déjà fait. Et au fond de lui, il se sentait surtout poussé par un désir de régler l'affaire au plus vite. De faire en sorte que le cauchemar ne dure qu'une nuit. Qu'il puisse s'éveiller au matin avec l'impression que toute trace avait été effacée.

Monique peinait à poursuivre. Elle s'opposait au voyage, énumérait tous les arguments pour l'en dissuader. Elle s'énerva, fondit en larmes, lui assura qu'elle irait voir Thélia le lendemain. Mais Olivier ne céda pas. Plus décidé que jamais, il prit quelques affaires, puis sortit. Inquiète de ce qu'il était capable de faire sur place, Monique n'eut d'autre choix que de le suivre.

Trouver un piroguier pour remonter vers Apatou en pleine nuit relevait du défi. Alignées au bord du dégrad désert de Saint-Laurent, les pirogues orphelines attendaient le matin. Sur la rive d'en face, les lumières d'Albina s'éteignaient peu à peu. Seul un bateau faisait des allers-retours entre les deux pays, traversant sans s'en soucier la virtuelle frontière, chargé de marchandises. Un trafic illégal comme un autre. À son arrivée côté guyanais, Monique interpella le pilote, lui parla en ndjuka en masquant sa voix éraillée. L'homme accueillit la requête en riant. Il refusa de modifier son monotone itinéraire nocturne. Monique dut insister pour le convaincre, lui offrir un prix plus que raisonnable avant qu'il n'accepte de les mener à Wetisoula.

Ils naviguèrent à la lumière d'une lampe de poche que le piroguier tenait de sa main libre. Il éclairait la surface du fleuve pour se repérer dans l'obscurité. Par moments, il coinçait la torche entre son oreille et son épaule. Dans le ciel dégagé, les étoiles les observaient dans leur détresse comme un million d'yeux. Monique s'allongea, posa sa tête sur les cuisses d'Olivier. Un vent presque froid fouettait leur visage.

Tout Wetisoula dormait. Ils mirent pied à terre à proximité de la maison Apanga pour ne pas avoir à traverser le village. Lampe à la main, ils avancèrent sans faire de bruit, s'approchèrent de la bâtisse. Sous le carbet-cuisine, quelques braises brillaient encore d'un rouge vif, éclairaient la couleuvre pendue à une poutre. Le groupe électrogène tournait avec un vacarme assourdissant.

Monique, vacillante, s'assit sur la racine d'un manguier, se moucha. Olivier monta les marches qui menaient à l'étage, mais trouva la porte cadenassée de l'intérieur. Il mit un pied sur un bidon, tira un volet, puis se hissa par la fenêtre dans la chambre obscure.

Recouverts d'une moustiquaire, les deux hamacs des enfants étaient immobiles. Olivier s'approcha de Thélia Apanga, allongée sur son matelas de mousse, et pressa son épaule. Elle ne bougea pas. Il la secoua doucement, puis plus fort, mais elle ne réagit pas. Il la retourna, cria pour la réveiller. Sans effet. Il se releva, horrifié. Thélia était morte, dans son sommeil.

Qu'avait-il bien pu se passer ?

Il souleva les moustiquaires des enfants, posa un doigt sur leur carotide. Morts, comme leur mère.

Il regarda autour de lui. Le bruit du groupe électrogène s'imposa soudain, fort. Bien plus fort que s'il avait été à son emplacement habituel, dans son coffre éloigné de la maison. Le moteur vrombissait. Il ressortit de la baraque, la contourna, trouva la porte du rez-de-chaussée ouverte. Il y découvrit le générateur en place, juste sous la pièce dans laquelle dormait la famille. Posé sur un banc de bois, il vibrait de partout. Ses fumées s'échappaient, diffusaient vers le haut.

Monique s'était levée. Elle le regardait s'agiter autour de la maison.

— Qu'est-ce qu'il y a, Olivier ? demanda-t-elle lorsqu'il revint au-dehors.

— Il y a que… ils sont morts, Monique ! Thélia, Justin et Tobie. Ils sont morts tous les trois !

Il se tenait la main sur le front, paniqué. Ses idées se bousculaient.

— Je comprends pas, dit-il. Merde, c'est quoi, cette histoire ? Je voulais pas leur faire de mal, je te jure Monique. Pourquoi ils sont morts ?

Il s'assit à son tour et prit sa tête dans ses mains. Monique regardait la maison. Ils restèrent un moment silencieux, dans la pénombre, secoués par le bruit du moteur qui n'en finissait plus d'asphyxier les défunts. Le village était éteint, plongé dans le sommeil, encore ignorant du drame qu'il devait découvrir au matin.

Pourquoi ? se répéta Olivier. Pourquoi ? Quelle malédiction les avait poursuivis dans leur voyage depuis Cayenne ?

Monique ouvrit enfin la bouche, d'une voix à peine audible.

— Moi, je sais ce qui s'est passé, Olivier.

— Quoi ? demanda-t-il, inquiet.

— *A kii en seefi*, dit Monique doucement, comme pour elle-même.

— Quoi ?

— Thélia s'est suicidée. (Elle prit une grande inspiration.) Elle était trop malheureuse dans ce village, elle n'avait personne. Tu te souviens, quand je t'avais dit qu'elle n'avait que nous comme amis. Elle s'est tuée après ce qu'elle a vu ce matin.

Elle pleurait à nouveau, respirait bruyamment. Elle s'assit loin d'Olivier et ils attendirent ainsi quelques instants, immobiles. Il se leva enfin, prit la main de Monique pour l'aider à se lever.

— Je suis désolé, Monique. Je suis désolé. Mais on peut pas rester ici. Il faut qu'on y aille.

— Non. On ne peut pas les laisser comme ça, rétorqua-t-elle en larmes.

— Quoi, les laisser comme ça ?

— Personne ne doit savoir.

— Savoir quoi ?

— Qu'elle s'est suicidée… Personne, tu comprends ! Pour une Ndjuka, se donner la mort, c'est… c'est pire que tout ! C'est comme être une sorcière. Je ne sais même pas s'ils accepteront de l'enterrer. Ils ne doivent pas savoir.

Olivier la regarda. Elle frissonnait.

Il obtempéra. Il rentra à nouveau dans la petite pièce. Il éteignit le moteur, l'agrippa par les tubes métalliques, puis le porta à l'extérieur. Il l'emmena jusqu'à sa place habituelle, l'installa à l'intérieur du coffrage en bois. Posé à côté, le cadenas était ouvert. Il n'eut qu'à le refermer. Il essuya le métal de son tee-shirt, pour ne laisser aucune empreinte.

Il se releva. Il regarda la maison, reliée au générateur par le fil électrique qui rampait à terre. Il se remémora les séjours passés ici avec Thélia Apanga et ses deux enfants. La ténacité avec laquelle elle cultivait son abattis. Toute la vie du fleuve qu'elle lui avait fait découvrir. Jamais il n'avait voulu sa mort, se persuada-t-il, et encore moins celle de Tobie ou Justin.

La pirogue les ramena à Saint-Laurent-du-Maroni. Plus une seule étoile dans le ciel, les nuages s'amoncelaient, annonçant une ondée puissante pour l'aube. Monique ne cessa de sangloter. Tant bien que mal,

Olivier essaya d'imaginer leur avenir, avec ce drame sur les épaules. Personne ne saurait jamais ce qui s'est passé, se jura-t-il. Le piroguier ne dirait rien de ce trajet nocturne, lui aussi fuyait sans doute les gendarmes pour préserver ses trafics avec le Suriname. Le temps allait panser les blessures de Monique. Ils allaient surmonter cet obstacle, se reconstruire. L'essentiel était qu'ils restent ensemble. Que rien ne vienne les séparer. Peut-être un jour allaient-ils fonder une famille ? se dit-il.

Mais Monique était déjà si loin.

36

Alors qu'il écoutait le commandant de gendarmerie se réjouir des résultats de la Section de recherches, Anato se demanda s'il ne le préférait pas en fin de compte en rogne. Le colonel criait dans le combiné, étonnamment disert :

— C'est bien, Anato, enfin des résultats. Deux affaires résolues d'un seul coup. Il était temps : les médias ne nous auraient pas lâchés pour le meurtre de la petite Amélie Voisin. On est passé près de la catastrophe. Ne me refaites jamais une frayeur comme ça, Anato !

— Mon colonel, ce sont même trois dossiers bouclés. Voisin, Morhange et Apanga, précisa Anato, en faisant patienter le visiteur qui venait de frapper à la porte de son bureau.

— Apanga ? Ah oui, sur le fleuve ! Je vous avais bien dit de ne pas y passer trop de temps. Bien malheureux, mais pas de notre ressort.

Anato ne répondit pas. Le colonel conclut sans sommation :

— Bon, sur ce, bonne journée. Continuez comme ça.

Et il raccrocha. Anato regarda le combiné, puis sourit. À sa manière, le commandant venait pour la première fois de le féliciter.

Le capitaine repensa à sa nièce, au récit poignant du meurtre de Véronique Morhange et du suicide de son amie. Il se leva, ouvrit la porte pour accueillir Vacaresse.

— Mon capitaine, dit simplement le lieutenant.

— Vacaresse, de retour du fleuve ?

— Juste le temps de me changer et me voilà. Stéphane n'est pas là ?

— Il a pris sa journée.

Anato l'invita à s'asseoir. Vacaresse était redevenu citadin. Il avait passé son plus bel uniforme qui enserrait son gros ventre.

— Alors, ces quelques jours à Wetisoula, comment ça s'est passé ?

— Mieux que je ne le pensais, en fait. J'ai appris des choses. Cette cérémonie funéraire chez les Noirs-Marrons, je n'avais jamais vu ça ! Enfin, vous devez connaître ça par cœur.

— Un peu, mentit Anato qui n'avait jamais assisté à un tel événement.

— Vous étiez au téléphone avec le commandant ? Il doit être satisfait, non ?

— Oui, enfin, vous le connaissez.

Vacaresse se pencha en arrière sur son siège pour rencontrer l'air frais du climatiseur. Il passa sa main derrière la nuque.

— Un dossier compliqué, tout de même, non ? Maquiller un meurtre en accident, on connaît, mais maquiller un suicide en meurtre, ce n'est pas commun.

— Sauf dans une société où le suicide est aussi mal vu.

— C'est ça, approuva Vacaresse en se redressant. Vous savez, sur le trajet du retour, j'ai rediscuté avec Michel Dougez, le médecin d'Apatou. Il m'a confirmé ce que vous avait expliqué votre nièce. Dans la tradition noire-marron, le suicide est un acte très grave pour la personne et pour toute sa famille. Il n'est pas considéré comme une mort respectable. Une personne qui s'est suicidée subit le même sort que ceux qui sont pris pour des sorciers. Aujourd'hui on les enterre à peu près normalement, mais avant, leur corps était carrément jeté en forêt, sans aucune cérémonie ou sépulture. On n'essaye même pas de trouver l'origine de leur mort. Les suicidés ne sont plus rien. Du coup, ce n'est pas la peine de parler de réincarnation : ils n'ont aucune chance de devenir des ancêtres.

— C'est bien ce que Monique m'a dit, avec moins de détails. Elle a voulu faire croire que son amie ne s'était pas tuée toute seule. Pour lui permettre de ne pas perdre la face.

— Triste histoire…

— Comment l'ont pris les habitants de Wetisoula ? Son mari ?

— Eh bien…

— Quoi ?

— Je n'ai… Je n'ai pas réussi à le lui dire.

— Comment ça ?

— Ça ne servait à rien, j'ai pensé. La cérémonie était terminée. Elle a permis de laver Thélia Apanga de toutes les accusations de sorcellerie qui ont pesé sur elle durant sa vie. La pauvre agricultrice est devenue une ancêtre, une *Yooka*, comme ils disent. Fernand Liensoe était convaincu que le garagiste avait tué toute sa famille. Le type sera de toute façon condamné pour le meurtre de la fonctionnaire. À quoi ça servait de lui révéler la vérité ? Juste à refaire peser des doutes sur elle. S'ils avaient appris qu'elle s'était suicidée, ils auraient sans doute considéré qu'elle avait quelque chose à se reprocher, qu'elle était bien coupable de tout ce dont elle était accusée. Ça aurait confirmé que c'était une sorcière. Surtout avec la mort des gamins.

— Oui, sauf que ce n'est pas elle qui a tué ses enfants. Ça me paraît impensable. Pour moi, il est évident qu'ils l'ont rejointe dans la nuit alors qu'elle dormait déjà et que le générateur tournait. Ils détestaient la vieille femme qui les gardait. S'ils ont entendu leur mère arriver au village ou vu des lumières, ils ont dû décider de venir la retrouver, une fois la vieille endormie. Ils ont grimpé à l'étage comme tous les enfants du village semblent savoir le faire et se sont couchés aux côtés de leur mère, endormie ou peut-être déjà morte.

— Oui, je pense aussi. Comment vouliez-vous que j'explique tout ça ? C'est plus simple comme ça.

— Mais vous faites d'Olivier Degricourt un quadruple meurtrier, ce qu'il n'est pas !

— Juste pour Fernand Liensoe et la famille de Thélia Apanga. Et jusqu'au procès, où Liensoe finira bien par apprendre la vérité.

Anato regarda le lieutenant. Il choisit de ne pas insister, comprenant les intentions qui l'avaient poussé à déformer les faits.

— Mon capitaine, reprit Vacaresse, vous allez encore me prendre pour un obstiné, mais je ne peux pas m'empêcher de douter. Pour vous, ce suicide est-il si évident que ça ? D'après le témoignage de la jeune Hanke, Degricourt a seulement retiré le groupe électrogène. Mais si c'était quelqu'un d'autre qui l'avait placé avant lui ?

Le lieutenant grattait l'enquête jusqu'à sa dernière couche pour s'assurer qu'ils en avaient bien touché le fond. Anato le coupa dans son élan :

— Vous êtes vraiment un tatou, vous !

— Pardon ?

— Vous cherchez trop loin, Vacaresse. Croyez-vous qu'on se serait posé autant de questions si personne n'avait retiré le groupe, qu'on l'avait trouvé sur place en arrivant ? On aurait tout de suite conclu au suicide, ou à l'accident. D'après Monique Hanke, Thélia Apanga connaissait très bien les risques d'intoxication au monoxyde de carbone.

— Sans doute. C'est vrai que l'histoire que m'a racontée son mari sur sa vie est terrible. À partir du moment où elle s'est mariée avec Fernand Liensoe, son existence est devenue un enfer. Être accusée de sorcellerie, c'est la pire chose qui puisse arriver, j'ai l'impression. La pression sociale devient impossible à supporter. Elle n'avait plus d'autre choix que de partir.

— Et pour ça, il lui fallait des papiers. De faux papiers, puisqu'elle n'avait aucun motif pour revendiquer la nationalité française. Véronique Morhange était sa seule porte de sortie. Avec la mort de la greffière, tous ses espoirs d'exil se sont envolés. Elle n'avait plus rien. Sa vie n'aura été qu'une fuite permanente en avant.

Les deux gendarmes se turent un instant.

— Vous savez, mon capitaine, ajouta Vacaresse après une hésitation, je vous en ai beaucoup voulu de m'avoir bloqué à Wetisoula. Maintenant que j'y repense, vous aviez peut-être raison. Je n'aime pas trop dire du bien de mes supérieurs, ce n'est pas dans ma nature. Mais je dois avouer que sur ce coup-là, vous avez bien joué. Ce n'était pas gagné comme affaire, on n'aurait jamais bouclé sans vous.

Anato ressentit au fond de lui un profond soulagement, qu'il ne laissa pas transparaître. Les félicitations d'un subordonné se révélaient plus gratifiantes encore que celles du commandant.

— Merci, Vacaresse. Vous avez vous aussi été très bon sur le fleuve. La communication est bien passée.

— C'est ça, la communication. Faites-y attention, mon capitaine, c'est le plus important. On a juste besoin de comprendre ce que vous faites et ce n'est pas toujours évident.

— J'en prends note. Vous devriez rentrer chez vous, maintenant.

— Vous avez raison.

Lorsqu'il frappa à la porte de sa maison, le lieutenant entendit Mathilde ouvrir les trois verrous. Elle tira la porte et lui sourit, de ce sourire gêné qu'il connaissait si bien. Comme si elle s'excusait d'être simplement heureuse de retrouver son mari.

Il s'assit sur le fauteuil, et elle commença son interrogatoire. Sur les enfants Apanga, les conditions de leur mort, les problèmes de sécurité dans l'Ouest guyanais. Elle lui narra les dernières frayeurs que lui avait fait subir Jérémy, rentré tard après une soirée dans un quartier mal famé de Cayenne. Il est encore si jeune ! Jérémy passa dans la pièce, le salua mollement, peu ému par son retour, puis alla s'enfermer dans sa chambre.

Vacaresse gagna la cuisine, s'accroupit, posa sa main sur le béton qui affleurait au sol. Dur et rugueux comme la terre sèche du rez-de-chaussée de la maison Apanga où un groupe électrogène meurtrier avait rugi toute une nuit. Il envisagea une nouvelle option : un béton ciré, couleur ocre. Brut. En souvenir de Wetisoula.

Il leva la tête. Mathilde le regardait d'un air agacé. À peine rentré, il se jetait sur ses travaux ! Le lieutenant avait beaucoup appris durant cette mission. Il avait même pensé un moment avoir changé, être enfin capable de reprendre sa vie en main. De dire à sa femme qu'il était temps de passer à autre chose. Sinon d'oublier ce qui lui était arrivé, au moins d'essayer de vivre avec.

Mais dans le regard de Mathilde, il comprit que le quotidien le rattraperait vite.

37

— Bon, tu m'appelles à ton retour ou on ne se revoit plus jamais ? demanda Sophie, le regard sur la route qui menait à l'aéroport de Rochambeau, un sourire aux lèvres autant moqueur qu'inquiet.

À l'évidence, le sujet la taraudait depuis le réveil. Sa nuit avec Anato avait été agitée, ses cheveux emmêlés portaient encore les traces de leurs ébats. Une petite boule argentée brillait à son menton : elle avait remis son piercing, sans doute pour lui faire plaisir. Comme de coutume, elle jouait l'insouciante, feignait de ne pas prêter d'importance à la question. De prendre les choses comme elles se présentaient, avec simplicité. Mais le capitaine comprit dans ces paroles qu'elle était en train de s'attacher. Elle espérait plus que la liaison ténue qu'il lui accordait.

Sophie ne manquait pas d'atouts. Désirable, attachante, passionnée, passionnante. Elle aurait fait une compagne parfaite pour rompre avec la morosité de son quotidien. Sans doute la rappellerait-il en effet à son retour, pour profiter une fois de plus de ses charmes. Le temps d'une soirée, d'une nuit. Mais s'engager dans une relation suivie ? La demande l'embarrassait plus qu'autre chose. En avait-il envie ? En était-il capable ? Il ne sut que répondre.

Elle lui jeta un bref regard de côté, puis retourna à sa conduite. Dissimulant sa déception. Peut-être devrait-il laisser la porte entrouverte ? s'interrogea-t-il. Avant qu'elle ne détourne la discussion.

— Tu penses revoir ton ex ?

— Il va bien falloir. J'ai un tas d'affaires à récupérer chez elle.

— Pourquoi tu ne pars pas plus longtemps ?

— Je n'en vois pas l'utilité. Et peut-être que Paris me rappelle trop mes parents à présent.

Le capitaine s'accordait cinq jours de permission pour un passage éclair dans la capitale. Une visite sur la tombe de ses parents, quelques papiers à régler, des affaires à rapatrier. Un pas de plus dans son installation guyanaise. Il appréhendait un peu ce retour.

— De toute façon, un petit tour en *nécropole*, ça ne fait jamais de mal, lança Sophie.

Anato, qui ne connaissait pas l'expression, la jugea bien trouvée. Sans doute appréciée par les métropolitains établis depuis longtemps en Guyane, rebutés à la seule idée d'un voyage en France hexagonale. La voiture approchait de l'aéroport. L'avion quotidien de l'unique compagnie qui reliait la Guyane au Vieux Continent attendait ses passagers, stationné sur le tarmac brûlant. Sophie se rangea, puis sortit du véhicule.

— Bon, je te laisse là. (Elle hésita.) Tu sais où me trouver à ton retour !

— Oui, merci. Et merci de m'avoir accompagné. Tu es gentille.

— C'est ça… Trop gentille, ironisa-t-elle. Et arrête de me regarder avec ton troisième œil !

Elle se dressa sur la pointe des pieds pour l'embrasser. Lorsqu'elle regagna son siège, il détailla son corps. Un mince espace nu entre son débardeur et son jean laissait deviner la courbure de ses fesses et le bord noir de son string. Il détourna la tête, pénétra dans l'aérogare, où l'air froid soufflé par la climatisation le prépara à son arrivée à Paris.

Une longue file d'attente serpentait entre les barrières. Des familles de fonctionnaires chargés de valises remplissaient avec soin les étiquettes de leurs bagages. Un groupe de jeunes Amérindiens patientait, prêt à découvrir la capitale, une dizaine de cartons entassés sur un chariot. Anato avança en piétinant vers le guichet. L'hôtesse l'accueillit avec un sourire commercial. Elle examina brièvement son passeport, enregistra son bagage.

Une demi-heure après son entrée dans le hall, il s'installa sur son siège, côté hublot. En tout, ses papiers avaient été contrôlés quatre fois. Il observa son passeport, en lut les premières pages. République française. Union européenne. À chacun de ses déplacements aériens, il produisait ce petit livret bordeaux, se soumettait presque machinalement aux *formalités de police et de douane*.

Il réalisa ce que représentait ce voyage hors de Guyane, que tant d'autres auraient voulu faire avec autant de facilité. Tous ces habitants qui rêvaient de papiers français comme d'un trésor inaccessible. Thélia Apanga. Monique Hanke. Laurindo Nevez. Rosie Dougez…

Combien de femmes et d'hommes vivaient dans la même situation que Thélia Apanga, sur le fleuve Maroni ? se demanda-t-il. Nés par hasard sur la rive surinamienne. Évoluant chaque jour de part et d'autre de ce fleuve-frontière qui n'était pour les Noirs-Marrons qu'un seul et même territoire, hérité de leurs ancêtres. De ses ancêtres.

Mais ce vol vers Paris était également celui que ses parents avaient fait, trente ans plus tôt. Pour un long exil, loin de leur terre natale. Pour offrir à leur fils une vie différente de celle qu'il aurait pu avoir, sur le fleuve, à Saint-Laurent. Mais aussi pour fuir des problèmes familiaux dont il ignorait toujours les détails. Peut-être ne les connaîtrait-il jamais.

L'avion roula doucement sur le bitume, prit position en bout de piste. Puis s'élança dans les airs en tremblant de toute sa carcasse. Des enfants se mirent à geindre. À travers le hublot, le capitaine Anato regarda s'éloigner le sol guyanais. Les arbres agglutinés en un tapis végétal aux mailles serrées. La large embouchure du fleuve Mahury, qui déversait sans relâche dans l'océan ses eaux chargées de sédiments.

GLOSSAIRE DES TERMES EMPLOYÉS

ABATTIS-BRÛLIS : Système agricole itinérant, très répandu sur le fleuve Maroni, dans lequel une parcelle forestière est défrichée, la végétation brûlée sur place et le terrain cultivé pendant une période brève pour être ensuite mis en jachère.

ABATTIS : Nom donné couramment aux terrains agricoles issus de l'agriculture traditionnelle sur abattis-brûlis.

AFINGI : Soupe de manioc traditionnelle noire-marron.

AÏMARA : Poisson carnivore fréquent dans les fleuves de Guyane.

ALUKU : Peuple noir-marron installé dans la région de Maripasoula et autour des villages d'Apatou et de Maïman.

AWALÉ : Jeu de société d'origine africaine.

BAAKAMAN : Personne en deuil dans la tradition noire-marron.

BAKUU : Démon de petite taille.

BAMI : Plat d'origine indonésienne composé de poulet et de nouilles à la sauce soja.

BIGGI POKOE : Musique dansante du Suriname et de l'Ouest guyanais.

CANOPÉE : Partie supérieure de la forêt, en contact avec l'atmosphère.

CARBET : Habitation ou abri en bois sans murs.

CACIQUE : Oiseau commun en Guyane, grégaire et bruyant, caractérisé par ses nids en pendeloques suspendus aux branches des arbres.

CHABIN : Noir à la peau claire.

CHABLIS : Arbre effondré naturellement en forêt.

CHADÈQUE : Agrume de grosse taille proche du pamplemousse, également appelé pomelo chinois.

CIEL DE CASE : Peinture amérindienne faite sur un disque de bois et traditionnellement placée au centre des carbets circulaires dédiés aux réunions.

COOLIE : Nom donné aux immigrés d'origine indienne aux Antilles et en Guyane.

COUAC : Semoule de manioc grillé, base de l'alimentation sur le fleuve Maroni.

COULEUVRE : Tube fait de palmes tressées, utilisé pour presser le manioc.

CRIQUE : Rivière.

DÉGRAD : Débarcadère.

DOMI : Manioc aggloméré servant à préparer la soupe.

HMONG : Peuple originaire du Laos, installé en Guyane depuis 1977 et très investi dans l'agriculture.

INSELBERG : Relief granitique qui émerge de la forêt.

JUNGLE COMMANDO : Groupe de guérilla du Suriname, entré en résistance contre le gouvernement après le coup d'État de 1980.

KALI : Cannabis.

KAPITEN : Chef coutumier de village noir-marron.

LATÉRITE : Roche rouge ou brune, qui se forme par altération des roches sous les climats tropicaux.

LAYON : Sentier forestier.

MARRONNAGE : Fuite d'un esclave hors de la propriété de son maître à l'époque de l'esclavage.

NDJUKA : Peuple noir-marron installé sur le Tapanahoni et dans la région de Grand-Santi.

NOIRS-MARRONS : Terme regroupant l'ensemble des peuples descendants d'esclaves noirs révoltés ou enfuis des plantations avant l'abolition de l'esclavage, et notamment les Ndjukas, Alukus et Paramakas de Guyane.

ORPAILLEUR : Chercheur d'or.

PARAMAKA : Peuple noir-marron installé sur le bas Maroni.

PICOLETTE : Oiseau réputé pour son chant, utilisé dans le cadre de concours.

PUU BAAKA : Cérémonie de fin de deuil chez les Noirs-Marrons.

ROTI : Plat surinamien composé d'une galette aux pois cassés et de poulet épicé.

SARAMAKA : Peuple noir-marron installé au Suriname, mais également présent dans plusieurs communes littorales de Guyane.

TAKI-TAKI : Terme utilisé couramment, à tort, pour désigner le *nenge tongo*, la langue parlée par les Ndjukas, Alukus et Paramakas.

TCHIP : Bruit de bouche, signe de mécontentement ou de désapprobation.

TEMBÉ : Art noir-marron qui s'exprime à travers la peinture, la sculpture et la couture, voire la coiffure, caractérisé par un entrelacs de figures géométriques.

TINAMOU : Oiseau terrestre dodu, de taille petite à moyenne, à pattes courtes et queue rudimentaire.

TOUQUE : Bidon étanche.

WAPA : Arbre caractérisé par ses fruits en coques plates qui pendent des branches en bordure de rivière.

WASSAÏ : Palmier poussant dans les zones humides dont les fruits se consomment en jus épais.

YOOKA : Ancêtre dans la tradition noire-marron.

LES NOIRS-MARRONS DE GUYANE

Estimés à plus de 70 000 sur le territoire de Guyane, les Noirs-Marrons, également appelés Marrons ou *Businenge*, sont les descendants d'esclaves noirs révoltés ou enfuis des plantations avant l'abolition de l'esclavage, par « marronnage », ou d'esclaves libérés. Leurs ancêtres ont été capturés le long des côtes africaines par les négriers entre 1650 et 1830, puis déportés aux Amériques pour servir de main-d'œuvre, essentiellement dans les plantations de canne à sucre et de café du Suriname. D'abord réfugiés en forêt profonde pour éviter d'être repris, ils se sont ensuite installés sur les rives des grands fleuves.

Les Ndjukas furent le premier groupe à gagner leur liberté, reconnue par un traité de paix avec le pouvoir colonial dès 1760. Ils se sont installés sur le Tapanahoni, un des affluents du Maroni, côté surinamien, ainsi que sur le Maroni, dans la région de Grand-Santi.

Les Alukus, également appelés Bonis, n'ont quant à eux été reconnus libres qu'en 1860, après plusieurs guerres contre les autorités hollandaises et françaises, mais également contre les Saramakas et les Ndjukas. Ces derniers, alliés des Hollandais depuis 1760, s'étaient en effet engagés dans leur traité de paix à traiter en ennemis les autres nègres-marrons. La paix entre les deux peuples fut une des clauses du traité d'Albina, en 1860. La portion la plus importante du territoire des Alukus est située dans la région de Maripasoula, sur le Maroni. Une autre partie, très en aval, se situe près de l'embouchure du fleuve avec les villages d'Apatou et de Maïman.

Les Paramakas, dernier groupe à avoir pris son indépendance, sont installés sur le bas Maroni depuis 1820 après être longtemps restés dans la forêt, au bord d'un affluent du Maroni.

Trois autres groupes, les Saramakas, les Kwintis et les Matawaïs se sont installés dans les zones forestières du Suriname. Une importante communauté saramaka vit aujourd'hui dans les communes littorales de Guyane.

Les Noirs-Marrons parlent différentes langues en fonction des dates de marronnage. Les Paramakas, les Ndjukas et les Alukus parlent des langues très proches, un créole à base anglaise, regroupées sous le terme de *nenge tongo*, ou, à tort, taki-taki. Leur société est centrée autour de la famille et du Gran Man, chef spirituel et religieux détenant les pouvoirs de juge, sage, et conciliateur. Ils restent assez peu représentés par les élus locaux de Guyane.

REMERCIEMENTS

Je ne saurais clore ce roman sans remercier tous ceux qui, par leur patiente lecture, leur contribution ou simplement leur soutien, m'ont permis de faire aboutir ce qui n'était au départ qu'un vague projet d'écriture.

Mes remerciements vont tout d'abord à l'ensemble de la famille Kago, à Mayra, Milona, Roberto, Nicolas, Afoeja, Ficadici, Paul, Henki, Odile, Amiélie, Marie-Angélique… et toute la nouvelle génération, ainsi qu'à Magdaleina Brei et Beatrix Diekang, pour m'avoir fait partager une petite partie de la culture ndjuka, enseigné mes rudiments linguistiques et en partie inspiré ce récit. Merci à vous tous, ce que vous m'avez appris est d'une valeur inestimable.

Un grand merci également à Marie Fleury, ethnobotaniste au Muséum national d'histoire naturelle (antenne de Guyane), et à Diane Vernon, anthropologue spécialiste des sociétés ndjukas, pour leurs commentaires constructifs sur les traditions noires-marrons, de même qu'à Pierre Joubert pour la réalisation de la carte de situation. Laurence Goury, linguiste à l'Institut de recherche sur le développement, m'a quant à elle apporté une expertise précieuse sur les subtilités des langues ndjuka et aluku à l'écrit.

Merci aussi au chef d'escadron Laurent Villieras qui m'a ouvert les portes du commandement de la gendarmerie de Guyane et a répondu avec patience à mes interrogations.

Je suis très reconnaissant à tous mes relecteurs qui m'ont permis d'affiner l'intrigue et d'améliorer la qualité de mon texte : Philippe Gaucher, Delphine, Philippe et Catherine Souan, Emmanuel Butelet, Vincent Estival, Ségolène Tardy, Albane Roussot, Patrick et Marie-Claire Amblard, Thomas et Ségolène Vuong, Franck Gourdin, Dana Rappoport, Éric Linden et Michel Hamousin. Une mention toute particulière à Jérémie Niel et Claire Amblard pour le temps passé à traquer les imperfections.

Merci aux professionnels de la littérature policière que sont Fabienne Ferrère, Bernard Mathieu et Caroline Masson pour leur regard aiguisé et leur soutien permanent à mon projet durant les moments de doute. Merci, bien sûr, aux éditions du Rouergue pour leur confiance et notamment à Nathalie Démoulin qui m'a guidé avec professionnalisme et bienveillance dans les dernières étapes avant la publication.

Mais ce livre n'existerait pas sans ma compagne, Hélène, sans ses premiers encouragements, ce matin d'août en Islande, sans son appui de tous les jours, sans sa vingtaine de relectures, toujours avec la même patience et la même attention. Merci, merci mille fois.

Merci enfin à ce « pays » merveilleux qu'est la Guyane et à ses habitants, de souche ou d'adoption, pour tout ce qu'elle m'apporte et continue de m'apprendre. Puisse-t-elle un jour guérir des multiples maux qui la rongent et du fléau de l'exploitation minière illégale.

Retrouvez les enquêtes du capitaine Anato
dans les collections Babel noir
et Rouergue noir.

CE QUI RESTE EN FORÊT

Un homme a disparu en pleine forêt amazonienne, aux abords de la station scientifique qu'il a contribué à créer. Miraculeusement orientés grâce à un signal de détresse, les gendarmes ont la stupeur de découvrir un cadavre. Mystère supplémentaire : l'homme a les poumons remplis d'eau. Un noyé retrouvé en pleine forêt, des témoins retenus sur place par une météo difficile, l'enquête s'annonce ardue pour le capitaine Anato. D'autant qu'une nouvelle tragédie ne va pas tarder à compliquer les investigations…

OBIA

Clifton court dans les rues de Saint-Laurent, sa ville natale, en Guyane. Il a beau être sous la protection de l'obia, rendu invincible par la magie des Noirs-Marrons, il est poursuivi par le major Marcy, un Créole qui sait tout des trafics et des hors-la-loi, et par le capitaine Anato, dont personne pas même lui ne sait d'où il vient vraiment. Clifton l'ignore encore mais, dans sa fuite vers l'est, il ne va pas tarder à croiser des fantômes : ceux de la guerre du Suriname. Des fantômes qui tuent encore. Qui ne cessent pas de tuer.

BABEL NOIR

Extrait du catalogue

79. JEAN-PAUL JODY
Parcours santé

80. CORNELIA READ
L'École des dingues

81. PETER GUTTRIDGE
Promenade du crime

82. OLIVIER BARDE-CABUÇON
Casanova et la femme sans visage

83. LEIF DAVIDSEN
À la recherche d'Hemingway

84. LARS KEPLER
L'Hypnotiseur

85. CAMILLA LÄCKBERG
Le Prédicateur

86. RYAN DAVID JAHN
De bons voisins

87. MONICA KRISTENSEN
Le Sixième Homme

88. CHRISTOPHE ESTRADA
Hilarion

Ouvrage réalisé
par l'Atelier graphique Actes Sud.
Achevé d'imprimer
en octobre 2020
par Normandie Roto Impression s.a.s.
61250 Lonrai
sur papier fabriqué à partir de bois provenant
de forêts gérées durablement
pour le compte
des éditions Actes Sud
Le Méjan
Place Nina-Berberova
13200 Arles.

Dépôt légal
1re édition : juin 2013
N° impr. : 2003871
(Imprimé en France)